KB269661

가끔씩 툭하고
러시아어로 부끄러워하는 옆자리의 아랴양
Иногда Аля внезапно кокетничает по-русски
비화
Иногда Аля

"호오? 이 에로나 선배도
걱정해 주는 거려나?"

"어머, 기다리게
했나 보군요. "

"예~이, 피~스."

“피, 피스?”

목 차

가끔씩 툭하고 러시아어로 부끄러워하는 옆자리의 아라양 비화

SUN SUN SUN 지음

모모코 일러스트

이승원 옮김

아랴 양은 망탐정?

“아, 실례합니다~. 길을 좀 묻고 싶은데요~.”

【흑심 좀 숨기는 게 어때?】

“아, 어, 으음…… 이, 익스큐즈 미~?”

【눈빛으로 다 티 나거든? 애초에 길을 헤매고 있다면 손에 스마트폰이라도 들고 있어야 할 ㅈ 아냐. 보통은 주소를 검색해 보거나 지도 앱을 살펴볼걸?】

“오우…… 캔 유 스피크 잉글리시?”

【영어만이 아니라 일본어도 할 줄 알지만, 너와 대화를 나눌 가치 자체를 못 느껴. 애초에 성욕에 따라 행동하는 원숭이 따위한테 사람 말이 통하긴 할까?】

“아…… 그냥 혼자서 찾아볼게요~. 에헤헤…….”

어설픈 미소를 지어 보이며 멀어져 가는 남자를 차가운 눈길로 쳐다본 후, 아리사는 고개를 휙 돌렸다.

사람이 많은 장소에 오면, 항상 이런 일이 일어났다. 사람들이 다가오지 못하게 하는 『말 걸지 마 기운』을 뿜는 편이지만, 그래도 매번 누군가가 말을 걸어왔다. 지난번처럼 헌팅남이 말을 걸어오거나, 연예계 쪽의 권유 그리고 때로는 중년 남성이 대뜸 자기 연락처가 적힌 종이를 건네준 적도 있다.

(아~ 짜증 나.)

헌팅 당하는 데는 익숙하지만, 아리사는 지금 기분이 꽤 나빴다.

그도 그럴 것이, 실은 방금이 오늘 들어 두 번째 헌팅이었던 것이다. 10분쯤 전에 다른 남자에게 헌팅을 당했는데…… 정말 무례한 남자였다. 그때도 아리사는 러시아어로 대처했지만, 상대방 남자는 일본어가 통하지 않는다는 것을 알자마자 「일본어도 모르면서 일본에 오지 말라고」라는 터무니없는 소리를 하며 다른 곳으로 갔다. 한순간 얼이 나가서 멍하니 바라보고 있었지만, 지금 생각하면 그 남자한테만이 아니라 한마디 쏘아붙여 주지 못한 자기 자신에게도 화가 났다.

(일본어로 『당신 같은 사람과 이야기 나누기 싫으니까, 러시아어로 이야기하는 거야』라고 딱 잘라 말하는 게 좋았을 거야.)

그만 잊으려던 참에 또 헌팅을 당하니, 진정되려던 아리사의 마음에서 또 짜증이 치솟았다. 만약 헌팅을 또 당한다면, 아리사는 러시아어로 인정사정없이 독설을 퍼부어 줄 자신이 있었다.

(하아……. 외모가 너무 눈길을 끄는 것도 좋지만은 않아.)

짜증을 토해내려는 듯, 크게 한숨을 내쉬었다. 헌팅이

싫다면 눈길을 끌지 않는 수수한 복장을 하고 다니면 되겠지만, 그것도 왠지 지는 느낌이 들어서 싫었다. 왜 그런 저속한 인간들을 위해 자신의 아름다움과 완벽함을 포기해야만 하느냔 말이다.

(그냥 대놓고『첫눈에 반했습니다! 우선 친구 사이로 시작하고 싶어요!』하며 고개를 숙인다면 그나마 호감이 생길 거야.)

하지만 그런 말을 듣고 자신이 고개를 끄덕일지는 확실치 않았다. 그래도 솔직하게 자기 마음을 털어놓으며 다가오는 상대에게는 불쾌함을 느끼지 않을 것이다.

(진지한 교제가 아니라 불장난이 목적인 게 가장 열받아……. 내가 그렇게 쉬운 여자처럼 보여? 농담하지 마. 장래를 약속한 상대 말고는 속살을 보여주지도, 내 몸을 만지게 해주지도 않— 하아~ 관두자, 관둬. 모처럼 쇼핑을 나왔는데, 이런 일로 화내기 싫어.)

그렇게 생각하며 고개를 좌우로 흔든 후, 아리사는 목적지인 쇼핑몰로 향했고…… 마침 아까 헌팅남이 다른 여성에게 말을 걸고 있는 광경이 눈에 들어왔다.

"한심해……."

걸음을 멈추지 않는 여성과 나란히 걸으면서, 그는 헤실헤실 계속 말을 건넸다. 그 모습을 경멸에 찬 시선으로 보면서, 아리사는 자동문을 통과했다.

(정말 한심한 사람이네. 여자애만 졸졸 쫓아다니기는……
자존심이 없는 걸까? 나라면 창피해서 저렇게는 절대 못
할 거야.)

엘리베이터를 타고 여성복 판매장이 있는 층에 도착한
후에도, 아리사는 짜증에 사로잡힌 채 그런 생각을 했다.
그리고 그만 마음을 풀자고 생각한 아리사가 한숨을 내쉬
면서 주위를 둘러본 순간, 문뜩 한 사람의 뒷모습이 눈길
을 끌었다.

(어머……?)

그 사람은 인파 너머로 사라졌지만, 돌아다니며 주위를
둘러보니 좀 떨어진 곳에서 발견할 수 있었다.

"쿠제……?"

몸집과 뒷모습만으로는 확신을 가질 수 없었지만, 마침
그 인물이 오른편에 있는 가게를 돌아본 덕분에 얼굴이 눈
에 들어왔다.

"아, 맞네……."

아는 얼굴을 발견한 아리사는 말을 걸지 말지 잠시 고민
했다.

(말을 걸더라도, 딱히 볼일이 있는 건 아니잖아……. 인사
만 나누고『그럼 다음에 봐』하며 헤어지는 것도 좀 이상하
고, 쿠제가『쟤는 뭐 하러 온 걸까?』같은 생각을 할지도……
애초에 뭐라고 인사하지?)

보통은 「안녕」이라고 인사하면 된다. 혹은 괜찮은 여자 느낌이 나게 「어머, 쿠제. 이런 데서 다 보네」라고 말하는 방법도 있다. 하지만 어느 쪽이든 간에, 그 후에 어떤 이야기를 이어가면 될지 모르겠다. 할 말이 없어서 「그, 그럼 이만……」 같은 어정쩡한 느낌으로 헤어지는 광경을 쉽게 상상할 수 있었다.

(애초에 할 말이 없다면 괜히 말 걸지 않는 것도 괜찮지 않을까?)

하지만 그럴 경우, 상대방이 자신을 발견했을 때 어떤 반응을 보이면 좋을지…….

"으음……."

남에게 물어보면 「그렇게 복잡하게 생각하지 말고, 평범하게 말을 걸면 되잖아」라고 말할지도 모른다. 하지만 그게 가능하다면 아리사는 「고고한 공주님」이라고 불리지 않을 것이다.

평소에도 극소수의 사람 말고는 볼일이 없으면 말을 걸지 않고, 남들도 그녀에게 말을 걸지 않는다. 그리고 대화를 나누더라도 필요한 이야기만 나눈다. 그래서 아리사는 「고고한 공주님」이라 불리는 것이다. 그러니 이럴 때, 아리사는 어떻게 말을 걸면 좋을지 모른다. 즉, 잡담 능력이 치명적일 정도로 부족했다.

(으음, 으음…….)

그대로 마사치카의 뒤를 쫓으면서, 아리사는 머리를 쥐어짰다. 휴일에 친구와 이런 곳에서 만났을 때 어떻게 인사하면 좋을지, 진지하게 생각했다.

그렇게 고민하고 고민한…… 끝에, 일전에 텔레비전에서 연예인이 말했던 플러팅이 머릿속에 떠올랐다.

【이런 데서 마주치다니, 우리는 운명인 걸까…….】

그 느끼한 대사를 작게 중얼거린 아리사는 온몸을 부르르 떨었다. 그리고 헛기침을 한 후, 생각을 관뒀다.

(바보 같아. 내가 무슨 생각을 하는 거야……. 그리고 그런 소리를 한 후에 어떻게 대화를 이어갈 건데? 분위기가 이상해질 게 뻔해.)

거기까지 생각한 아리사는 걸음을 멈추더니, 그대로 뒤돌아섰다.

(그냥 관둘래. 역시 볼일도 없으면서 말을 걸 필요는 없어. 공통되는 목적이 있으면 몰라도, 옷을 사러 온 나와 쿠제는 목적이 다르잖아. 말을 걸어도 금방 헤어지게 될 테니까…….)

바로 그때, 문뜩 어떤 점을 눈치챘다.

(어……? 여기는 여성복을 취급하는 층 맞지?)

그 점을 눈치챈 아리사는 주위를 둘러봤다. 그리고 그제야 깨달았다. 마사치카의 옆에 익숙한 뒷모습을 지닌 인물이 있다는 사실을 말이다.

“어, 스오우…… 유키 양?”

반묶음 머리를 한 작고 가냘픈 몸.

그 뒷모습을 확인한 순간, 자기도 모르게 근처 기둥 뒤편에 숨은 아리사는 얼굴을 내밀어서 두 사람을 살폈다.

(왜, 왜 저 두 사람이…… 설마, 데이트?! 고등학생이 휴일에 데이트하는 건, 만화 속에서나 벌어지는 일 아니었어?!)

아니, 물론 순정 만화 속 세계만이 아니라, 현실에서도 그런 일이 일어난다는 건 알고 있다. 가까운 곳에서 예를 들자면 학생회장과 부회장 커플이며, 그 두 사람은 휴일에 데이트도 할 것이다.

하지만 그 광경을 두 눈으로 목격한 적은 없으며, 나란히 길을 걷고 있는 같은 또래 남녀를 보더라도 결국 타인에 지나지 않는다. 자신과는 인연이 없는 머나먼 세상의 일 같아서 그다지 현실감이 느껴지지 않았다.

그러니 친구 두 사람이 데이트하고 있는 광경은 아리사 본인도 뜻밖일 만큼 충격적이었다. 왠지 저 두 사람이 갑자기 머나먼 세상의 주민이 되어버린 듯한…….

(아, 아냐. 데이트가 아닐지도 모르잖아. 저 두 사람은 소꿉친구인걸. 휴일에 함께 외출하는 것 정도는 대수롭지 않은 일일 거야! 순정 만화에서도 흔한 일인걸!)

또한 순정 만화에서는 보통 남자 쪽이 여자를 좋아하는 게 클리셰지만, 아리사는 그 사실에서 무의식적으로 눈을 돌렸다.

　참고로 자신이 현재 순정 만화에서의 방해꾼 포지션이라는 사실에서도 눈을 돌리면서, 아리사는 두 사람을 날카롭게 관찰했다. 우선 확인해야 할 포인트는 두 사람의 손이다.

　(손…… 안 잡았어. 팔짱도 안 꼈네. 역시 데이트는 아닌…… 아, 아냐! 이제 막 사귀기 시작해서, 손을 잡지 않았을 수도 있잖아!)

　그리고 이번에는 두 사람의 표정에 주목했다. 건물 뒤편에 숨어 신중히 걸으면서, 언뜻언뜻 두 사람의 얼굴을 조용히 관찰했다. 그리고 그 표정에서 멋쩍음이나 어색함이 없다는 사실을 확인한 아리사는 안도의 한숨을 내쉬었다.

　(분위기를 보아하니, 막 사귀기 시작한 사이도 아닌 것 같네……. 역시 데이트가 아니라 같이 외출했을 뿐…….)

　하지만 바로 그때, 또 다른 가능성이 아리사의 뇌리에 떠올랐다.

　(잠깐만……. 사귀고 있지만, 그것을 숨기고 있을 가능성이 있지 않을까?!)

　생각해 보니, 저 두 사람은 상류층 아가씨와 중류층 가정의 소년이다. 즉, 신분이 차이 나는 커플인 것이다. 즉, 자신들의 관계를 들켜선 안 된다. 그렇기에, 아는 사람이 자신들을 보더라도 변명을 할 수 있도록 밖에서는 손을 잡지 않는 것이다.

(밖에서는, 이란 건…… 집 안에서는 저 두 사람이……?!)

밖에서 애정 표현을 할 수 없는 만큼, 집 안에서 사이좋게 지내는 두 사람을 상상한 아리사의 머릿속에서 벼락이 쳤다. 그리고 고개를 세차게 내저으면서, 폭주하는 망상을 지웠다.

(진정해, 아리사. 억측하면 안 돼. 믿어도 되는 건, 자기 눈으로 본 1차 정보뿐…….)

하지만, 하지만 말이다. **그런 눈**으로 보니, 유키의 옷차림은 평소와 다른 것 같았다. 마치 자기 신분을 숨기는 스타일 같아 보였다.

(ㅇㅇㅇㅇㅇㅇㅇ~!)

길티 오어   낫 길티
연인인가, 평범한 소꿉친구인가. 아니, 저 두 사람이 사귈지라도 아리사에게는 그들을 비난할 권리가 없다.

하지만…… 아리사에게 마사치카는 실질적으로 첫 남사친이며, 유키 또한 몇 년 만에 생긴 여사친이다. 두 사람 모두 아리사에게는 특별한 친구다.

하지만 그런 두 사람에게 특별한 존재는 서로이며, 아리사는 수많은 친구 중 한 명이다. 그런 생각을 하니, 왠지 너무나도 슬프고 쓸쓸했기에…….

【바람둥이…….】

가슴속 응어리를 툭하고 토해낸 아리사는 두 사람을 뒤쫓아갔다.

그렇게, 망탐정 아랴의 불륜[북 치고 장구 치고] 조사는, 뒤를 돌아본 유키
가 말을 걸 때까지 이어졌다.

20 가끔씩 툭하고 러시아어로 부끄러워하는 옆자리의 아랴 양 비화

유키 양은 실력파 스파이?

"……."

후들거리는 발걸음으로 라멘 가게에서 나온 아리사는 공원 벤치에 털썩 앉아서 꼼짝도 하지 못했다. 생기가 완전히 빠져나간 아리사의 얼굴을 본 유키는 시선을 위쪽으로 들어 올리더니, 고개를 갸웃거렸다.

"어머? 아랴 양, 어디 가는 건가요?"

"혼 안 빠져나갔거든?!"

즉시 태클을 거는 오빠를 향해 유키는 미소 지으며 고개를 돌렸다.

"그럼, 아랴 양을 부탁해요. 저는 살 지 남았답니다."

유키는 목적어를 일부러 생략했지만, 동생이 오타쿠 굿즈를 사러 간다는 것을 짐작한 마사치카는 아리사를 신경 쓰면서 고개를 끄덕였다.

"그래……. 조심해서 다녀와."

"네~."

아가씨 모드를 유지하며 조신하게 공원에서 빠져나온 유키는 잠시 더 걸어간 후에 길가로 이동해서 스마트폰을 꺼내 들었다. 그리고 길을 찾는 척을 하면서 등 뒤편을 향해 말했다.

"아야노."

"네, 유키 님."

주인에게 부름을 받고, 뒷골목에서 쑥 아야노가…… 실은 마사치카와 유키가 목적지인 역에서 내렸을 때부터 쭉 따라다녔던 아야노가, 영화를 볼 때도 남매가 앉은 줄의 다섯 줄 뒤, 오른쪽 대각선 자리에 있었던 아야노가, 남매를 스토킹하는 아리사의 뒤편에서 스토킹을 하고 있었던 아야노가, 스파이 놀이란 이름의 「아야노가 전력으로 기척을 숨기며 스토킹을 하면, 오빠는 언제 눈치챌지 검증」을 하고 있던 아야노가 모습을 보였다.

"그들을 추적하며, 상황을 샅샅이 보고하도록. 들켜선 안 돼."

"알겠습니다."

지령을 받은 아야노가 다시 기척을 감추는 게 느껴졌다. 뒤를 돌아보지 않고 그것을 확인한 유키는 반묶음 머리를 풀고 트윈테일 스타일로 다시 묶었다. 이제부터 가는 장소를 고려해, 가벼운 변장 삼아서 머리 모양을 바꾼 것이다. 학교 지인과 마주쳤을 때, 오빠와 함께 있다면 「마사치카 씨를 따라왔답니다~」란 변명을 할 수 있지만, 혼자 있을 때는 그럴 수도 없으니 말이다.

(흠……. 뭐, 언뜻 봐서는 못 알아볼 거야.)

스마트폰의 전면 카메라로 자기 모습을 확인한 유키는 만족하며 웃었다. 그리고 아야노에게 전화를 걸면서 무선 이어폰을 꺼내더니, 왼쪽 귀에만 이어폰을 꽂았다.

『여기는 아야노. 유키 님, 들리십니까.』

"잘 들린다, 오버. 현재 상황은 어때?"

『현재까지는 별다른 움직임이 없습니다.』

"좋아. 움직임이 있으면 즉시 보고하도록."

『알겠습니다.』

거의 입을 움직이지 않으며 지령을 내린 유키는 마이크를 껐다. 기분상으로는 스파이 영화의 사령관 포지션이 된 것 같았다. 이런 일상 속의 비일상 덕분에 유키는 이미 기분이 꽤 좋아졌다.

"아, 실례합니다~. 길을 좀 묻고 싶은데요~."

바로 그때, 스파이 놀이를 방해하는 무례한 침입자가 나타났다. 하지만 유키는 동요하지 않았다.

"나, 초등학생인데~ 아저씨, 괜찮겠어?"

"뭐?! 초등학생?! 호, 혼자서 찾아볼게요~."

유키는 실실 웃으면서 다가온 헌팅남을 필살의 순진무구 스마일&방범 버저 슬쩍 보여주기로 격퇴했다.

요즘에는 초등학생 중에도 중고등학생으로 보이는 여자애가 꽤 있어서 그런지, 열다섯 살치고는 덩치가 작고 호리호리한 유키는 표정과 행동거지를 꾸미면 의외로 초등학생이란 거짓말이 먹혔다. 오늘처럼 소년 느낌이 나는 보이시한 복장과 어린애 같은 머리 모양을 했을 때라면 특히 그랬다. 요령은 몸 전체를 이용해 동작 하나하나를 과장되게 취하고, 목소리 또한 높게 내는 것이다.

(훗, 임무(미션)를 방해하는 불확정 요소(이레귤러)도 즉시 태도를 바꿔서 멋지게 격퇴……(롤).)

기분상으로는 일선에서 물러난 후에 후진 육성을 맡고 있는 전직 전설의 스파이다.

유키는 차가운 미소를 머금더니, 바람처럼 가게로 향했다. 바로 그때, 아야노에게서 보고가 들어왔다.

『유키 님, 움직임이 있습니다. 아이스크림 왜건에서 아이스크림을 구매했습니다. 한동안은 공원에서 이동하지 않을 것으로 보입니다. 오버.』

"이쪽은 곧 목적지에 도착한다. 한동안은 응답을 못 할 것 같지만, 보고는 계속하도록."

『알겠습니다.』

통화 상태를 유지한 채 마이크만 끈 유키는 드디어 목적지인 가게에 돌입했다. 가게 안에 들어가자마자 어떤 순서로 돌아볼지 계산했고, 망설임 없이 상품(타깃)을 차례차례 확보했다.

그렇다. 지금의 유키에게는 오타쿠 굿즈를 구매하는 자

신조차도, 자기 정체를 세상에서 숨기기 위한 거짓된 모습에 지나지 않는다. 유키의 진정한 모습은…… 오빠와 오빠 여사친이 단둘이 있는 상황에서 어떤 대화를 나누는지 조사하는 미소녀 태그 팀 스파이의 리더인 것이다!

(그냥 위험천만한 애네.)

유키 마음속의 냉철한 부분이 지당한 말을 했지만, 들뜬 유키는 그 말을 깔끔하게 무시했다.

"어……?"

그래도 오타쿠는 오타쿠. 이런 가게에 오면 여기저기에 눈길이 향하기 마련이다.

(『스무살 누나가 중학생이 되었습니다』……?)

우연히 눈에 들어온 표지와 제목에 눈길을 빼앗긴 유키는 그 라이트노벨의 뒤편에 실린 시놉시스를 확인했다.

(아~ 오호라. 딱히 젊어지거나 타임 슬립 같은 SF가 아니라, 기억 상실이구나~. 어느 날 갑자기 6년 치 기억을 잃은 누나와 남동생의 이야기네…….)

아무래도 편집부의 추천작인지 옆에는 미리 보기용 책자도 있었기에, 유키는 그것을 손에 쥐었다.

(호오호오……. 우와아. 하지만, 으음~. 이렇게 되는 거구나. 누나의 관점에서는 중학교 2학년 여름 방학에 「내일 친구와 바다에 가야지~」라고 생각하면서 잤는데, 아침에 눈 떠보니 스무 살 사회인이 되어 있는 거야……. 혼란스

러워서 울음을 터뜨릴 만도 해.)

초반부터 몰입감 있는 전개가 이어지자, 유키는 스파이 놀이 중인 것을 잊으며 그 책자에 빠져들었다.

『유키 님, 두 분이 이동하기 시작했습니다.』

"아!"

하지만 그 타이밍에 보고가 들어오자, 유키는 책자를 덮고 그 라이트노벨 한 권을 바구니에 넣은 후에 서둘러 다음 장소로 걸음을 옮겼다.

(큰일 날 뻔했네. 생각도 못 한 곳에서 발목을 잡혔어.)

책은 언제든 살 수 있지만, 굿즈는 기회를 놓치면 못 살 가능성이 있다. 그리고 오늘 발생한 마사치카와 아리사의 외출 이벤트도 오늘을 놓치면 다시는 못 볼 가능성이 있다!

(그 두 사람은 단둘이 있을 때 어떤 느낌이려나?)

오빠는 쿠죠 아리사를 『그럭저럭 사이가 좋은 여사친』이라고 말했지만, 마사치카와 같이 있을 때의 아리사는 그에게 친구 이상으로 집착하는 것처럼 보였다.

그것이 연애 감정에서 기인한 것인지. 아니면 몇 안 되는 친구에 대한 독점욕에 가까운지는 아직 알 수 없다. 알 수 없기에 이 이벤트를 놓칠 수 없다.

(좋아. 사려던 건 얼추 다 샀지~?)

스마트폰에 메모해 둔 리스트와 바구니 안에 있는 상품을 비교해 봤다.

(응, 됐어. 그럼 계산하러…….)

가려던 바로 그때, 한 장의 포스터가 눈에 들어왔다.

(아니?! 이, 이건……!!)

그것은 이번 분기 방송 중인 애니메이션 관련 뽑기 포스터였다. S상부터 F상까지 각각 어떤 굿즈를 받을 수 있는지 사진이 첨부되어 실려 있었으며, 이미 나온 상에는 빨간색 펜으로 선이 그어져 있었는데…….

(이미 S상과 A상이 전부 나왔고, B상도 하나밖에 안 남은 거야……? 설마, 나오는 거야? 라스트원상이……!)

라스트원상. 그것은 이 가게에 있는 뽑기 중 마지막 하나를 뽑은 사람에게 주는 특별한 상품이다. 어찌 보면 S상보다 더 희귀한, 유일무이한 굿즈다.

(라스트원상……. 색깔이 다른 오리지널 피규어, 탐나……!)

하지만 뽑기가 몇 장 남았는지 감이 오지 않았다.

이른 타이밍에 좋은 뽑기가 나왔을 뿐, 뽑기 자체는 아직 잔뜩 남아 있을 가능성이 있다. 그렇지만 이 뽑기의 발매일을 생각하면 그럴 가능성은 낮다.

(1만 엔이면…… 나올까? 아니, 힘들지도 몰라……. 일단 1만 엔 정도만 뽑아보고, 안 나오면 포기…… 못 할 거야~. 1만 엔을 쏟아붓고 나면 1만 엔 더, 1만 엔 더, 하면서 나올 때까지 쏟아붓겠지……. 그렇게 굿즈를 대량으로 뽑았다간, 아랴 양과 합류했을 때 둘러대지 못할지도……. 게다가 아

라 양과 합류한 바람에 옷도 못 샀잖아……. 하지만, 그래도~ 으으음~.)

물러나야 할까. 퇴각해야 할까.

지갑 안을 살펴보면서, 유키는 번민했다.

『유키 님, 두 분이 여성복 가게에 도착했습니다. 아무래도 쿠죠 아리사 님이 옷을 구매하려는 것 같습니다.』

"정말? 금방 갈게."

마침 그 타이밍에 보고가 들어오자, 유키는 지갑을 탁 접으면서 망설임 없이 계산대 앞의 줄에 섰다. 휴일이라 그런지, 가게 한가운데를 관통하듯 줄이 뻗어 있었다. 평소 같으면 좌우의 매대를 둘러보면서 느긋하게 대기했겠지만, 오늘만큼은 조바심이 났다. 아야노에게 보고 받은—「아리사가 옷을 입어보기 시작했다」라고 하는 끝내주게 재미있을 상황 탓에 이를 갈면서, 자신이 계산할 차례가 올 때까지 기다렸다.

"감사합니다~."

조바심 탓에 다리가 떨리는 걸 필사적으로 참으며 계산을 마친 후, 유키는 특전으로 받는 포인트도 확인하지 않고 계산대에서 벗어났다.

가게를 나선 유키는 인파를 헤치듯 빠른 걸음으로 나아가며, 아야노가 말한 옷 가게로 향했다. 그리고 가게 안에서 자신을 맞이한 아야노의 손을 확 움켜잡더니, 그대로 가게 안으로 들어갔다.

"그런데, 어디야?!"

"아, 이쪽에서—."

유키가 목소리를 낮추며 묻자, 아야노는 그녀의 손을 가볍게 잡아당기며 안내했다. 그리고 도착한 곳은 어느 마네킹 앞이었다. 그 뒤편에서 얼굴을 내밀자, 안절부절못하며 탈의실 앞에 서 있던 마사치카가…… 마침 이쪽을 돌아보면서 그대로 눈이 마주쳤다.

(우와, 이심전심.)

나이스 타이밍이라고 생각하고 있을 때, 마사치카는 유키의 뒤편에서 얼굴을 내밀고 있는 아야노를 발견했다.

(아~ 연쇄적으로 들켰네.)

이렇게 됐으니 어쩔 수 없다고 여긴 유키는 아야노를 그 자리에 남겨두고 마사치카에게 다가갔다.

"즐기고 있어~?"

"아니, 너…… 일단, 머리 모양부터 원래대로 되돌려."

"어이쿠."

오빠의 지적을 받고 트윈테일에서 반묶음 머리로 되돌렸을 때, 마사치카는 마네킹 뒤편에서 자신을 향해 인사하는 아야노를 쳐다보며 말했다.

"그런데 아야노가 왜 여기 있어? 언제부터 있었던 거야?"

"처음부터?"

“처음이라니, 그게 언제인데?”

“우주 개벽 때부터야.”

“나, 그때는 태어나지도 않았거든?”

“포인트는 거기가 아니라고~.”

작은 목소리로 그런 이야기를 나누고 있을 때, 갑자기 바로 옆에 있는 탈의실의 커튼이 걷히면서 미니스커트와 캐미솔을 걸친 아리사가 몸을 앞쪽으로 살짝 숙이는 포즈를 취하며 모습을 보였다.

“이건 어, 때…….”

그런 아리사의 표정이— 마사치카의 앞에 선 유키를 발견한 순간, 딱딱하게 굳어버렸다.

굳어버린 아리사의 얼굴 아래편에서는 크게 벌어진 옷깃 사이로 가슴골이 보였고, 그 아래편에서는 눈부신 허벅지가 아낌없이 드러나 있었다.

표정을 바꾸지 않으며 그 광경을 응시한 유키는 마음속으로 앞머리를 쓸어 올리더니, 냉철한 눈빛을 머금으며 이렇게 말했다.

(훗…… 지나치게 에로틱하군.)

물론 그 말을 입 밖으로 내뱉을 수는 없었다. 그래서 유키는 상류층 아가씨답게 입가에 손을 대고, 눈을 살짝 크게 뜨며 이렇게 말했다.

“우와~. 아랴 양, 대담해~.”

(1권 신규 SS) 토우야는 눈칫밥 신세

"아리사 양. 홍보지가 얼추 완성됐으니, 살펴보고 의견을 제시해 주지 않겠어요?"

"알았어."

"어머? 마샤, 여기는 이렇게 쓰면 되는 것 맞아?"

"응~? 보여줘~. 아~, 이러면 안 될 것 같네……. 아마 작년 게 여기 들어 있을 테니까, 그걸 참고해서……."

의욕적으로 활동하고 있는 학생회 임원들. 세이레이 학원 고등부의 새 학생회장인 켄자키 토우야는 그 광경을 바라보면서 입을 꾹 다물었다.

(으음…….)

사랑하는 연인인 『학교의 정모(돈나)』 사라시나 치사키. 그녀의 친구인 『학교의 성모(마돈나)』 마리야 미하일로브나 쿠죠. 차기 학생회장 자리를 노리는 1학년 임원 『온실 속의 공주님』 스오우 유키와 『고고한 공주님』 아리사 디하일로브나 쿠죠. 2학년의 2대 미녀와 1학년의 2대 미희가 전부 학생회에 속해 있다.

날렵하고 야무지며 멋진 인상의 미소녀와 글래머러스하

고 서글서글하며 모성적인 미소녀. 요조숙녀 그 자체인 분위기의 정통파 미소녀와 이국적인 분위기를 강렬하게 풍기는 신비한 미소녀. 하나같이 타입은 다르지만, 남자라면 누구라도 눈길을 빼앗기고 말 미소녀들이다. 완전 아이돌 그룹이다. 아니, 아이돌 중에서도 이렇게 미모 평균치가 높은 소녀 집단은 본 적 없다.

남자 고등학생이라면 보고 있기만 해도 행복할 광경 앞에서…… 토우야는 생각했다.

(공기가…… 너무 여성적이야. 숨이 막혀…….)

……결코 이 생각을 입 밖으로 내뱉지는 않았다. 하지만 그것이 토우야의 솔직한…… 그리고 꽤 절실한 감상이었다.

신기하게도 남녀 비율이 이렇게 한쪽으로 치우치자, 방 안에 꽃향기가 감도는 느낌이 들었다. 이것이 샴푸 향기인지 섬유 유연제 향기인지 아니면 여성 특유의 체취인지는 오랫동안 여성과 인연이 없이 살아온 토우야는 알 수 없었다. 보아하니 이 자리에는 화장한 여성이 없는 것 같으니, 화장품 향기는 아니라고 생각하지만, 그것 또한 직접 확인한 것은 아니기에 확실하지 않다. 토우야의 눈에는 화장을 안 한 것처럼 보이지만, 실은 몇 명이 화장을 했을지도 모른다.

(일단 교칙으로 화장이 금지되어 있기는 한데…… 그걸 성실히 지키는 여자가 소수파란 이야기를 들은 적도 있잖아.)

기본적으로 이 학교에 다니는 여학생은 괜찮은 집안의 아가씨이기에, 화려하게 화장하고 다니는 학생은 매우 적다. 하지만 그런 괜찮은 집안의 아가씨이기에, 남들 앞에 나설 때는 최소한의 화장을 할지도 모른다.

(뭐, 그런 건 아무래도 상관없어.)

연인인 치사키는 몰라도, 다른 세 사람이 화장했든 안 했든 토우야에게는 아무 상관 없다.

틀림없는 점은 축구부와 유도부 부실이 남자 냄새로 가득 차듯이, 이 학생회실이 실제로 여자 향기로 채워지고 있다는 점이다. 딱히 나쁜 향기는 아니라서 문제 될 것이 없지만……. 가장 큰 문제는 물리적인 공기만이 아니라, 분위기도 여성적으로 변해가고 있다는 점이다.

"으응~. 잠시 쉴까요~."

"그래. 너무 무리하는 것도 좋지 않아."

"그럼 오늘은 제가 홍차를 끓일게요."

"어, 유키가? 그거 좋네! 기대돼!"

눈앞에서는 실로 여성적인 대화가 오가고 있었다. 마치 만화 속에나 있는 상류층 아가씨 학교에서 다과회가 열린 듯한 훈훈하고 아름다운 광경이지만…… 그것을 본 토우야는 진심으로 생각했다.

(불편해…….)

마치, 여자 모임에 남자가 한 명만 끼어 있는 것 같았다.

남성 참가가 금지된 다과회에 발을 들인 것만 같았다. 그런 압도적 불편함이 느껴졌다. 후각을 자극하는 여자아이의 향기가 그 불편함을 더욱 가속시켰다. 이제 이 공기에 섞이기 위해서는, 자신이 가진 모든 여성성을 쥐어짜 내서 마음은 여자인 존재가 될 수밖에 없지 않을까…… 같은 이상한 생각까지 머릿속을 스칠 지경이었다.

(어째서 이렇게 된 거지…….)

토우야는 허공을 응시하면서 탄식을 터뜨렸다.

처음에는 토우야와 치사키로 남녀 비율이 동일했다. 거기에 치사키가 마리야를 데려오면서 남녀 비율이 달라졌다. 2학년의 2대 미녀가 모이면서 「남자들에게 질투받겠는걸」 하고 생각했지만, 이 시점까지는 낙관했다. 왜냐하면 아직 1학년 임원이 들어오지 않은 것이다.

(중등부 시절의 한 학년 아래 학생회장과 부회장은 남녀 페어였고…… 다른 후보도 여자애만이란 인상은 없었으니 그들이 들어오면 자연스럽게 남녀 비율이 균일해질 거야.)

그렇게 생각했지만…… 드디어 찾아온 학생회 첫날, 이곳에 나타난 전 중등부 학생회 임원은 어찌 된 건지 전 학생회장인 유키뿐이었다.

"그럼, 오늘부터 잘 부탁해."

"네, 잘 부탁드려요."

"그런데…… 파트너는 어떻게 된 거야?"

혼자 찾아온 유키와 인사를 나눈 후, 토우야는 머뭇머뭇 그렇게 물었다. 그러자 유키는 난처한 듯 눈을 살짝 내리깔면서 웃음을 머금었다.

"마사치카 씨 말인가요? 제안했지만…… 거절당했어요."

"그렇구나……."

머릿속에 어렴풋이 남아있는 마사치카의 얼굴에 X 표시가 새겨졌다. 이것으로 남녀 비율은 1 대 3. 하지만 아직 후보는 더 있다. 학생회에 들어올 남자애가 있을 거라고 여겼다. 하지만 그 후에 학생회에 들어온 사람이 마리야의 여동생인 아리사뿐일 줄이야.

"아하하. 토우야 하렘이네~. 대박~."

학생회가 어떻게 돌아가고 있는지 보러 온 전년도 부회장에게 그런 놀림을 받았지만, 이때까지도 토우야는 희망을 버리지 않았다. 첫날에 찾아온 이가 이 두 사람뿐인 것이며, 내일 이후로 남자애가 들어올 가능성이 있다고 여겼다. 그리고 그 후로 남자 임원이 몇 명이나 들어왔다. 하지만…….

"죄송합니다……. 역시, 제 실력으로는 무리인 것 같아요……."

"아니, 그게, 여성진에게 일에 관해 묻는 게 어려워서…… 괜히 주눅이 든다고나 할까요."

"어, 이유 말임까? 까놓고 말해 부회장님이 너무 무섭슴다."

그들 전원은 2주도 버티지 못하고 학생회를 떠났다. 어떤 자는 우수한 여성진의 발목을 잡는다는 사실을 견디지 못했고, 어떤 자는 아름다운 여성진과 원만한 커뮤니케이션을 취하지 못했으며, 어떤 자는 흑심을 내비치다 치사키의 위압감에 압도당하고 말았다. 결국 남은 사람은 초기 멤버인 이 다섯 명뿐이다.

(남자 임원이 필요해…….)

절실하게, 그렇게 생각했다. 다들 좋은 사람인 것은 분명하지만, 이대로는 너무 불편했다. 계속 마음을 쓰게 됐다. 그리고 다섯 명으로는 솔직히 인원이 부족했다.

하지만, 어느새 6월 하순이 됐다. 이제부터라도 1년 동안 임원을 맡아 줄 남학생이 들어올 가능성이 적다는 사실 정도는 토우야도 알고 있다. 만약 그런 학생이 있다면, 이미 학생회에 들어왔을 것이다.

(치사키처럼 나도 동급생 친구에게 제안하는 편이 좋았을 테지만…….)

1년 전까지 친구가 한 명도 없는 완전 아싸였던 자신에게는 이런 상황에서 기댈 동급생 동성 친구가 없다. 선거 활동 과정에서 신뢰 관계를 쌓은 상대라면 있지만, 함께 놀러 가거나 한 적은 없으며 친구라 부를 만큼 가깝지도 않았다.

(지지자와 연인은 있지만, 친구는 없다……. 뭐, 자업자

득이긴 해.)

　마음속으로 몰래 한숨을 내쉰 토우야는 1년 동안 이 멤버로 지내는 것을 반쯤 각오했다.

　각오는 했다. 그래서 **그때**의 토우야는 그야말로, 반쯤 체념하며 멍하니 쳐다보고 있던 낚싯대에 갑자기 참다랑어가 걸린 낚시꾼이 된 듯한 심정이었다.

　"아, 네가 쿠제구나. 나는 학생회장인 켄자키라고 해. 이 야기는 익히 들었지. 꽤나 우수하다지?"

　후배에게 맡겼던 비품실 정리. 그것을 돕겠다고 참가한 유키의 예전 파트너.

　(전직 중등부 부회장. 실무 능력 완벽. 게다가 스오우, 동생 쿠죠와도 친한 1학년.)

　완벽한 즉시 전력감이다. 여성진과의 커뮤니케이션 또한 문제없어 보였다.

　(무엇보다 남자! 바라고 바라던 남자!)

　이 SSR 캐릭터는 뭐야. 이런 유망주가 있었던 거냐.

　물론 학생회에 들어가는 것을 한사코 거절하고 있다는 이야기는 유키에게서 들었다. 하지만 이렇게 도와준다는 건, 학생회에 들어올 가능성이 아예 없지는 않을 것이다.

　"그럼, 저는 이만 가볼게요."

　"아, 기다려. 도움을 받아놓고 그냥 보내는 것도 좀 미안하거든. 시간도 이렇게 됐으니 밥이라도 대접하고 싶은걸."

이런 대어를 놓칠 수는 없다. 반드시 낚고 말겠다. 일단 미끼는…….

"뭐, 패밀리 레스토랑이지만 말이야!"

담력 시험 in 전전전야제

"자~ 이제 시작하자! 전전전야제 메인이벤트~! 담력 시험 시간이다아앗~~~~!!"

교정에 울려 퍼지는 타케시의 외침어 남학생 대부분과 흥이 많은 여학생들이 환성을 질렀다. 나도 일단 작게 환성을 지르며 아직 불이 켜져 있는 교무실을 힐끔 쳐다봤다. 사전에 허가를 받아두기는 했지만, 너무 떠들었다간 주의를 받을지도 모른다.

"그럼, 제비뽑기를 하자~. 남자는 이쪽, 여자는 이쪽이야."

하지만 다행히 선생님이 교무실에서 뛰쳐나오기 전에 분위기는 진정됐고, 다들 작게 접힌 종이가 잔뜩 들어 있는 두 비닐봉지에 차례차례 손을 집어넣었다.

이윽고 곳곳에서 「나는 8번」, 「11번은 누구야~?」 같은 목소리가 들려오기 시작했다. 나도 뽑은 제비를 펼쳐보니, 거기에는 16이라고 적혀 있었다.

"으음, 16번은……."

"아, 쿠제가 16번이야?!"

"어?"

말을 이으려던 순간, 어찌 된 건지 한 남자애가 나에게 말을 걸어왔기에 그쪽으로 고개를 돌렸다.

"부탁이야! 나와 제비를 바꿔주라! 여친이 16번이야!"

"아, 아하…… 뭐, 좋아."

"정말 고마워!"

뭐, 여친 때문이라면 어쩔 수 없지. 그렇게 생각하며 제비를 바꿔주자, 그 녀석은 환한 표정으로 파트너에게 뛰어갔다. 커플 따위…… 담력 시험에서 벌벌 떠는 모습을 보여주고 확 차여버려라.

오타쿠로서의 시선을 바탕으로 그런 생각을 한 후, 나는 들고 있는 제비를 다시 쳐다보았다.

"자…… 8번? 으음, 8번은 분명…….".

아까 8번이라고 말했던 여자애가 있었는데…… 하고 생각하며 고개를 돌려 보니, 그 여자애는 쿠죠 양과 이야기를 나누고 있었다.

(어라, 신기한 일도 다 있네. 쿠죠 양이 다른 애랑 이야기를 나누고 있잖아.)

어쩌면 이 문화제 준비를 통해 친구들과 다소 가까워진 걸지도 모른다. 감회에 사로잡힌 내가 그런 생각을 하며 다가가 보니, 그 여자애는 쿠죠 양을 두고 어디론가 가버렸다.

"어, 어라?"

그 뒷모습을 눈으로 좇으며 쿠죠 양에게 다가가자, 그녀가 나를 발견하고 말을 걸어왔다.

"쿠제…… 혹시 8번이야?"

"어, 응. 그렇긴 한데……."

"나도 그래……."

"뭐……? 하지만……."

8번은 아까 그 여자애였지 않아? 하고 생각하며 고개를 돌려 보니…… 히카루에게 말을 걸고 있는 그 여자애의 모습이 눈에 들어왔다. 흐음, 아하…… 그렇게 된 거구나?

"뭐, 그렇다면 잘 부탁해."

"응……."

쿠죠 양과 시선을 마주하며 고개를 살짝 끄덕였을 때, 타케시가 입을 열었다.

"좋아~, 짝은 다 정해졌지~? 그럼 1번부터 차례차례 가자~. 11번 이후는 귀신 담당이야~."

이 담력 시험은 문화제에서 운영할 귀신의 집의 예행연습이라는 구실로 허락을 받았다. 그래서 건물 전체가 무대이기는 하지만, 귀신 역할인 학생은 문화제에서 쓸 의상을 착용하기로 했다.

귀신 역할을 맡은 학생들이 건물 안으로 우르르 들어갔고, 20분쯤 지난 후에 담력 시험이 시작됐다. 그로부터 잠시 기다린 후, 우리 차례가 됐다.

"자~ 다음은 마사치카와…… 쿠죠…… 양, 맙소사……."

진행자 역할이 몸에 익은 타케시가 불러서 앞으로 나가 보니, 그는 질투심 섞인 눈길로 나를 쳐다보았다. 그와 동시에 등 뒤에서도 같은 종류의 시선이 쏟아졌다.

"왜 그래……?"

"아무것도 아냐~. 그럼, 룰이니까~ 파트너와 손잡아 줄래요~?"

"그래……."

말은 그렇게 했지만, 쿠죠 양이 손잡아 주려나~? 하는 일말의 불안감을 느끼면서 옆을 쳐다보니, 그녀는 나를 힐끔 쳐다보며 아무 말 없이 왼손을 내밀었다. 그 모습에 약간 안도하면서, 나도 아무 말 없이 그 손을 움켜잡았다. 아아…… 응.

(뭐랄까……『히히, 아리사 님의 손은 참 부드러워~』같은 느낌이네.)

『왜 중증 오타쿠 스타일인 건데?』

『시끄러워, 동요했단 말이야.』

머릿속에 출현한 소악마 스타일 유키에게 그렇게 대꾸하고 있을 때, 눈앞에 있는 타케시가 불만스러운 표정을 지었다.

"쳇."

"타케시. 왜 혀를 차는 거야?"

"별거 아냐~. 쿠죠 양과 손을 잡아서 참 좋겠네요~?"

"애초에 짝과 손을 잡아야 한다는 룰을 내놓은 건 너잖아?"

하지만 이러는 사이에도 등 뒤에서 비슷한 시선이 느껴졌다. 그쪽은 타케시와 다르게 눈빛이 진짜로 살벌했다. 애초에 우리는 다른 애들과 바꿔준 결과, 이렇게 짝이 된 건데…… 되게 귀찮네.

"하아~, 그럼 너와 짝을 바꿔…… 큭?!"

말을 이으려던 순간, 오른손이 으스러지는 느낌이 든 바람에 어깨를 부르르 떨었다.

"어라? 왜 그래?"

"아, 아무것도 아냐…….."

"가자, 쿠제."

"넵. 그럼…… 갈게."

"으, 응…… 다녀와."

쿠죠 양이 시치미 떼는 표정으로 걸음을 옮기자, 나는 반쯤 끌려가듯 건물 안으로 들어갔다. 믿기지 않네. 이렇게 예쁘장하게 생긴 애가 고릴라 뺨치는 악력을 지녔다니.

"너, 무례한 생각을 하고 있지?"

"눈곱만큼도 안 했어."

게다가 감도 좋다. 여자의 감이라는 걸까? 아니, 고릴라라면 야생의—.

"쿠. 제."

"왜 그러십니까, 쿠죠 양."

쿠죠 양의 차가운 시선을, 나는 전심전력을 다한 진지한 표정으로 받아냈다. 진지한 척하는 표정이라는 표현이 적절할지도 모른다…….

"하아……."

하지만 그 덕분인지, 질렸다는 듯 작게 한숨을 내쉰 쿠죠 양은 손에서 힘을 빼면서 걸음을 내디뎠다.

으음~, 이상하네. 담력 시험인데, 왜 귀신보다 파트너 때문에 가슴이 콩닥거리는 거지? 물론 공포 노선의 의미에서 말이다.

하지만 메인은 이제부터다. 쿠죠 양도 여자애다. 귀신이 나오면「꺄아, 무서워~」하며 내 팔에 매달릴지도…….

"으헝!!"

"……!"

"우워어어어어어어!"

"……."

……안 놀라네. 뭐, 이렇게 될 것 같기는 했어.

귀신 역할을 맡은 학생이 계단과 교실에서 튀어나왔지만, 쿠죠 양은 비명조차 지르지 않았다. 맞잡은 손이 희미하게 떨릴 뿐이다.

이 재미없는 반응과 차가운 시선에, 겁을 주는 쪽이 오히려 움츠러들었다. 뛰쳐나올 때의 기세는 어디 간 건지, 멋쩍은 표정을 지으며 원래 자리로 돌아가는 모습을 보니 내 가슴이 다 아렸다.

"쿠, 쿠죠 양…… 거, 겁먹은 척 좀 해줘도 괜찮지 않을까 싶은데?"

"싫어. 겁먹으면 지는 것 같단 말이야."

"아니, 이건 그런 승부가 아닌데……."

하지만 그 후에도 쿠죠 양은 전혀 겁을 먹지 않으며 성큼성큼 걸음을 내디뎠고, 우리는 건물 안을 빠르게 돌아본 후에 1층으로 돌아왔다. 으음…… 나, 계속 끌려다니기만 한 거 아냐? 어라? 남자로서 이건 꽝 아냐?

"후유, 이걸로 끝이네. 딱히 무섭지는 않았어."

"응……. 나는 무서워할 겨를 자체가 없었단 느낌이지만 말이야……."

복잡한 심경으로 그렇게 말하면서 출구를 향해 걸어간…… 바로 그때였다.

"어?"

어두운 복도 바닥을, 조그마한 무언가가 가로지르는 모습이 보였다. 그 순간…….

"히익, 싫어!!"

"어?!"

쿠죠 양이 갑자기 비명을 지르면서, 나를 앞으로 밀쳤다. 너무하잖아. 주저 없이 남을 방패로 썼어!

"무, 무리야! 이 나라에 살고 있는 건 너무 커! 저건 절대 무리야!"

"아니, 나도 괜찮지는 않거든?!"

"꺄아! 저기 있어!!"

"그렇다고 사람을 방패로 쓰지 말라고!"

하다못해 이럴 때는 팔에 매달리는 게 클리셰잖아! 머리 한편으로 그렇게 생각하면서도, 나는 남자의 자존심을 지키기 위해 쿠죠 양을 감싸며 **그것**이 있는 벽 쪽을 크게 우회해서 밖으로 나갔다.

내 손을 잡아끌며 몇 미터 뛰어가던 쿠죠 양은 먼저 밖에 나가 있던 학생들의 시선을 눈치챈 건지, 갑자기 멈춰섰다.

그리고 태연한 표정을 지으면서 여유롭게 머리카락을 쓸어 넘겼다.

"뭐…… 하나도 무섭지 않았어."

"……."

"뭐야……."

"아무것도 아냐……."

뭐, 좋아. 됐어. 귀신을 무서워하지 않은 건 사실이니까. 덕분에 나는 하나도 즐겁지 않았지만 말이야. 담력 시험인데, 러브 코미디에서 볼 법한 청춘 이벤트가 하나도 일어나지 않았잖아. 뭐, 그런 건 눈곱만큼도 기대하지 않았지만 말이야!

"뭐야. 할 말이 있는 듯한 표정이잖아."

"아냐~. 쿠죠 양은 참 듬직하다고 생각했거든? 나 따위는 없어도 괜찮았겠다 싶어."

역시『고고한 공주님』. 마음속으로 그렇게 덧붙인 후, 나는 쿠죠 양의 손을 놨다.

【그렇지 않아.】

바로 그때, 속삭이듯 중얼거린 러시아어가 어렴풋이 들려왔다. 내가 고개를 돌려 보니, 자기 왼손을 쳐다보던 쿠죠 양이 고개를 퍼뜩 들며 약간 허둥대고 있었다.

"방금 무슨 말 했어?"

"응? 별말 안 했는데?"

"그래……?"

왠지, 방금 청춘 이벤트 비스름한 게 일어났던 것 같은데…… 기분 탓일까. 목소리가 작았으니까, 잘못 들은 걸지도 모른다.

……문화제가 끝나고 다음 날, 나는 그게 기분 탓이 아니었다는 것을 알게 된다.

동물귀 속성에 눈뜬 날

중학교 마지막 문화제. 우리 반이 기획한 귀신의 집은 꽤 성황이었다.

"귀신의 집 입구는 여기입니다~."

익숙하지 않은 호객 행위 중인 쿠죠 양의 옆에서, 나는 교실 입구에 친 장막을 걷으며 손님을 안으로 안내했다.

"자, 들어가시죠~. 남성 한 명, 여성 한 명 입장입니다~!"

그리고 귀신 역할을 맡은 학생들에게 손님의 성별과 연령층 및 인원수를 전달하고자 장막 안쪽을 향해 외쳤다.

이것은 여성과 어린이 손님에게 너무 겁을 주거나, 의도치 않은 접촉 사고가 일어나지 않게 하기 위한 배려다.

가족으로 보이는 손님의 안내를 마치고 한숨 돌렸을 때, 옆 교실에서 학급 반장인 여자애가 얼굴을 내밀었다.

"쿠제, 쿠죠 양. 슬슬 귀신 역할을 맡아줄래?"

"응."

"알았어."

다른 학생과 접수원 및 호객을 교대한 나와 쿠죠 양은 옆 교실에 들어갔다. 옆 교실은 교정에서 노점을 하고 있기에 비어 있었다. 그래서 교실 뒤편 절반을 탈의실 겸 휴게실로 이용하고 있다.

"쿠제는 이쪽, 쿠죠 양은 저쪽이야. 안쪽에 의상을 뒀어."

"참고로 어떤 의상인데?"

"쿠제는 달걀귀신, 쿠죠 양은 고양이 요괴야. 그럼 잘 부탁해."

그렇게 말한 반장은 빠른 걸음으로 교실을 나섰다. 혼자서 우리 반의 매니저 역할을 맡은 만큼, 꽤 바쁜 것 같았다.

"그럼 갈아입을까?"

"응."

별생각 없이 쿠죠 양과 시선을 마주한 후, 나는 간이 탈의실에 들어갔다.

안에 들어가 보니 하얀 유카타와 짚신, 그리고 머리에 쓰는 달걀귀신 마스크가 들어 있는 종이 상자가 발치에 놓여 있었다.

"이거, 숨쉬기 힘들겠네……."

눈 부분에는 조그마한 구멍이 나 있지만, 입가에는 그런 가공이 되어 있지 않았다. 이걸 계속 쓰고 있으면 갑갑할 것 같았다.

벌써부터 이걸 쓸 마음은 들지 않았기에, 나는 유카타와 짚신만 착용한 후 원래 옷을 종이 상자에 넣어 놓고 밖으로 나갔다.

종이 상자 겉면에 자기 이름을 써놓고 교실 뒤편의 사물함 쪽으로 간 나는 거울로 자신의 옷차림을 확인했다.

"으음…… 옷자락이 조금 짧긴 하지만, 괜찮은 것 같네."

귀신 의상은 돌라입어야 하니, 사이즈가 맞지 않는 건 어쩔 수 없다. 그래도 이 정도라면…….

(어? 잠깐만.)

바로 그때, 문뜩 눈치챘다. 나는 또래 남자애의 평균 키보다 약간 큰 편이라 이 정도지만…… 여자애의 평균 키보다 훨씬 큰 쿠죠 양은 큰일 난 게 아닐까, 란 사실을…….

거기까지 생각이 미친 내가 간이 탈의실을 돌아보니, 아니나 다를까 문제가 발생한 듯한 기척이 느껴졌다. 다가가 보니, 쿠죠 양의 「어? 하지만…… 어?」하는 초조함과 당혹감으로 가득 찬 목소리가 들려왔다.

"쿠죠 양, 괜찮아?"

"쿠, 쿠제…… 아, 응……. 괜찮다고나 할까……."

"혹시 사이즈가 작아? 좀 더 큰 걸로 바꿔 달라고 할까?"

"아, 사이즈는 딱 맞는데……."

"응? 혹시, 어떻게 입는 건지 모르는 거야?"

"그런 게 아니야. 그런 게 아니라……."

쿠죠 양이 떨떠름한 목소리로 그렇게 말하자, 나는 고개를 갸웃거렸다.

고양이 요괴 의상은 유카타와 고양이 귀, 고양이 꼬리를 착용하고 가짜 이빨을 장착하기만 하면 된다. 유카타의 허리띠를 묶는 법은 다 같이 연습했고, 고양이 눈 콘택트렌즈는 비용과 여럿이 같이 쓰는 게 어렵다는 점을 고려해 관뒀다. 그러니 딱히 문제는 없으리라고 생각한다.

"으음, 일단 갈아입긴 한 거지?"

"응. 뭐…….."

"그럼, 뭐가 문제인데?"

"아니, 그게…….."

"뭐, 됐어. 일단 밖으로 나와 봐. 문제가 있다면 내가 도와줄게."

"……."

하지만 쿠죠 양은 나오지 않았다. 뭔가를 주저하고 있는 건지, 침묵에 잠겨 있었다.

(뭐야? 또 남에게 도움받는 게 싫어서 그런가?)

뭐든 혼자서 완벽하게 해내려 하는 것은 쿠죠 양의 장점이자 단점이기도 했다. 시간이 있다면 본인의 직성이 풀릴 때까지 하게 두고 싶지만…… 지금은 다른 애들이 기다리는 상황이다. 이대로 무의미한 문답을 계속 주고받을 수는 없다.

(곤경에 처하면 순순히 남에게 기대라고 알려줬는데…….. 어쩔 수 없지. 좀 세게 대응해 볼까.)

이미 옷을 다 갈아입었다면, 딱히 문제는 없을 것이다.

그렇게 생각한 나는 탈의실의 천을 향해 손을 뻗었다.

"걷는다~? 걷을 거야~."

"어? 으음, 그건……."

"자~, 걷습니다~."

쿠죠 양의 당혹스러운 목소리를 개의치 않으며, 나는 탈의실의 천을 걷었—.

"아……."

"어……?"

눈이 마주쳤다. 살갗을 어마어마하게 드러내고 있는 쿠죠 양과 말이다.

"아, 어……?"

한순간 속옷 차림인가 했지만…… 그렇지 않았다. 아니, 그건 속옷 차림보다 훨씬 끝내주는 것이었다! 그녀의 은발과 어울리는 하얀 고양이 귀와 고양이 꼬리. 그것과 반대로 하얀 피부를 꾸며주고 있는 검은색…… 아니, 저건 그냥 속옷이네! 게다가 목에는 초커와 방울까지 달고 있다! 고양이 요괴? 아니다! 이건 캐트시. 존재 자체가 남자를 현혹하는 고양이 요정이다—!!

"아, 그게, 저기……."

딱딱히 굳어버린 내가 뚫어지게 쳐다보자, 이제까지 얼이 나가 있던 쿠죠 양이 양손으로 가슴을 가리며 울먹거리기 시작했다.

“미, 미안—!”

그 모습을 본 내가 반사적으로 사과를 하려다— 입에서 나오려던 말을 삼켰다.

(아냐! 그게 아니라고! 이 상황에서 사과했다간 내가 보면 안 되는 걸 봤다는 걸 인정한 게 돼! 쿠죠 양이 보여주면 안 되는 걸 보여준 게 된다고! 그랬다간 쿠죠 양이 마음에 상처를 입게 될 거야! 사과가 아냐. 지금, 내가 해야 하는 건—.)

나는 날카로운 시선을 품으며 뒤편으로 몸을 날린 후, 크게 숨을 들이마셨다. 그리고 물 흐르듯 자연스럽게 전력 오체투지를 하면서 목청껏 고함을 질렀다.

“감사합니다!!”

“뭐—.”

당황하는 쿠죠 양을 개의치 않으며, 나는 교실 바닥에 이마를 대고 마음속에 있는 말을 토했다.

“정말 멋집니다! 숭배합니다! 숭상합니다! 그 옷차림으로 부끄러운 듯『야, 야옹~』하고 말해 주면 확 몸을 던질 자신이 있습니다! 방울까지 장비해 주시다니, 뭘 좀 아시는군요! 그건 그렇고 역시 검은색은 최고라고 생각하는 바입니다아아앗! 진심으로 감사합니다!!”

오타쿠 특유의 빠른 어조로 말을 쏟아내자, 교실 안에는 침묵이 감돌았다. 쿠죠 양도 얼이 나간 건지, 비명은 고사하고 꿈쩍도 하지 못했다.

(훗, 해냈군.)

헛소리와 기세로 쿠죠 양이 느꼈을 수치심과 충격을 완전히 날려버렸다고 확신한 나는 바닥을 내려다보며 날카로운 미소를 머금은 채…… 앞으로 어떻게 할지 생각했다.

바로 그때, 등 뒤의 문이 열리면서 반장의 목소리가 들려왔다.

"미안해~ 쿠죠 양. 오래 기다렸지~? 지금 고양이 요괴 역할을 맡은 애를 데려왔으니, 까……."

무릎을 꿇은 채 뒤쪽을 힐끔 쳐다보니, 거기에는 반장과 고양이 요괴 복장을 한 여학생이 얼이 나간 표정으로 멍하니 서 있었다.

"아, 어…… 쿠죠 양……."

"어…… 어?"

"아, 아니, 그 의상은 수예부가…… 저기, 장난삼아서 만든 거랄까…… 설마 진짜로 입을 줄은……."

얼이 나간 채 그렇게 말한 두 사람은 퍼뜩 놀란 표정을 짓더니, 허둥지둥 문을 닫으며 우리에게 다가왔다.

"아, 아무튼! 이 애의 의상으로 갈아입어!"

"쿠죠 양! 모, 몸을 가려! 쿠제! 너는 빨리 나가!"

"아, 응……."

순식간에 시끌벅적해진 교실에서 나는 고개를 숙인 채

퇴장하려고 했다.

(응. 이 정도면 상처는 그렇게 깊지 않겠지?)

그런 생각을 하면서 교실 문에 손을 댔을 때였다.

"쿠제."

등 뒤에서 약간 날 선 목소리가 들려왔기에 내가 흠칫하며 머뭇머뭇 뒤를 돌아보니, 탈의실의 천으로 목 아랫부분을 가린 쿠죠 양이 나를 노려보고 있었다.

"바, 방금 본 건 머릿속에서 빨리 지우도록 해!"

"최선을…… 다해 보겠습니다."

마음속으로 절대 무리라고 생각하면서도, 나는 무난한 답변을 입에 담았다. 그런 내 마음속을 꿰뚫어 본 것처럼, 쿠죠 양의 시선은 더욱 날카로워졌다. 하지만 곧 시선을 옆으로 돌리더니, 천을 쥔 손을 살짝 꺾었다. 저건…… 어? 설마 고양이 흉내를 내는 건가?

【Мяууу…….】

그 순간, 나는 무사히 사망했다.

선생님~.
회장과 부회장이 아침부터 러브 코미디 찍어요~

학생들이 모여들기 시작한 세이레이 학원. 창문에서 스며드는 아침 햇살을 맞으며 두 사람이 학생회실에서 업무에 열중하고 있었다.

"좋아. 이걸로 내광회와의 협의도 끝났으니까…… 이제 이걸 교무실에 제출한 다음, 학교 측의 답변을 기다리기만 하면 되겠는걸."

"수고했어. 어찌어찌 해냈네."

"응……. 공약을 지켜서 한숨 돌렸어."

그 두 사람은 학생회장인 켄자키 토우야와 부회장인 사라시나 치사키였다. 현 학생회를 대표하는 2인조이자, 교내에서 가장 유명한 커플이기도 했다.

현재 두 사람은 휴일에 치른 동문회— 정식 명칭 내광회와의 협의 내용에 관한 자료를 한창 정리하고 있었다. 그 내용은 세이레이 학원의 교복 변경에 관한 제안이다. 토우야가 회장 당선 시에 내건 공약 중 하나다.

"그건 그렇고, 그 사람들의 고지식함에는 놀랐어. 매년 더위를 먹고 쓰러지는 학생이 있다고 해도 좀처럼 동의하지 않더라니깐……."

"뭐, 어느 세상이나 연장자는 고지식한 법이거든……. 그래도 치사키 덕분에 어찌어찌 해결됐어."

"뭐? 나? 내가 뭘 했어……?"

"그게……."

연인이 어리둥절한 표정을 짓자, 토우야는 마음속으로 「내 옆에서 살기를 팍팍 뿜어댔잖아」라고 생각하면서도 솔직하게 말하는 것을 주저했다. 대기업 중역이나 일류 정치가도 속해 있는 내광회 사람들이 치사키가 뿜는 「됐으니까 잔말 말고 고개나 끄덕여」라고 말하는 듯한 살기에 압도당했지만, 본인은 자각을 못 하고 있었다. 토우야는 잠시 생각에 잠긴 후, 무난한 대답을 입에 담았다.

"네가 옆에 있어 준 덕분에…… 나도 그 사람들을 상대로 당당히 교섭할 수 있었어. 그러니까 네 덕분이야."

회장 자리에 앉은 토우야가 옆에 서 있는 치사키에게 그렇게 말하자, 그녀는 멋쩍은 듯 미소 지으며 토우야를 돌아보았다.

"토우야……. 아냐, 토우야가 최선을 다한 결과야."

"치사키……."

그대로 서로를 응시하고 있는 두 사람의 주위에서 달콤한 분위기가 감돌기 시작했다. 바로 그때, 사냥감과 마주한 짐승 같은 미소를 머금은 치사키가 토우야가 앉은 의자를 빙글 돌리더니, 몸을 앞으로 숙이면서 의자의 팔걸이를 움켜잡았다. 치사키가 자신을 덮치려는 듯한 자세를 취하자, 토우야는 의자에 앉은 채 뒤편으로 몸을 젖혔다.

"치, 치사키…… 뭐, 뭐 하는 거야? 여기는 학생회실이라고."

"괜찮아. 아무도 안 와."

"그건…… 그렇지만, 학생들의 대표인 우리가 풍기를 어지럽히는 건 좀……!"

토우야는 허둥지둥 연인을 말리려 했지만, 치사키는 희열에 찬 미소를 머금은 채 얼굴을 내밀었다.

"풍기를 어지럽히는 게…… 어떤 건데?"

아, 잡아먹히겠네…….

그런 직감이 뇌리를 스친 토우야가 눈을 치켜뜬 채 각오를 다지려고 한― 바로 그때였다.

"앗!"

치사키가 고개를 퍼뜩 들더니, 학생회실의 문을 돌아보았다. 그리고…….

"숙여!"

"어, 어?!"

치사키 탓에 몸을 한껏 뒤편으로 젖히고 있던 토우야는 의자에서 미끄러져 떨어지듯 엉덩방아를 찧었다.

"이쪽이야!"

"아얏, 무슨—."

아파할 틈도 없이, 토우야는 영문도 모른 채 치사키에 의해 책상 아래편으로 떠밀려 들어갔다. 그리고 치사키도 책상 아래편으로 몸을 비집어 넣자, 두 사람은 마치 치사 키가 토우야를 덮치려는 듯한 자세로 책상 아래편에 쏙 들 어갔다. 그 직후에 학생회실의 문이 열리는 소리가 들려오 자, 토우야는 반사적으로 문 쪽을 돌아보았다.

"왜 그래?"

그 순간, 학생회 서무인 마사치카의 목소리가 들려왔다. 그 뒤를 이어 회계인 아리사의 목소리도 들려왔다. 아무래 도 단둘이 은밀한 이야기를 나누는 것 같았다. 하지만……
토우야는 그 대화를 신경 쓸 겨를이 없었다. 왜냐하면 지 금 자신들이 발각된다면 완벽하게 끝장이다.

(아니, 이유는 알겠지만…… 우리 둘 다 숨을 필요는 없 지 않아?)

애초에 숨을 필요 자체가 없다. 엉큼한 짓을 하려던 것 때문에 찔려서 숨기는 했지만, 그냥 평범하게 몸을 떼고 업무를 봤으면 됐으리라.

(오히려 이 모습을 저 애들이 본다면 변명조차 할 수 없 을 것 같은데…….)

어처구니없음과 약간의 비난을 시선에 담아서 앞을 바라 보니, 생각했던 것보다 더 가까운 위치에 연인의 얼굴이 있었다. 그 늠름하면서도 아름다운 얼굴이 서서히 빨개지자, 토우야는 무슨 일인가 싶어 눈썹을 찌푸렸고…… 곧 눈치챘다.

어중간하게 세워둔 자신의 다리. 그 무릎에 치사키의…… 탄탄한 복근이 닿아 있었다. 무릎을 통해 어마어마하게 단단한 감촉이 느껴지자, 토우야도 깜짝 놀랐다.

(뭐, 뭐가 이렇게 탄탄해……! 큭, 나도 질 수야 없지!)

어째선지, 토우야는 연인의 몸에 닿은 남자 고등학생답지 않은 반응을 보였다. 한편, 치사키는 연인의 몸에 닿은 여자 고등학생다운(?) 반응을 보였다.

밀착한 몸을 꿈틀거리더니, 눈가가 촉촉이 젖어 든 얼굴을 토우야 쪽으로 내밀었다. 코끝이 닿을 것 같을 정도로 몸이 밀착되자, 토우야는 몸을 젖히려 했지만…… 그럴 공간이 없었다. 그렇다고 함부로 목소리를 내는 건 명백하게 위험하며, 몸을 지탱하는 팔을 움직였다간 자세가 무너지며 소리가 날지도 모른다. 그 결과, 토우야는 연인의 접근을 허락할 수밖에 없었지만…….

"그런데 언제까지 거기 숨어 있을 생각이죠? 회장님, 사라시나 선배."

그 순간에 마사치카의 목소리가 느닷없이 들려오자, 치사키는 튕기듯 고개를 들었다. 그 순간, 쿵! 하는 둔탁한 소리가 울려 퍼졌다.

“……!”

소리 없는 비명을 지른 치사키가 뒤통수를 부여잡은 채 책상 밖으로 굴러나갔다. 그 모습을 걱정과 안도가 반씩 섞인 눈길로 바라보며, 책상 아래에서 기어 나온 토우야는 후배에게 변명을 늘어놓기 위해 천천히 몸을 일으켰다.

……치사키가 박치기를 날린 부분이 부서졌단 사실은 눈치 못 챈 척하면서 말이다.

(3권 특전 SS) ## 첫 데이트 연장전

"자, 여기야."

"우와~ 세련되네~."

숙성육 전문점에서 식사를 마친 후에 아리사가 마사치카를 데리고 간 곳은 동화에 나올 것만 같은, 흰색과 연녹색으로 꾸며진 귀여운 외딴집 같은 건물이었다.

"어서 오세요~."

여성 점원의 밝은 목소리를 들으며 그 건물 안으로 들어가 보니, 정면에는 테이블석이 줄지어 놓여 있었고 왼편에는 각양각색의 케이크가 놓인 기나긴 진열장이 있었다. 아리사의 말투로 볼 때, 포장이 아니라 이 가게에서 먹을 생각 같았다. 그렇게 생각하며 테이블석이 비어 있는지 둘러본 마사치카는…… 말로 형용할 수 없는 기분을 맛봤다. 그도 그럴 것이…….

(으음…… 역시, 대부분이 여자 손님이네.)

평일 낮의 케이크 전문점에 간다는 달을 들은 시점에서 예상했지만, 테이블석에 앉은 이는 대부분 여대생 그룹 혹은 사모님 집단이었다. 빈자리는 있지만…… 저 사이에 끼

일 걸 생각하니, 기분이 축 가라앉았다.

하지만 아리사는 그런 마사치카의 마음을 눈치채지 못한 건지, 서둘러 진열장 쪽으로 향했다. 마사치카도 어쩔 수 없이 따라가 보니…….

(잠깐만…… 쇼트케이크 한 조각이 700엔?! 너무 비싼 거 아냐?!)

거기에 표시된 가격을 보고 눈을 치켜떴다. 둘러보니, 진열장에 놓인 보석처럼 찬란히 빛나는 케이크들은 하나같이 500엔이 넘었다. 보드에 적힌 음료 메뉴 또한 전부 600엔 이상이었다.

(케이크 같은 건 살 일이 거의 없긴 한데…… 이건 비싼 거 맞지? 가게에 따라선 이 절반 가격에도 살 수 있을 것 같은데…….)

한 끼 식사 비용을 넘는 가격의 케이크를 본 마사치카는 마음속으로 움츠러들었다.

"쿠제, 정했어?"

"뭐? 아, 응……."

아리사의 말에 고개를 끄덕인 마사치카는 일단 초콜릿케이크와 아이스커피만 주문할까 했지만…… 바로 그때, 아리사의 믿기지 않는 목소리가 들려왔다.

"으음, 쇼트케이크와 초콜릿케이크, 그리고 과일 타르트와 여기 있는 밀크크레이프와 크림치즈케이크. 그리고 음료는 카페오레로 할게요."

한 개가 아냐……?!

무심코 마사치카는 전율했다. 아니, 케이크의 숫자에 속으면 안 된다. 그것도 매우 무시무시하지만 음료 선택도 무시무시했다.

음료로 달콤함을 중화시킬 의지가 전혀 느껴지지 않았다. 듣기만 해도 달콤함에 몸이 떨릴 것만 같았다. 점원도 살짝 당황한 미소를 머금었다.

"쿠제는 뭐로 할래?"

"어, 으음…… 그럼 이 초콜릿케이크와 아이스커피로……."

"어? 하나면 돼?"

"응……."

아리사가 의아하다는 듯 그렇게 묻자, 마사치카는 마음속으로 「아니, 보통은 한 개, 많아도 두 개 시키는데……」라고 태클을 걸면서 고개를 끄덕였다.

잠시 기다리자, 점원이 케이크와 음료가 놓인 쟁반을 건네줬다……. 참고로 케이크 다섯 개와 음료 한 잔을 쟁반 하나에 다 올려놓을 수 없는지, 마사치카의 쟁반에 음료 두 잔이 놓였다.

(가게 측이 상정한 적재량을 넘었구나…….)

하지만 아리사는 딱히 개의치 않으며 「음료 잘 부탁해」라고 말하더니, 자리로 향했다.

가게 안의 여자 손님이 그녀를 쳐다보는 건 미모 때문일까, 아니면 케이크 숫자 때문일까. 아마 양쪽 다일 거라고 마사치카는 생각했다.

"으음, 그럼…… 건배~?"

"건배……."

자리에 앉고 나서 어정쩡하게 잔을 맞댄 후, 각자의 케이크에 포크를 찔러 넣었다.

"응, 맛있어."

가격에 걸맞다고나 할까, 마사치카가 주문한 초콜릿케이크는 혀 위에서 녹으며 질리지 않는 단맛을 지닌, 입에 계속 집어넣고 싶어지는 그런 맛있는 케이크다. 아니…… 케이크였다. 눈앞에서 케이크를 쉴 새 없이 입에 집어넣는 아리사의 모습을 보기 전까지는 말이다.

(보고만 있어도 속이 더부룩해…….)

아리사는 다섯 개의 케이크를 번갈아 먹으면서 환한 미소를 머금었다. 그 미소 자체는 가슴이 떨릴 정도로 귀여웠지만, 하는 행동은 너무 악랄했다. 보는 사람조차도 입 안에 단맛이 퍼지는 것 같았다.

하지만 아리사는 그런 마사치카의 시선을 다른 의미로 받아들인 것 같았다. 눈을 껌뻑인 후에 자기 케이크를 힐끔 내려다보더니, 장난기 섞인 미소를 지었다. 그 미소를 본 마사치카는 매우 불길한 예감이 들었다.

“먹어 볼래?”

거봐~, 이럴 줄 알았어. 이유는 모르겠지만, 아랴 양은 오늘 공격적인 것 같았다.

아리사가 한입 크기로 자른 케이크가 놓인 포크를 내밀자, 마사치카의 볼이 희미하게 떨렸다.

주위에 있는 여대생과 사모님의 시선이 따가웠지만, 이 상황에서 거부했다간 더 따가운 시선을 받을 게 뻔하기에 체념하며 입을 열었다.

그리고 가능한 한 포크에 닿지 않도록 조심하며 케이크를 입에 넣은 후, 아무 말 없이 씹었다.

“맛있네…….”

여러 의미에서 입안이 달달했지만, 겉으로 드러내지 않으며 다시 자기 케이크를 쳐다보려고 했으나…… 생각이 짧았다. 예측적인 의미에서 말이다.

“그럼, 이것도 맛봐.”

이어지는 아리사의 공격! 이 흐름이면 틀림없이 5연속 공격이다!

그야말로 무념무상의 경지에 이른 채 입을 벌리는 마사치카에게, 아리사는 케이크를 차례차례 먹여줬다. 참 달다. 달다. 달아…….

(그러고 보니…… 나, 전에 아랴에게 매운 고추를 먹인 적이 있었지.)

　그렇다면 이것은 어찌 보면 인과응보라고 할 수 있지 않을까. 그런 생각을 하면서 마사치카는 묵묵히 케이크를 먹었다. 그런 그의 앞에서 아리사는…….

【즐거워♡】

진심으로 즐거워하는 표정으로 그렇게 중얼거렸다.

(3권 특전 SS) <u>스오우 유키는 최종 보스가 될 수 없다</u>

"유키 님, 돌아왔습니다."

심술궂은 시어머니도 질릴 수준의 청소를 마치고 마사치카의 집을 나선 아야노가 저택으로 돌아와 보니, 유키는 자기 방 침대에 엎드린 채 베개에 얼굴을 묻고 있었다.

"유키 님, 몸이라도 안 좋으신 겁니까?"

"으응~ 아냐~. 살짝 자기혐오 중……."

유키는 고개를 옆으로 살짝 돌려서 아야노를 쳐다보더니, 한숨을 내쉬었다. 그리고 다시 베가에 얼굴을 묻더니, 신음인지 괴성인지 알 수 없는 목소리를 흘렸다.

"끄으응~ 아랴 양이 너무 좋은 사람이라 마음이 아파아아~."

"……."

"좀 심했을까? 그래도 이 기회를 놓치는 건 아니다 싶고, 기왕이면 전력을 다해야겠다 싶은 데다, 할아버지한테서도 마구마구 압박을 받으니까~ 끄아아아아아~."

유키는 얼굴을 베개에 비비며 몸을 배배 꼬더니, 발까지 버둥거리기 시작했다. 아야노는 평소처럼 무표정한 얼굴로 그 모습을 지켜봤다.

아야노는 유키가 아리사에게 구체적으로 뭘 했는지 모른다. 하지만 유키의 반응을 보니, 아리사와의 우정에 금이 갈 만한 행위를 했으리란 것을 어렴풋이 눈치챘다.

(원래는 제가 그런 일을 맡아야 마땅하겠습니다만…….)

고뇌에 빠진 주인을 본 아야노는 무력감에 사로잡혔다.

남의 위에 서는 자는 깨끗해야만 한다. 깨끗한 눈으로, 아름다운 이상(理想)을 진지하게 이야기해야만 한다. 그래야만 사람들이 모여든다.

그리고…… 위에 서는 자가 깨끗하기 위해선, 더러운 역할을 대신 맡아줄 자가 필요하다. 마사치카가 바로 그런 자였다. 과거에는 유키, 지금은 아리사에게 청렴결백한 리더라는 역할을 맡기고 자신은 교섭이나 계략, 대립 후보와의 은밀한 심리전 같은 더러운 일을 도맡았다.

하지만 아야노는 그런 것을 못 한다. 심리전은 아야노가 어려워하는 분야이며, 애초에 성격이 너무 선량한 탓에 남에게 거짓말을 하거나 속이는 것을 못 한다.

(저는 뭘 위해서 유키 님의 파트너가 된 걸까요…….)

일반적인 학생회 업무라면 아야노는 얼마든지 완벽하게 처리할 수 있다. 하지만 그것은 학생회 임원에게 필요한 능력이며, 선거전에서 도움이 되는 능력이 아니다. 마사치카와 노노아 같은 인맥과 교섭력을 지니지 못한 자신이 대체 뭘 할 수 있는가…… 생각하고 생각한 끝에, 아야노는 유키가 엎드려 있는 침대로 다가갔다. 그러자 버둥거리고 있던 유키의 발이 움직임을 멈췄다.

"하아…… 이래서는 최종 보스가 될 수 없어……."

늘어진 목소리로 그렇게 중얼거리는 유키의 뒤통수를 응시하며, 아야노는 입을 열었다.

"유키 님."

"응~?"

"이야기해 주십시오. 속마음을 전부 갈입니다. 하다못해 함께 짊어지고, 함께 고민하고 싶습니다."

침대 옆에서 몸을 웅크린 아야노는 유키와 같은 눈높이에서 그렇게 말했다. 그러자 유키는 눈을 살짝 치켜뜬 후, 다시 침대에 얼굴을 묻었다.

"아야노에게 푸념을 늘어놓을 만한 일은 아닌데…… 뭐, 좀 이러다 보면 괜찮을 거야."

나른한 분위기에 휩싸인 유키가 아야노의 제안을 완곡하게 거절했다. 평소의 아야노라면 그 말에 담긴 「내버려둬」란 뜻에 따라, 조용히 방에서 나갔을 것이다. 하지만 아야노는 그 자리에 남아서 유키에게 조용히 말을 건넸다.

"유키 님."

"……."

"주인인 유키 님께서 시녀인 저에게 어리광을 부리려 하지 않는다는 것을 알고 있습니다……. 하지만 지금의 저는 유키 님의 시녀이자, 함께 회장 선거에 임하는 파트너이기도 합니다.”

“…….”

“부디 파트너인 저에게 의지해 주시지 않겠습니까? 그렇지 않으면…… 제가 유키 님의 파트너를 맡은 것에 무슨 의미가 있겠습니까.”

“뭐야……. 그런 걸 신경 쓰고 있었던 거야?”

유키는 머리를 들더니, 아야노의 앞으로 이동해서 침대 가장자리에 걸터앉았다. 그리고 코앞에서 아야노의 눈을 응시하며 말했다.

“확실히 오빠 같은 만능 치트 캐릭터가 서포트해 준다면 편리하긴 하거든? 게으름을 부려도 될 정도야.”

“…….”

역시 자신은 마사치카를 대신할 수 없는 걸까. 자신의 한심함을 느끼며 눈을 내리깐 아야노의 귀에 유키의 무사태평한 목소리가 전해졌다.

“하지만 그런 사람이 없더라도 문제 될 건 없어.”

“어…….”

아야노가 의외라는 듯 눈을 치켜뜨자, 유키는 자신만만한 미소를 머금으며 다리를 꼬았다.

“왜냐하면 나도 만능 치트 캐릭터거든.”

당당히 가슴을 펴며 그렇게 말한 유키는 아야노를 내려다보며 말을 이었다.

"나에게 필요한 건, 나에 대한 이해도와 충성도가 높은 파트너야. 인맥? 교섭력? 그런 건 필요 없어. 내가 가지고 있는걸."

"……."

"내가 파트너한테 원하는 건, 내가 가진 힘을 전부 발휘하게 해주는 거야. 그런 점에서 본다면, 아야노 이상의 적임자는 없어. 내 모든 것을 알 뿐만 아니라, 서포터로서 충분히 활약해 주잖아……. 이번에도 그래. 오빠에게 우리가 한 방 먹여줬잖아? 다른 사람이라면 절대 무리야."

유키가 그렇게 말하자, 아야노는 마음속의 응어리가 풀리는 느낌을 받았다. 아야노가 망설임이 사라진 눈동자로 자신을 올려다보자, 유키는 자신만만한 웃음을 흘렸다.

"그러니까 아야노는 앞으로도 나를 위해 충실하게 행동해 주면 돼. 그러면…… 나는 오빠한테도, 아랴 양한테도 절대 지지 않아."

"네……. 앞으로도, 변함없는 충성을 유키 님께 바치겠습니다."

아야노는 그 자리에서 주저앉더니, 깊이 고개를 숙였다. 아야노가 마치 오체투지라도 하는 자세를 취하자, 유키는 거북하다는 듯 시선을 돌렸다.

"아아…… 하지만 이번에는 아야노에게 안 좋은 역할을 맡겼네……. 오빠에게 독을 먹였다는 건 좀…… 과한 표현이겠지만, 거의 비슷한 짓을 해서 괴로웠지?"

"……."

아야노가 고개를 숙인 채 침묵으로 긍정하자, 유키는 쓴웃음을 흘렸다.

"뭐, 그 답례 삼아 뭐라도 해주고 싶은데…… 바라는 거 있어?"

"그럼…… 외람됩니다만……."

"오~, 있어?"

평소에는 그런 희망을 전혀 입에 담지 않을 뿐만 아니라 물어도 사양하던 아야노가, 뜻밖에도 자기 희망을 털어놓으려 한다는 사실에 유키는 놀라움과 기쁨을 느꼈다.

"빨리 말해 봐."

"그럼……."

표정이 환해진 유키가 눈을 반짝이며 몸을 쑥 내밀자…… 아야노는 약간 부끄러운 듯 시선을 돌리며 말했다.

"제 머리를…… 밟아주시지 않겠습니까?"

"뭐?"

아랴 양이 메이드복을 입는대

"으음, 그때 방송에서는……."

마사치카의 집 거실. 아리사는 감기에 걸린 마사치카를 위해 보르시를 만들면서 내일 교내 방송에 출연할 준비를 했다.

때때로 냄비 안을 신경 쓰면서 아리사는 공책에 대본을 작성했다. 그런 그녀를…… 갑자기 들려온 문 열리는 소리가 방해했다.

"어……?"

퍼뜩 고개를 들며 귀를 기울여 보니. 현관에서 이쪽으로 걸어오는 누군가의 발소리가 들렸다.

―누군가가 들어왔다. 그 사실에 아리사는 약간 혼란에 빠졌다.

(누, 누구지? 가족? 설마 쿠제의 아버지? 어, 아직 마음의 준비가―.)

혼란에 빠진 탓에 아리사가 얼어붙어 있을 때, 거실로 이어지는 문이 철컥하며 열렸다. 그리그 딱딱하게 굳어 있는 아리사의 앞에 나타난 건―.

“수고 많으십니다…… 아리사 님.”

“어……? 키, 키미시마 양…….”

커다란 보스턴백을 손에 든, 사복 차림의 아야노였다. 전혀 예상치 못한 인물이 등장하자, 아리사는 눈을 껌뻑거렸다.

“어, 어째서……?”

“그러는 아리사 님이야말로 왜 여기 계신 겁니까? 저는 마사치카 님께서 혼자 힘들어하고 계시리라 생각한 유키 님의 지시로 간병하러 왔습니다만…….”

“나, 나도 간병하러 온 거야…… 어, 그게 아니라! 어째서, 이 집의 열쇠를…….”

“유키 님께서는 유사시에 대비해 마사치카 님으로부터 여벌 열쇠를 받아두셨으니까요.”

“여, 여벌 열쇠…….”

파괴력이 상당한 말이 들려오자, 아리사는 말문이 막혔다. 하지만 아야노의 시선이 자신의 공책으로 향하자, 아리사는 허둥지둥 공책을 덮었다.

유키에게 맞설 대항책을 짜던 참이라 과민하게 반응한 아리사는 속으로 「아차」 싶었지만, 아야노는 딱히 개의치 않으며 고개를 갸웃거렸다.

“그럼 옷을 갈아입고 오겠습니다.”

“으, 응.”

고개를 끄덕이고 나서 「어? 옷을 갈아입어?」라고 생각했지만, 그 의문을 해소하기도 전에 아야노가 자리를 비웠다.

(땀이라도 흘려서 옷을 갈아입는 걸까……?)

아리사는 그렇게 생각하며 가볍게 넘어갔지만…… 15분 후, 모습을 드러낸 아야노를 보고 얼이 나갔다.

"그건……?"

"네? 메이드복입니다만?"

그건 보면 안다. 문제는 왜 그런 복장을 했느냐다. 그런 아리사의 의문을 눈치챈 건지, 아야노는 공손한 태도로 대답했다.

"마사치카 님의 시중을 들게 됐으니, 정장 차림으로 임해야 하지 않겠습니까."

"정장…….."

정장이라는 말과 달리 장식이 과다하게 달린 메이드복을 위아래로 훑어본 아리사는 미묘한 표정을 지었다. 하지만 당사자인 아야노는 농담하는 것 같지 않았기에, 아리사도 무난한 발언을 하기로 했다.

"귀엽네……."

실용성은 제쳐두고, 아리사는 디자인을 칭찬했다. 그러자 무표정한 아야노의 눈이 반짝거렸다.

"아리사 님도 입어 보시겠습니까?"

"뭐?"

"이건 제 메이드복을 만들면서 자료로 쓰기 위해 구매한 것입니다만……."

그렇게 말한 아야노는 보스턴백에서 메이드복을 한 벌 더 꺼내서 아리사를 향해 펼쳐 보였다.

"어떠십니까? 마사치카 님을 간병하실 거라면, 역시 이런 복장을 걸치시는 편이 좋지 않을까요?"

"왜, 왜 그런 걸 가지고 온……."

아리사가 지당한 의문을 입에 담자, 아야노는 잠시 얼어붙은 후에 시선을 슬며시 피하면서 「예비용입니다」라고 작게 대답했다. 뻔한 거짓말이라 신경이 쓰였지만, 아리사는 추궁 대신 아야노가 가져온 메이드복을 응시했다.

솔직히 꽤 끌리는 제안이었다. 코스프레를 한다는 점은 좀 마음에 걸렸지만, 메이드복 자체는 매우 귀여웠으니 말이다. 게다가 이런 기회가 아니면 평생 입을 일이 없는 의상이다. 또한 메이드복을 입은 아야노가 전혀 부끄러워하지 않는 점도 영향을 미쳤다. 무단 횡단도 여럿이서 같이 하면 무섭지 않은 것과 같은 심리다.

하지만 신경 쓰이는 건…….

"마사치카 님과 냄비가 신경 쓰이신다면, 안심하시길. 제가 살펴보고 있겠습니다."

"으, 응……."

우려가 불식되자, 아리사의 마음속 저울이 입어 보자는

쪽으로 확 기울었다.

"그럼 한번 입어 볼게……."

그 결과, 아리사는 머뭇거리며 아야노한테서 메이드복을 넘겨받았다. 그리고 갈아입기 위해 세면장에 들어가고 몇 분 후…….

"정말, 잘 어울리십니다……."

"그, 그래?"

메이드복으로 갈아입은 아리사는 아야노의 솔직한 찬사를 듣고 멋쩍어했다. 아야노는 무표정한 상태에서 눈만 반짝이며 아리사에게 입이 닳도록 칭찬했다.

"귀여울 뿐만 아니라, 기품도 느껴집니다. 정말 멋지군요."

"그, 그래? 고마워."

"기왕이면 명찰도 달죠."

"며, 명찰?"

아리사가 당황한 사이, 아야노는 어느새 꺼내든 핑크색 하트 모양 명찰에 『아랴』라고 써서 그녀의 가슴에 달아줬다.

"더욱 귀여워지셨습니다. 완벽 그 자체군요."

"그, 그래? 그럼 됐어……."

아야노가 칭찬해 주자, 아리사는 당황하면서도 싫지 않다는 듯 미소를 지었다. 정말 쉬운 여자다.

"기념 삼아 사진도 찍죠. 스마트폰을 빌려주시겠습니까?"

"그래. 기왕 입었으니까…… 부탁해."

기분이 좋아진 아리사는 스마트폰 앞에서 여러 포즈를 취했다. 아야노가 그런 아리사를 놀리기는커녕 계속 칭찬해 주자, 아리사의 기분은 더욱 좋아졌다.

그렇게 두 사람은 즐겁게 사진 촬영을 했지만…… 불현듯 문이 열리는 소리가 들려오자, 동시에 소리가 들린 방향을 돌아봤다.

"……."

그러자 잠옷 차림인 마사치카의 모습이 눈에 들어왔다. 반쯤 열린 문틈으로 포즈를 취한 채 얼어붙은 아리사를 멍한 눈길로 쳐다보고 있었다.

"……."

"……."

"……."

고통스러울 정도의 침묵 속. 마사치카는 갑자기 두통을 느낀 것처럼 이마를 손으로 짚더니, 아무 말 없이 방으로 다시 들어갔다.

"어, 아……."

그제야 정신을 차린 아리사의 온몸에서 땀이 뿜어져 나왔다. 수치심 탓에 얼굴이 새빨갛게 달아오른 아리사는 그 자리에서 몸을 웅크렸다. 게다가 아야노는 「뭘 그렇게 부끄러워하는 걸까」라는 듯 고개를 갸웃거리면서 입을 열었다.

"괜찮습니다. 반응을 보아하니, 아무래도 꿈이라고 생각

하시는 것 같군요. 열 때문에 의식이 몽롱하신 상태인 듯
합니다.”
　“으, 으으……．”
　확실치는 않다. 하지만 아리사는 부디 그 말이 사실이기
를 바랄 수밖에 없었다.

 ## 노노아와 끝내주는 유원지 데이트

"꺄아아아~!"

"히이이익~!"

"우오오오오오?!"

비명인지 환성인지 알 수 없는 목소리가 울려 퍼지는 가운데, 목재 놀이 기구가 격렬한 소리를 내며 질주했다. 레일의 고저 차는 심하지 않지만, 진동이 격렬했다.

아까 탔던 롤러코스터와는 다른 스릴을 느낀 마사치카는 그양감에 찬 환성을 질렀다. 하지만 옆에 앉아 있는 임시 파트너 노노아는…….

"오~."

평소처럼 의욕 없는 눈길을 머금은 채, 교과서 읽는 투로 대충 환성을 질렀다. 두려워하는 것 같지는 않지만, 즐기는 것처럼 보이진 않았다. 오히려 「으음~, 이렇게 빠르구나~. 흐음~」 하고 생각하는 것처럼 보였다.

"……."

절규머신을 탄 사람답지 않은 그 무덤덤한 반응을 본 마사치카는 무심코 쓴웃음을 머금었다. 그리고 놀이 기구가 속도를 줄이기 시작하자, 노노아에게 솔직히 물어봤다.

"저기……."

"응~?"

"즐거워?"

"응? 뭐, 즐겁긴 해."

"그, 그렇구나."

노노아가 자신을 힐끔 쳐다보며 그렇게 대답하자, 마사치카는 「기우였나 보네」 하고 생각하며 머리를 긁적였다.

"이런 걸 타며 환호하는 인간을 보고 있으면, 왠지 즐겁다니깐."

"즐기는 방식이 정말 끝내주네."

하지만 이어지는 노노아의 말을 들은 순간, 마사치카의 표정은 진지해졌다. 놀이 기구 자체가 아니라 그것을 탄 인간들을 흥미의 대상으로 삼고 있으니 말이다.

"아니, 그게 아니라…… 이 놀이 기구 자체는 어떤데?"

"뭐? 여기서 떨어지면 죽겠다 싶긴 해……."

"인간을 실험동물로 여기는 매드 사이언티스트 같은 시점인걸."

알고는 있었지만…… 평범한 인간과는 감성이 참 어긋나 있는 것 같았다. 물론 마사치카도 「여기서 떨어지면 죽겠지……」 같은 생각이 떠오를 때가 있다. 하지만 노노아는 거기서 이어지는 『공포』란 감정을 전혀 느끼지 않았다. 떨어지면 죽는다는 것을, 그저 사실로서 받아들이고 있었다.

(대단하네. 이게 진짜 사이코패스라는 건가…….)

노노아는 감탄과 전율에 휩싸인 마사치카를 흘겨보았다.

"뭐, 쿠젯찌한테는 숨길 필요가 없잖아~. 평범한 여자애처럼 무서워해 주길 바란다면…… 그렇게 해줄 수도 있거든?"

"아니, 됐어. 그게 더 무서울 것 같아."

"말이 심하네~. 나…… 이래 봬도 다른 친구 앞에서는 잘 숨기고 있거든~?"

"그래서 더 무서운 거야……."

그렇게 말한 마사치카는 문뜩 이 비정상적인 동급생이 얼마나 무서운 걸 타면 반응을 보일지 궁금해졌다. 그래서 놀이 기구에서 내린 마사치카는 노노아와 함께 온갖 타입의 절규머신을 타러 다녔다.

회전 그네, 바이킹, 플룸라이드, 자이로드롭…….

"자, 어때?"

"응? 떨어지면 죽겠다 싶네."

"전부 똑같냐! 저어어어언부 똑같은 거냐고!!"

노노아가 같은 감상만 입에 담자, 나는 목청껏 태클을 걸었다. 이렇게 재미없는 유원지 이용객이 또 있을까. 유원지 측도「너 대체 뭐 하러 여기 온 건데……」라고 생각하지 않을까?

"슬슬 돌아갈까? 적당한 시간이 된 것 같네."

"그래……."

노노아가 태연한 표정으로 시간을 확인하자, 마사치카도 체념하며 고개를 끄덕였다. 하지만 유키 일행이 기다리는 장소로 이동하는 도중에 귀신의 집을 발견하고 걸음을 멈췄다.

(으음…… 저런 타입의 공포물에는 반응을 보이려나?)

그런 의문에 사로잡힌 마사치카는 마지막으로 귀신의 집에 들어가 보기로 했다. 하지만…….

"우워어어어어엇!"

"오~."

"아니. 그러니까 인간 관찰 좀 하지 말라고……."

아니나 다를까…… 노노아는 숨어 있다 튀어나온 피범벅인 남성을 냉정한 눈길로 응시했다. 담담한 반응이었기에 동행하는 마사치카마저도 두려움을 느꼈다. 그리고 튀어나온 스태프도 어찌할 줄 모르겠다는 반응을 보였다.

"우워, 우워어어어엇!"

"흐음~."

스태프는 어찌 된 건지 도망치지 않는 노노아를 필사적으로 위협했다. 노노아는 그 모습을 가만히 쳐다보고 있었다. 어째서일까. 위협하는 쪽이 서서히 궁지에 몰리는 듯한 느낌이 들었다.

"그만해. 빨리 가자."

보다 못한 마사치카가 노노아의 팔을 잡아끌며 앞으로 나아갔다. 그러자 그 앞에서 선반이 흔들거렸다. 뜻밖의 기습을 당한 마사치카가 약간 움찔했다.

"흐음……."

"그러니까 인간 관찰 좀 하지 마."

놀라서 몸이 얼어붙은 자신을 노노아가 흥미롭다는 듯 쳐다보자, 마사치카는 거북함을 느꼈다. 그 후에도 노노아는 한 번도 두려워하는 일 없이 출구에 도착했다. 두 사람은 비명 한 번 지르지 않은 채 귀신의 집에서 나왔다. 그러자 노노아는 기지개를 켜면서 말했다.

"아아~ 즐거웠어."

"인마, 거짓말 말라고."

미적지근한 반응만 보이던 노노아가 뜻밖의 말을 하자, 마사치카는 무심코 태클을 걸었다. 그러자 노노아는 마사치카를 곁눈질하며 고개를 갸웃거렸다.

"쿠젯찌는 즐겁지 않았어?"

"……."

마사치카는 그 질문을 바로 부정하지 못했다는 사실에 놀랐다. 그리고 냉정하게 생각해 보니…… 자신도 꽤 즐거웠다는 사실을 눈치챘다.

처음에는 재미없는 반응을 보이는 노노아 때문에 놀라움과 어처구니없음을 느꼈지만…… 도중부터는 전혀 두려워하지 않는 노노아를 보며 즐긴 느낌이 들었다.

(으음……. 이것도 이 녀석이 지닌 일종의 매력이려나?)

항상 무기력해 보이지만, 항상 사람들에게 둘러싸여 있는 것도 이해가 돼…… 하고 생각하며 마사치카는 어깨를 으쓱했다.

"뭐, 나름대로 즐거웠어."

"그랬구나."

노노아는 딱히 흥미 없는 것처럼 고개를 끄덕이더니, 다시 걸음을 옮겼다. 정말 자유롭고 제멋대로인 그 모습을 본 마사치카는 쓴웃음을 머금으며 그 뒤를 쫓았다.

선생님~.
회장과 부회장이 바다에서도 러브 코미디(?) 찍어요~

"완성~!"

"이건 역작이야……!"

"후, 후훗. 회장님, 진짜 어울리네요."

"그래……? 나는 어떤 모습인지 안 보이거든."

주위에서 학생회 여자 멤버들이 즐거워하는 가운데, 토우야는 어떤 반응을 보이면 좋을지 모르겠다는 듯 애매한 미소를 머금었다. 하지만 그것도 무리는 아니었다. 지금의 그는 모래사장에 드러누운 상태에서 묻혀 있으니 말이다.

게다가 얼굴 주위까지 모래에 파묻힌 탓에, 자신이 지금 어떤 상태인지 전혀 알 수 없다. 그런 그를 향해 디지털카메라를 든 유키가 미소를 지으며 말했다.

"마치 임금님 같답니다. 세이레이 학원 학생회장에 걸맞은 모습이에요."

"그런가?"

토우야가 그 말을 듣고 머릿속으로 떠올린 것은 트럼프의 K였다. 자기가 어떤 모래 조각상이 된 건지 상상하고 있는 토우야의 귀에 마리야의 목소리가 전해졌다.

"임금님은 임금님이라도, 이집트 쪽이지만 말이야~."

"잠깐만, 그건 파라오 아냐?! 설마 투탕카멘이냐?!"

바로 그 설마였다. 토우야는 보이지 않지만, 그의 주위는 완전히 미라 관처럼 되어 있었다. 게다가 수상한 마법진 같은 것이 그려져 있어서, 언뜻 보면 사악한 의식의 희생양이나 금단의 소생술을 받는 시체 같아 보였다. 그 주위에 모여든 여자애들은 즐거워하며 디지털카메라와 스마트폰으로 사진을 찍고 있었다. 토우야는 희생양의 심정을 실감 나게 맛보고 있었다.

"아~, 이걸 보니 왠지 깃발 잡기를 하고 싶어지네~."

"왜?"

마리야가 느닷없이 정체불명의 욕구에 사로잡히자, 치사키는 진지한 표정으로 의문을 표시했다. 그러자 마리야는 모래 조각상의 손이 움켜쥐고 있는 휘어진 지팡이 같은 것을 손가락으로 가리켰다.

"저게 좀 깃발처럼 생겨서~?"

"하나도 비슷하지 않거든?"

자기가 말해놓고 고개를 갸웃거리는 마리야에게, 유키는 난처한 듯 웃으며 말을 건넸다.

"그래도 깃발 잡기를 하는 건 괜찮지 않을까요? 깃발은 어떻게 하죠?"

"응? 이거면 괜찮지 않아~?"

마리야는 아까 모래에 문양을 그릴 때 쓴 나뭇가지를 들어 보였다. 그것을 본 치사키는 눈썹을 살짝 찌푸렸다.

"잠깐만. 그건 끝부분이 뾰족해서 위험해."

"어? 아, 정말이네~."

"줘 봐."

치사키는 그렇게 말하며 마리야에게서 나뭇가지를 건네받더니, 마디나 단면의 날카로운 부분을 손날로 잘랐다. 그리고 만족한 듯 고개를 끄덕이더니, 곧 30미터 정도 떨어진 모래사장을 손가락으로 가리켰다.

"그럼 저 근처를 골로 하자. 내가 심판을 볼 테니까, 너희 넷이 선수를 해."

"응, 부탁할게~."

"알겠어요."

"그리하겠습니다."

"잠깐만…… 나도 참가하는 거야?!"

인원수를 듣고 당황한 토우야가 그렇게 외치자, 치사키는 몸을 약간 굽히며 그를 쳐다봤다.

"당연히 토우야도 참가해야지."

"아니, 나는 묻혀 있다고!"

"남자니까, 적당한 핸디캡 아닐까?"

"이걸 핸디캡이라고 말할 수 있는 건…… 항상 무게 추 같은 걸 달고 싸우는 격투가뿐일 것 같은데 말이지."

"괜찮아! 할 수 있어!"

"으으…….."

아무런 근거 없는 성원을 보낸 치사키는 골을 향해 걸어 갔다. 그리고 토우야의 양옆에서 마리야와 유키, 아야노가 엎드렸다. 하지만 꼼짝도 못 하는 상태인 토우야는 그런 그녀들의 모습조차도 보이지 않았다.

"후후후. 유키, 아야노. 선배가 상대라고 봐 주지 않아도 돼~."

"알겠습니다…….."

"어머, 괜찮겠어요? 진심으로 임하면 제가 이기지 않을 까 싶은데 말이죠."

"후훗~. 정말 그럴까~?"

토우야를 사이에 두고 자신만만한 대화가 오가고 있었 다……. 왜 이 세 사람은 차폐물이 된 학생회장은 언급하 지도 않는 것일까. 왜 이 상황에서 투지를 불태울 수 있는 것일까. 토우야는 여자들의 마음을 이해할 수가 없었다.

"제자리에~."

그런 생각을 하고 있을 때, 치사키의 목소리가 들려왔 다. 그러자 세 여자애는 입을 다물며 준비 자세를 취했다 고 생각한다……. 보이지는 않지만 말이다. 토우야는 준비 자세조차 취하지 못했지만 말이다.

(겨우겨우 손목 아래가 움직이기 시작했어……. 하지만

팔을 들지는 못해.)

물을 머금은 모래가 단단하게 굳은 탓에 진짜로 움직일 수 없다. 이 상황에서 자력으로 탈출하려면 최소한 5분은 더 걸릴 것이다.

"준비~!"

하지만, 치사키는 그때까지 기다려 줄 생각이 없는 것 같았다. 토우야가 필사적으로 손을 움직여서 모래를 걷어내는 사이, 시작 구호를 외쳤다.

"출발!"

그 순간, 구호에 맞춰서 양옆에 있는 여자애들이 내달리는 기척이 느껴졌다. 그리고 그녀들이 걷어찬 모래가 토우야의 얼굴에 흩뿌려졌기에 그는 얼굴을 격렬하게 흔들었다.

(아니, 뭐…… 무리군.)

애초에 무리한 승부였다. 속으로 자기 자신을 향해 그렇게 말한 토우야는 눈을 감으며 몸에서 힘을 빼…….

"토우야~! 파이팅~!"

……려던 순간, 멀리서 들려온 연인의 응원을 듣고 감으려던 눈을 치켜떴다.

"만약 이긴다면 나중에 상을 줄게~!"

그 순간, 토우야의 머릿속에 수영복 차림인 치사키가 떠올랐다.

(상…… 상…… 상…… 수영복 차림으로?!)

토우야의 뇌가 섬광에 휩싸이더니— 다음 순간, 모래사장에 꽂힌 나뭇가지를 향해 뛰어가는 세 소녀의 뒤편에서 폭발이라도 일어난 것처럼 모래 먼지가 흩날렸다.

뭔가가 터지는 소리가 들리자, 세 사람은 반사적으로 뒤돌아봤다. 그녀들의 시선이 향한 곳에서 모래 먼지를 가르며 토우야가 달려오고 있었다. 그 모습은 그야말로 성욕의 화— 쿨럭쿨럭! 으음~, 그러니까…… 그야말로, 사랑의 전사!

사랑의 전사는 순식간에 마리야를 제치고, 아야노를 제치더니 선두에서 뛰고 있는 유키에게 육박했다.

"큭!"

초조해진 유키는 앞을 바라보며 다리에 온 힘을 쏟아부었다. 그 뒤를, 토우야가 모래를 가르는 듯한 소리를 자아내며 쫓아갔다.

"하아앗!"

"우오오오오!"

그리고 두 사람은 거의 동시에 나뭇가지를 향해 다이빙했고…… 그 순간, 토우야는 퍼뜩 눈치챘다.

이대로 있다간, 승부 결과를 떠나서 자신의 거구로 유키를 깔아뭉개게 된다. 그것을 눈치챘지만…… 이미 지면을 박찬 토우야에게는 어찌할 방법이 없었다.

(큰일 났다……!!)

어떻게든 몸을 비틀려고 하지만, 이미 나뭇가지를 향해 뻗은 토우야의 팔을…… 나뭇가지 너머에서 뻗어온 손이 꽉 움켜잡았다.

"안―."

그리고 그대로 당겨진 토우야는, 순식간에 누군가의 어깨에 걸쳐지더니―.

"돼애앳―!!"

정신을 차려 보니, 토우야는 중력에서 해방되어 있었다. 세로 방향으로 회전하는 시야에, 나뭇가지를 손에 쥔 채 얼이 나가 있는 유키와 아차 싶은 표정을 지으면서도 자세를 유지하고 있는 치사키의 모습이 거꾸로 비쳤다.

(아냐…… 잘했어, 치사키.)

웃으면서 마음속으로 연인에게 그렇게 말한 직후…… 토우야는 엄청난 물기둥을 만들면서 해수면에 꽂혔다.

"뭐, 뭐야?!"

"어, 앗! 회, 회장님?!"

마침 바로 그때, 돌아오고 있던 마사치카와 아리사가 깜짝 놀란 목소리로 그렇게 외쳤다.

"어, 모래 먼지…… 어, 설마 발사됐어? 뭔가 발사된 건가요?! 인간 로켓인가요, 회장님!!"

이어서 마사치카가 태클을 걸 여지가 넘쳐나는 추측을 입에 담았지만…… 그 말에 귀를 기울일 여유가 없는 토우야는 바닷속에서 의식을 잃었다.

　（※물론 그 후, 치사키에게 구조됐습니다.）

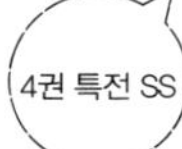

사용한 수박은 학생회 임원이 맛있게 먹었습니다

· 아리사

해변에서 눈가리개를 하고, 자리에서 다섯 바퀴 돈 아리사는 혼란에 빠졌다. 수박 깨기를 처음 하기도 하지만, 모래사장이라고 하는 불안정한 장소에서 평형 감각과 시각을 빼앗긴 상태로 방치된 것이다. 이 상황 자체가 아리사에게 있어서는 예상 이상으로 무서웠다.

(어, 잠깐만. 서 있을 수가—.)

평범하게 서 있을 뿐인데 발이 후들거렸다. 주위에서 학생회 멤버가 「앞, 앞!」, 「그대로 쭉 가!」라고 지시를 내렸지만, 서 있는 것만으로도 벅찼다. 그런 상태에서 무리하게 걸음을 옮기면…….

(어, 앗—!)

아니나 다를까, 한 걸음 내딛자마자 걸음이 얽힌 아리사는 그대로 헛발을 내디디더니, 모래사장에 막대를 휘둘렀다. 아니, 쓰러질 뻔해서 막대로 균형을 잡았다는 게 정답이다.

주위에 있는 이들도 그것을 눈치챘는지, 말로 형용할 수 없는 표정을 지었다.

"(가장 재미없는 패턴이네……)"

"(그런 소리 말라고.)"

여동생과 오빠가 소곤거리고 있을 때, 토우야는 미묘한 표정으로 「다음부터는 두 바퀴만 돌기로 할까」라고 말했다.

· 유키

유키는 분위기를 살필 줄 아는 여자다. 사적일 때는 몰라도, 공적인 자리에서는 항상 분위기를 살피면서 그것을 망치는 행동을 자제했다. 당연히 이 자리에서 자신이 맡은 역할 또한 잘 이해하고 있었다.

2번 타자인 자신의 역할은 분위기를 적당히 띄우는 것이다. 아직 차례를 기다리는 이가 많은 상황에서 벌써 수박을 깰 수는 없다. 그런 것은 후반부의 주인공에게 맡겨야 한다.

그렇다. 알고 있다. 알면서도…… 유키는 일부러 분위기를 살피지 않기로 했다. 어른스럽지 못하게 진심으로 수박을 깨기로 작정한 것이다.

(후후후. 내가 성공하면 아랴 양은 어떤 표정을 지을까?)

유키는 마음속으로 음흉한 웃음을 머금으며, 신중하게 수박이 어디 있는지 살폈다. 그렇다. 이 모든 것은 라이벌이 분통을 터뜨리는 얼굴을 보기 위해서다. 그것을 위해 유키는 일부러 클리셰를 무시했다.

(다들 아직은 진짜로 수박을 깨게 하려고는 않을 거야……. 그래도 괜찮아. 지시가 없어도 수박의 위치는 알 수 있거든.)

진실과 거짓이 뒤섞여 있는 주위의 지시를 무시하기로 한 유키는 다른 소리에 의식을 집중했다. 그렇다. 귀를 기울일 건…… 수박 아래에 깔린 비닐 시트가 펄럭이는 소리다. 바람을 맞아서 부스럭거리며 흔들리는 비닐 시트. 유키는 그 소리에 의지해 걸음을 내디뎠고ㅡ.

(여기야!)

확신을 품으며, 막대를 휘둘렀다. 그리고 정확하게 비닐 시트를 때렸다. 단순히, 자기 팔의 길이와 막대의 길이…… 즉, 간격을 잘못 잰 것이다.

"가장 쪽팔리는 패턴인걸……."

"수박 대신 쪼개지고 싶나요? 마사치카 씨."

· 아야노

아야노는 공기가 될 줄 아는 여자다. 해변에서 눈가리개를 하고, 그 자리에서 두 바퀴 회전한 아야노는 혼란에 빠졌다. 왜냐하면…….

"아야노! 오른쪽 앞이에요!"

"은근슬쩍 나를 노리지 마! 시녀를 이용해 내 머리를 쪼개려 하지 말라고! 아야노! 왼쪽 앞이야!"

경애하는 두 주인이 완전히 상반된 지시를 내리고 있었
다. 오른쪽으로 가야 할까, 왼쪽으로 가야 할까…… 망설
이는 사이에도 두 주인은 격렬하게 지시를 내렸다.

"아야노! 당신의 주인은 저잖아요?! 제 지시에 따르세요!"

"아야노는 내 지시가 옳다는 걸 알고 있지?! 왼쪽 앞이야!"

왼쪽, 오른쪽, 왼쪽, 오른쪽…… 어느 쪽이 정답일까. 아
니, 어느 쪽을 고르든…….

"아, 아야노가 A버튼과 B버튼을 동시에 눌렀을 때의 게
임 캐릭터처럼 됐거든?!"

아야노는 지시의 혼선 탓에 그대로 전원이 나가버렸다.
일단, 마사치카와 유키는 그 자리에서 무릎을 꿇었다.

· 마리야

마리야는 분위기를 살필 줄 아는 여자다. 아야노의 차례
에서 분위기가 좀 미묘해진 만큼, 이 레크리에이션의 분위
기가 달아오르지 않으리라는 것을 눈치챘다. 그러니, 이제
는 수박을 깨야 한다고 생각했다.

"오른쪽으로 조금만 더 가면 돼요."

"두 걸음만 더, 으음…… 거기서 30도 정도 시계 방향으
로 회전해."

실제로 주위의 지시에서도 의욕이 느껴지지 않았다. 슬
슬 끝내려는 의지가 느껴졌다. 그 의지에 따라…… 마리야

는 발이 비닐 시트에 닿자, 힘껏 막대를 휘둘렀다.

"에잇!"

휘둘렀지만…… 튕겨 났다. 비닐 시트 위에서 수박이 출렁거렸다.

"어머……?"

손을 통해 뭔가를 때린 감촉을 느낀 마리야는 그 자리에서 다시 막대를 휘둘렀다.

"에잇, 에잇!"

막대에 맞을 때마다, 수박이 살짝 출렁거렸다. 그리고 마리야의 가슴에 달린 수박은 더 크게 출렁거렸다.

"(가장 훌륭한 패턴이야…….)"

"(동영상 찍지 마.)"

결국 마리야의 완력으로는 수박을 꺼지 못했다. 하지만 마리야가 최선을 다하는 모습이 일부 사람들에게 용기와 기운을 줬다. 맙소사~.

· 치사키

치사키는 공간을 살필 줄 아는 여자다. 설령 시야가 차단되더라도, 다른 감각을 총동원해서 주위의 공간을 파악하는 것쯤은 식은 죽 먹기다.

(간파했어—.)

수박의 위치를 정확하게 파악한 치사키는 소리 없이 걸

음을 내디뎠다. 모래 먼지를 전혀 일으키지 않으며 모래사장 위를 달리더니, 허리 높이로 든 막대를 그대로 휘둘렀다. 수박을 지나친 후, 막대를 휘두른 자세로 마음을 가다듬었다.

그런 그녀의 뒤편에서…… 수박이 두 동강 나더니, 윗부분이 미끄러지며 툭하고 비닐 시트 위에 낙하했다.

비닐 시트 위에 흩뿌려진 새빨간 과즙. 그 광경을 본 마사치카는 숨을 삼키더니…… 정적 속에서 한마디 했다.

"베지 말고 깨라고요."

왜 유카타와 함께 차이나 드레스가 나온 거야

"어? 아랴와 마샤는 축제에 가는 거니? 그럼 유카타를 준비해야겠네~."

아리사와 마리야의 어머니인 아케미는 학생회 합숙 일정을 듣더니, 즐거워하며 손뼉을 쳤다.

"유카타라니…… 그럴 것까지는 없어. 짐이 될 테고, 일부러 챙겨갈 것까진……."

"그러지 말고, 이 엄마가 옛날에 입던 게 몇 벌 있단다. 내가 대학생 때 입던 거라면, 아랴의 키에도 맞지 않을까 싶네. 잠시만 기다리렴~."

"아, 나도 보고 싶어~."

괜찮다는 딸의 말을 가볍게 무시한 아케미는 다다미방의 벽장을 뒤지러 갔다. 언니도 그 뒤를 따라가자, 그 시점에서 아리사는 일찌감치 포기했다.

닮은꼴인 저 모녀가 저렇게 나온다면. 이제는 말려도 소용없다. 가져갈지 말지는 제쳐두고, 최소한 한 번은 저 두 사람의 마네킹 신세가 될 것이다. 이제까지의 경험을 통해 아리사는 그렇게 각오했다. 아니, 체념했다고도 할 수 있을 것이다. 그리고 아니나 다를까, 그로부터 약 40분 후…….

"좋네~. 정말 아름다워, 아랴."

"아, 응. 왠지 좀 어색하네……."

아케미가 유카타를 입혀주자, 아리사는 어떤 반응을 보이면 좋을지 모르겠다는 표정으로 몸을 꼬물거렸다.

어색한 것은 속옷을 입지 않아서다. 아케미가 「유카타를 입을 때는 속옷을 안 입는단다」라고 말해서, 그 말에 따른 결과였다. 사실 유카타 차림으로 외출할 때는 전용 속옷을 입지만…… 인생의 절반 이상을 러시아에서 살았던 아리사는 거기까지 알지 못했다. 순수 일본인인 어머니가 벗어야 한다고 말하면, 그게 맞다고 생각할 수밖에 없었다.

"예쁘네~. 자……. 아랴, 이쪽 좀 볼래?"

"멋대로 찍지 마…….."

아리사는 몸을 비틀면서 마리야가 내민 스마트폰의 렌즈에서 벗어나려 했다. 바로 그때, 아케미가 다른 옷을 내밀었다.

"다음은 이거야."

"알았어…… 어?"

체념하며 고개를 끄덕이려던 아리사는 어머니가 내민 의상을 보고 그 자리에서 굳어버렸다.

"저기…….."

"왜 그러니?"

“왜, 일본 전통 의상을 입는 흐름에서 중국 전통 의상(?)이 튀어나온 거야?”

그것은 광택 있는 빨간색 차이나 드레스였다. 그렇다. 아무리 살펴봐도 그것은 차이나 드레스가 틀림없었다. 다른 명칭은 치파오. 아케미가 은근슬쩍 이 상황과 아무 연관 없는 의상을 입히려 하자, 아리사는 부모님을 향해서는 안 될 듯한 눈빛을 머금었다.

“으음…… 이건, 이 엄마가 대학교 축제 때…….”

“출처를 묻는 게 아니야.”

아리사는 어머니가 난처한 듯 웃으며 한 말을 도중에 끊어버렸다. 그러자 마리야가 약간 진지한 표정을 지으며 아리사에게 말을 건넸다.

“아랴.”

“왜……?”

“일단 한번 입어 보자. 응?”

“왜 입어야 하는데?!”

마리야가 거쳐야 할 단계를 몇 개 건너뛰는 요구를 하자, 아리사는 더는 어울려줄 수 없다는 듯 돌아서며 실내복으로 갈아입으려 했다. 하지만 바로 그때, 마리야가 등 뒤에서 아리사의 복부를 와락 끌어안으며 매달렸다.

“너무해~! 그냥 좀 입어줘도 되잖아!”

“잠깐, 귀찮게 좀 굴지 마!”

아리사는 자기한테 매달린 언니를 짜증 섞인 손길로 떼
어내려 했지만…… 그러기 전에, 차이나 드레스를 든 어머
니가 그녀를 막아섰다.

"아랴, 거래하자. 유카타를 빌려줄 테니까, 이 차이나 드
레스를 입어주지 않겠니?"

"아니, 나는 애초에 유카타가 필요 없다고……."

"왜~? 같이 입자~."

"하아, 정말! 짜증 나!"

"아앙~."

인정사정없이 언니의 머리를 밀어냈지만, 마리야는 좀처
럼 떨어지지 않았다. 그러자 아케미는 눈을 반짝이며 이렇
게 말했다.

"아랴, 정말 괜찮겠니? 다른 여자애들은 전부 유카타를
입고 있는데~ 자기만 평상복 차림이더라도 말이야."

"……."

"괜찮겠어~? 쿠제 군한테『어, 으음…… 아랴는 평상복
이구나』같은 말을 들어도 말이야."

"그건 또 무슨 소리야. 마…… 쿠제와는 아무 상관 없거든?"

아리사는 바로 그렇게 대꾸했지만, 그녀가 보인 한순간
의 동요를 이 모녀는 놓치지 않았다. 그리고 그대로 몰아
붙였다.

"맞다~. 유키와 아야노는 아마 유카타를 입을 테고, 치

사키도 가져갈 거라고 했다니깐~.”

“어머나, 그럼 아랴만 평상복이겠네~. 쿠제 군의 시선을 빼앗기겠는걸~.”

“…….”

“어쩌면 회장과 쿠제도 유카타를 입지 않으려나? 그러면 아랴만 기념사진에서 확 튈지도 모르겠네…….”

“불쌍해라. 유카타를 안 입은 바람에 축제를 즐기지 못하는 거구나……. 유카타를 안 입은 바람에~.”

“하아~ 정말! 알았어! 입으면 되지?!”

““와아~.””

아리사가 투덜대며 뜻을 굽히자, 아케미와 마리야는 어린애처럼 기뻐했다. 그 반응을 본 아리사는 머리가 아픈 것처럼 이마를 감싸 쥐었다.

“그럼 천천히 입으렴.”

“다 입으면 불러~.”

“아, 잠깐만. 왜 옷을 가져가는 거야!”

다다미 위에 놓여 있던 평상복과 속옷을 빼앗긴 아리사는 반사적으로 손을 내밀었다. 하지만 그런 항의도 부질없게 장지문이 닫히자, 아리사는 거친 한숨을 내쉬었다.

그리하여 어쩔 수 없이 차이나 드레스를 입었다. 하지만…….

“이, 이게 뭐야?!”

아리사가 비명에 가까운 목소리로 그렇게 외치자, 아케미와 마리야는 이 순간을 기다렸다는 듯 방 안으로 들어왔다. 그리고, 옷을 갈아입은 아리사의 모습을 보며 동시에 손을 모았다.

"어머나~."

"우와~. 아랴, 대단해~."

"이게 뭐야! 가슴의 이…… 구멍은 그렇다 쳐도, 이 옆트임! 명백하게 이상하잖아?!"

아리사는 즐겁게 웃고 있는 두 사람을 노려보았다. 하지만 그런 지적을 하는 것도 당연했다.

차이나 드레스는 허벅지의 옆트임이 최고의 섹시 포인트지만…… 아리사가 입은 옆트임은 지나칠 정도로 깊었다. 「가위질을 너무 깊숙한 데까지 했어♡」란 말로 둘러댈 수 없을 지경이었다. 그도 그럴 것이 옆구리까지 트여 있는 것이다. 일단 옆트임 위쪽은 끈으로 이어져 있지만, 그래도 옆에서 보면 훤히 보였다. 무시무시하게도 훤히 드러난 것은 허벅지가 아니라…… 엉덩이였다.

"이, 이러면 속옷이 다 보이잖아! 가만히 서 있기만 해도 다리가 드러난단 말이야!"

아리사의 말대로 옆트임이 너무 깊은 탓에 속옷이 노출될 지경이었다. 게다가 아리사는 유카타로 갈아입으면서 속옷을 다 벗은 바람에 노출될 속옷 자체가 없었다. 물론 그렇다고「뭐야~, 그럼 안심이네☆」라고 말할 수는 없었다.

"저기, 엄마…… 진짜로 이런 걸 대학생 때 입었어……?"

만약 그랬다면, 어머니의 품성을 의심할 것이다. 그런 의지가 확연하게 담긴 딸의 시선을 받자, 아케미도 약간 거북한 미소를 머금었다.

"으음…… 실은, 축제 때 엄마가 한 건 요즘 말로 코스프레 카페라고 하는 거란다. 그리고 그 의상은 옛날 격투 게임 캐릭터의 코스프레 의상이거든~. 그런데 원작에 충실하게 주문했더니 생각했던 것보다…… 아무튼 그래서 그냥 바로 창고에 넣었다니깐~."

"그럼 안 입은 거잖아!!"

눈을 부릅뜬 아리사가「그런 걸 나한테 입힌 거야?!」라고 외치며 분노를 터뜨렸다. 금방이라도 격투 게임 캐릭터처럼 하이킥을 날릴 듯한 기백이 느껴졌지만, 그런 짓을 했다간 큰일이 나기에 아리사는 움직이지 않았다. 아니, 움직일 수 없었다. 한 걸음이라도 움직였다간, 왼쪽 허벅지 깊숙한 곳까지 드러날 것이다. 결국 아리사는 양손으로 옆 트임을 누르면서 두 사람을 노려볼 수밖에 없었다.

그 점을 눈치챈 듯한 아케미와 마리야는 동시에 스마트폰을 꺼내더니, 그 자리에서 꼼짝도 못 하는 아리사의 사진을 찍기 시작했다.

"잠깐만, 안 돼! 찍지 마!"

　주저앉아서 몸을 가리려고 했지만, 다리를 조금만 굽혀도 옆트임이 벌어졌고, 몸을 웅크렸더니 가슴 쪽의 구멍을 통해 가슴골이 드러나려 했다. 결국 아리사는 치욕에 떨면서, 어머니와 언니를 노려볼 수밖에 없었다.

　"나중에 두고 봐……!!"

　"꺄아~, 귀여워~."

　"아랴, 이쪽 좀 봐~."

　아리사가 원망에 찬 목소리로 그렇게 말했지만, 이 모녀는 사진을 마구 찍었다. 물론, 두 사람은 나중에 아리사에게 엄청나게 설교를 들었다.

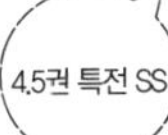

우리의 매운맛 수행은 이제부터 시작이야!(자포자기)

"아아, 살겠어……."

"이상하게도 평소보다 맛있게 느껴집니다."

"지옥에서 천국으로 돌아왔잖아. 당연해."

매운맛 라멘을 다 먹은 후, 벤치에 앉은 아리사와 아야노는 이동식 판매 차량에서 산 아이스크림을 먹으며 한숨 돌렸다. 서로가 매운 음식을 잘 먹지 못한다는 사실을 밝혔으니, 더는 허세를 부릴 이유가 없어진 아리사는 입술을 살짝 내밀면서 솔직한 감상을 입에 담았다.

"그 맵기는 정상이 아냐……. 그게 두 번째로 덜 맵다니, 가장 매운맛은 사람이 먹을 게 아닐 것 같네."

"『무간지옥』 말입니까? 확실히 엄청 맵다고 들었습니다."

"들었습니다……?"

그 말을 듣고 약간 불길한 예감에 사로잡힌 아리사는 아야노를 쳐다봤다. 그러자 아야노는 별일 아니라는 듯 그 불길한 예감을 긍정했다.

"실제로 다 드신 유키 님께서 하신 말씀입니다."

"아, 역시…… 그랬구나."

“물론, 마사치카 님도 함께 드셨다고 합니다.”

“…….”

아리사는 그 정보를 듣더니, 미간을 살짝 찌푸렸다. 그것을 눈치챘는지는 모르겠지만, 아야노는 담담하게 말을 이었다.

“이번에는『열반』에 도전하신다더군요.”

“열반……?”

갑자기 불교 용어가 튀어나오자, 아리사는 고개를 갸웃거렸다. 그러자 아야노의 입에서 믿기지 않는 말이 나왔다.

“『무간지옥』을 다 먹는 것에 성공한 사람만 주문할 수 있는 비밀 메뉴라고 합니다.”

“비밀 메뉴.”

“그 메뉴의 맵기는『무간지옥』의 열 배라더군요.”

“열, 배.”

상상조차 되지 않는 내용이었기에, 아리사는 그렇게 더듬더듬 중얼거릴 수밖에 없었다. 그건 그렇고 열반이라. 수많은 지옥을 헤쳐온 끝에, 해탈에 이르기라도 한 것일까. 아리사가 전율하는 가운데, 아야노는 의욕에 찬 눈길로 고개를 끄덕였다.

“언젠가 저도 그 경지에 도전해 보고 싶습니다.”

“관둬.”

아리사는 그 말을 듣고 아야노를 말렸다. 당연했다. 이야기를 듣기만 해도, 비정상적인 괴물들이나 먹는 음식이다. 노력으로 어찌 되는 차원이 아니다. 아리사는 노력으로 넘을 수 없는 벽 따위는 없다고 믿지만, 거기에도 한도가 있다. 하지만 아야노는 뜻을 굽히지 않았다.

"할 수 있습니다……. 혼자서는 무리지만, 둘이 함께라면……!"

"어, 나도 같이?"

마치 소년 만화 같은 느낌의 열혈 대사를 듣고만 아리사는 정색하며 그렇게 대꾸했다. 말리려그 뻗은 손을 아야노에게 잡히면서, 그대로 끌려가는 사태가 벌어졌다. 이 행동에 악의가 없기에 더 안 좋았다. 자기마저 지옥으로 끌고 가겠다는 그 선언 탓에, 막 맺어진 동맹 관계가 체결 7분 28초 만에 깨지려 했다.

"안 되는 겁니까……."

"……."

하지만 아야노가 애처롭게 쳐다보자, 아리사는 말문이 막혔다. 표정에는 변함이 없는데, 왜 이렇게 보호 욕구를 자극하는 것일까.

하지만 이대로 정에 휩쓸려 고개를 끄덕였다간, 지옥행 열차를 타게 된다. 그러니 절대, 고개를 끄덕여선 안 된다.

"……."

결의를 다진 아리사가 완곡하게 거절하려고 입을 뗀 순

간이었다.

"그렇겠죠……. 역시, 거기까지 어울려 달라고 할 수는 없을 겁니다……."

"……."

기선을 제압하듯이 아야노 쪽에서 물러나자, 아리사는 입을 살짝 벌린 채 굳어버렸다.

"뻔뻔한 소리를 했습니다. 부디, 잊어―."

"그렇지 않아."

그리고 정신을 차리고 보니, 그런 말을 꺼냈다. 스스로도 「어, 잠깐만. 무슨 소리를 하는 거야?」라고 생각하면서도 말을 멈출 수가 없었다.

"나는 약속을 어기지 않아. 같이 노력해 보자."

"아리사 님…… 괜찮겠습니까? 무리하시는 것 아닌지요?"

아리사가 든든함이 물씬 풍기는 발언을 입에 담자, 아야노는 작은 목소리로 그렇게 물었다. 그 말에 담긴 배려를 느낀 아리사는 「이게 물러날 수 있는 마지막 기회」라는 것을 직감했다.

"무리하는 게 아니거든?"

그런 마음과 달리, 입이 멋대로 허세를 부렸다. 마음속으로 「뭐 하는 거야아아아아~!」라고 외치면서도, 아야노의 눈에 어린 기쁨을 본 아리사는 방금 한 말을 취소할 수 없었다.

“하지만 그건 최종 목표니까…… 우선은 적당한 음식부터 시작하자. 응?”

아리사가 할 수 있는 것이라고는, 만약에 대비해 도망갈 길을 만들어 두는 것뿐이었다. 그러자 다행히 아야노도 고개를 끄덕거렸다.

“물론입니다. 그럼, 우선 매운맛 카레빵 가게에 가볼까요.”

“엥?”

아까 한 말을 취소하겠다. 전혀 다행이 아니었다. 아야노가 진지한 표정으로 그런 제안을 하자, 아리사의 입에서 얼빠진 소리가 흘러나왔다.

“지금 바로 말이야?”

“네. 휴식을 마쳤으니까요.”

“종료 후 휴식이 아닌 거야?”

종료 후 휴식이 아니란 것은…… 아야노의 시선이 향한 곳을 보면 알 수 있었다. 아무래도 아야노에게 이 시간은 연이은 대결 사이의 중간 휴식 시간이었던 것 같았다. 연장전을 전혀 예상하지 못했던 아리사는 한여름의 더위 이외의 이유로 어질어질했다.

“여기서 15분 정도 떨어진 곳에, 맛있는 카레빵 가게가 있다고 합니다. 그곳의 매운맛 메뉴가 상당히 맵다더군요.”

“흐음~.”

“걱정하지 마시길. 크기가 큰 편은 아니라고 하니, 매운

걸 먹으면서 돌아다니면 지방도 연소될 겁니다."

"그렇구나……."

맛있는 카레빵 가게에 간다면 그냥 맛있는 카레빵을 먹으면 되고, 칼로리가 신경 쓰인다면 먹지 않으면 된다. 아리사는 절실한 마음으로 그렇게 생각했지만, 이번에도 입에서는 그런 마음과 반대되는 말이 튀어나왔다.

"기대되네……."

그렇게 말한 아리사의 볼에는 경련이 일어났지만, 아야노는 눈치채지 못하며 벤치에서 일어났다.

"그럼 가죠. 한 걸음씩 착실히, 더 높은 경지를 향해 나아가는 겁니다."

"오~."

아야노가 양손을 말아 쥐며 의욕을 보이자, 아리사도 교과서 읽는 말투로 그렇게 말하며 주먹을 치켜들었다. 그후, 아리사는 아야노에게 안내를 받으며 매운맛 카레빵에 이어 매운맛 케밥도 먹으러 가지만…… 그녀의 명예를 지켜주기 위해 자세한 이야기는 생략하겠다.

선생님~.
회장과 부회장이 투기장에서도 러브 코미디 찍어요~

(대체, 어쩌다 이렇게 된 거지?)

깨끗하게 정리된 지면 위에서 민소매와 반바지 차림으로 선 토우야는 왠지 몽롱한 머리로 그런 생각을 했다. 이 상황에 이르고도 머릿속이 멍한 건 이 상황 자체가 현실감이 없기 때문일까, 아니면 자신이 현실 도피를 하고 있을 뿐일까. 하지만 그것도 무리는 아니었다.

"우오오오오~! 죽여버려~!"

"우리 치사키를 농락한 망할 놈을 용서하지 마~!"

"얼굴! 얼굴을 노려어엇!"

주위에서는 야유와 고함이 쏟아지고 있었고, 그 안에는 어마어마한 살기가 어려 있었다. 여기는 진짜로 21세기가 맞는 걸까?

(하아~ 역시 함부로 승낙하는 게 아니었어~.)

사랑하는 연인의 제안을 거절하지 못한 나머지, 사라시나 본가가 소유한 도장을 찾은 것까지는 좋았다. 치사키의 스승님과의 첫 만남 또한, 우려와 다르게 훈훈히 진행됐다. 여기까지는 좋았다. 하지만 그 바람에 방심한 것은 좋지 않았다.

『모처럼 여기까지 왔으니, 무투제에도 참가해 볼래?』

치사키가 가벼운 말투로 그런 제안을 하자, 「이 분위기로 볼 때, 프로 레슬링 같은 쇼 느낌의 이벤트일지도 몰라」라고 생각한 것은 명백한 실수였다.

뚜껑을 열고 보니, 주위의 관객석에서는 환성이 아니라 살기를 뿜고 있었다. 그리고 정면에는 관객보다 더한 살기를 뿜고 있는 키가 2미터가량 될 듯한 우락부락한 사내가 서 있었다. 안경을 벗어서 잘 보이지 않지만, 무지막지하게 노려보고 있다는 것만은 바로 알 수 있었다. 이런 시선을 받을 이유는 딱히 없는데…….

(안경을 벗으란 말을 들었을 때는『뭐? 진짜로 치고받는 거야?』하고 걱정했지만…… 벗길 잘했어. 또렷하게 보였다면 완전 주눅 들었을 거야.)

오랜만에 심약하던 시절의 토우야가 고개를 치켜들려고 할 때, 하얀 도복을 입은 남성이 다가왔다.

"두 사람, 준비는 됐나?"

아무래도 심판 같은 존재 같았다. 아니, 솔직히 말하자면 전혀 준비되지 않았지만…….

"토우야~, 힘내~!"

그 타이밍에 관객석에 있는 연인의 응원이 들려오자, 고개를 치켜들려던 심약한 토우야가 쏙 들어갔다.

(그래. 나는 이제 꾸물거리기나 하던 남자도, 약해빠진 남자도 아냐!)

토우야는 그렇게 자신을 북돋더니, 치사키를 향해 오른손을 들어 보이면서 심판을 향해 고개를 끄덕였다.

그리고 하다못해 최소한의 대화라도 나눌까 해서 미소를 머금으며 정면에 있는 남자에게 말을 건넸다.

"으음, 정정당당히 잘 부탁드립니다?"

토우야가 그렇게 친근한 말을 건네자, 돌아온 것은…….

"나, 너, 죽인다."

낮고 더듬거리는 목소리로 토한 살해 예고였다.

(근력에 너무 특화된 탓에 지능이 토화한…… 강화 인간 같은 이 녀석은 대체 뭐야?)

등장할 세계관을 착각한 것이 아닐까…… 그런 생각을 하는 사이, 심판이 두 사람 사이에 서서 오른팔을 들어 올렸다. 그리고 두 사람을 번갈아 쳐다보며 말했다.

"고의적인 대전 상대의 살해는 금지다."

(아니, 고의가 아니면 괜찮은 거냐고. 그리고 이 남자는 아까 대놓고 『죽인다』고…….)

"시작!"

"오오오오!"

"우왓?!"

시작 신호와 거의 동시에 정면에서 곤봉 같은 팔이 휘둘러지자, 토우야는 반사적으로 피했다. 주먹이 자아낸 공기의 압력에 피부가 찌릿찌릿하자, 「아, 진심이네」라고 생각한 토우야는 식은땀을 흘렸다.

"우오오오오오!"

식은땀을 닦아낼 여유조차 주지 않으려는 듯, 폭풍 같은 주먹질이 연이어 날아왔다. 토우야는 뒤편으로 물러나며 그 공격을 하염없이 피했다.

(아니, 이건 너무 심하잖아! 이런 공격을 한 방이라도 맞았다간 바로 병원행이야!)

그렇게 생각하면서도 토우야가 어찌어찌 공격을 피하고 있는 건, 이보다 훨씬 빠르고 인정사정없는 공격을 알기 때문이다. 그렇다. 이 남자의 공격은 확실히 위협적이지만, 그래도…….

(치사키나 사계 자매의 죽도에 비하면— 느려!)

토우야가 상체의 움직임과 풋워크만으로 공격을 계속 피하자, 관객석이 술렁거리기 시작했다. 하지만 토우야에게는 그것을 의식할 여유가 없었다.

(어찌어찌 피하고 있어. 하지만 문제는 지금부터야.)

애초에 토우야는 남을 때린 적이 없다. 격투기 경험이라고는 학교 수업에서 유도를 배운 게 다였다. 다행히 상대는 도복을 입고 있으니, 유도 기술을 쓸 수 있겠지만…….

(빈틈이 없는 데다, 상대가 발 기술을 쓰면—.)

그 순간, 우려하던 사태가 벌어졌다.

“……?!”

허벅지에서 충격이 느껴지자, 토우야는 버티지 못하며 무릎을 꿇었다. 그렇다. 여자 검도부에서 익힌 토우야의 회피 능력은 어디까지나 상반신 한정이다. 검도에서 노리지 않는 하반신 공격에는 취약했고, 발 기술에도 전혀 대처할 수 없었다.

“어?”

별 기대 없이 날린 발차기가 명중하자, 남자는 약간 당황했다. 하지만 자세가 무너진 토우야에게 이어서 공격을 날리기 위해 오른팔을 들어 올렸고…… 그 순간, 토우야는 유일한 승기를 발견했다.

(지금이다!)

상체를 비틀어서 남자의 주먹을 피한 후, 그대로 몸을 돌리면서 상대의 품속으로 들어갔다. 그리고 남자가 내지른 팔을 잡아서 어깨에 걸친 후, 그 기세를 이용해—.

“우, 랴앗!”

전력을 다한 업어 치기를 펼쳤지만…… 상대를 들어 올리지 못했다. 남자는 몇 걸음 헛디뎠을 뿐이었다.

(아, 큰일 났다. 이제부터 어떻게—.)

그렇게 생각하는 사이, 남자는 힘으로 토우야에게 잡힌 팔을 빼냈다. 그리고 다음 순간, 시야가 주먹으로 가득 차더니— 토우야는 그대로 의식을 잃었다.

◇

"오오오오오—!!"

쓰러진 토우야 앞에서 남자가 승리의 함성을 토했다. 그러자 관객들도 성원을 보내려다…… 투기장으로 내려온 누군가를 보고 입을 다물었다.

"입회인, 리벤지 매치를 신청하겠어."

그렇게 말하며 중앙으로 걸어온 이는, 입가에 옅은 미소를 머금은 채 눈동자가 찬란히 빛나고 있는 치사키였다.

"허, 허가한다."

그 박력에 압도당한 건지, 입회인은 떨리는 목소리로 그렇게 말했다. 그러자 치사키는 당황한 눈길로 자신을 쳐다보는 남자에게, 손가락을 하나씩 우두둑 소리가 나게 풀면서 물었다.

"꽃— 좋아해?"

그리고 2분 후, 남자는 투기장 구석에 심어졌다. 예쁘게 피어나지는 않았지만 말이다.

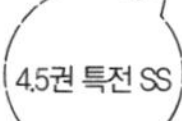

마샤 씨는 혹시……?

"그건 그렇고, 처음 그 영상을 봤을 때는 무슨 일 있나 했다고."

"그건 저도 마찬가지였어요……."

"후후후. 너무 재미있어서 여러분에게도 보여드려야겠다고 생각했답니다."

"나는 조금 무서웠어. 쿠제한테 귀신이라도 들린 줄 알았다니깐……."

"훗. 푸풉."

"아랴. 너, 그 영상을 너무 재미있어하는 거 아냐?"

"뭐, 그 심정은 이해되거든?"

"사라시나 선배까지……."

여자들의 요리 대결이 끝난 후, 학생회 임원 일곱 명은 이런저런 이야기를 나누며 식사했다. 그리고 문뜩 뭔가를 눈치챈 마사치카가 마리야를 쳐다봤다.

"일전의 7대 불가사의도 참 무서웠어……. 안 그래? 아랴."

"어, 그랬어?"

"무서워한 건 마샤뿐이에요."

"아, 역시 그랬구나?"

"뭐~? 아랴는 배신자~."

마리야는 아리사, 치사키와 이야기를 나누면서 닭튀김을 먹었다. 그 모습을 바라본 마사치카는 확신했다. 그것이 어떤 확신이냐면…….

(마샤 씨…… 계속 먹고 있지 않아?)

……였다. 먹는 속도가 빠르다거나, 한입에 먹는 양이 많지는 않다. 하지만…… 그렇다. 계속 먹고 있다.

요리 승부의 심판이라 먼저 식사를 시작한 마사치카와 토우야는 물론이고 다른 여자애들도 젓가락을 내려놓는 가운데, 마리야는 전혀 페이스를 떨어뜨리지 않으며 음식을 먹고 있다. 식사를 시작하고 한 시간가량 지났는데도 말이다.

"아. 이거, 내가 먹을게~."

가벼운 말투로 그렇게 말한 마리야는 솔랸카가 들어 있는 그릇을 들어 올렸다. 방금 대사도…… 잘 생각해 보니 벌써 세 번째인 것 같았다. 이미 텅 비어버린 햄버그스테이크와 볶음밥 접시 또한 마리야가 마무리했던 것으로 기억한다.

"으응~♪ 내가 만든 거지만 참 맛있네~."

배려 차원에서 남아 있던 솔랸카를 자기 그릇에 덜지도

않으며 그대로 먹은 마리야가 만족한 듯 웃었다.

왠지…… 무시무시한 광경이었다. 따로 떼어놓고 본다면, 커다란 사발에 든 수프를 혼자서 다 먹어 치웠다는 오해를 살 수 있는 광경이었다.

(마샤 씨는 혹시…… 대식가일까?)

여성에게 그런 평가는 실례일지도 모르지만, 무리하는 기색이 전혀 없이 자연스럽게 솔랸카와 바게트를 입에 계속 집어넣는 마리야를 보니 그런 생각을 안 할 수가 없었다. 역시 특정 부위가 큰 데는 그만한 이유가 있는 걸까.

(어이쿠.)

언니분의 언니다운 부위를 힐끔힐끔 쳐다보며 발칙한 생각을 한 순간, 아리사한테서 얼음장 같은 시선이 날아왔기에 마사치카는 고개를 들었다. 그러자 갖은편에 있는 마리야와 우연히 시선을 마주하게 됐다.

"어? 아, 쿠제도 더 먹고 싶었어?"

"아, 그게……."

"미안해. 이제 조금밖에 안 남았는데…… 먹을래?"

"으음…… 잘 먹을게요."

딱히 먹고 싶었던 것은 아니지만, 시선이 마주쳤기에 일단 고개를 끄덕였다. 그러자 마리야는 「자」 하며 솔랸카와…… 먹다 만 바게트를 내밀었다. 어?

"……."

"아, 미안해. 역시 내가 먹던 건 싫어?"

"아니, 저는…… 괜찮은데요."

신경을 써야 할 사람은 마샤 씨가 아닐까…… 하고 생각했지만, 아무래도 가장 신경 쓰고 있는 사람은 아랴 양인 것 같습니다. 날카로운 시선이 마사치카의 볼을 마구 찔렀다.

"역시 빵은 마샤 씨가 먹어줄래요?"

"그래? 미안해~."

"아뇨, 사과할 일은 아니에요. 진짜로요."

마사치카는 일부러 아리사 쪽을 쳐다보지 않으면서, 마리야에게 빵을 돌려줬다.

(하마터면 간접 키스를 할 뻔했는데…… 마샤 씨는 진짜로 아무렇지 않은 걸까?)

그런 생각을 하면서 마리야의 얼굴을 쳐다보니, 그녀는 고개를 갸웃거리며 빵을 오물오물 먹고 있었다. 전혀 신경 쓰지 않는 것 같았다. 그것보다 정말 잘 먹네.

"그럼, 잘 먹겠습니다……."

마사치카는 그렇게 말하면서 남은 솔랸카를 입에 넣었다.

(잠깐만, 넓은 의미에서 본다면 이것도 간접 키스가 되지 않아……?)

멍하니 그런 생각을 하고 있을 때, 빵을 다 먹은 마리야가 기쁜 듯 마사치카를 쳐다보았다. 고개를 들어 보니, 마리야가 방긋 웃으면서 고개를 살짝 갸웃거렸다.

“맛있어?”

“아, 네. 정말 맛있어요.”

“후훗, 다행이야~.”

부드러운 미소를 머금은 마리야가 행복한 듯 마사치카를 응시했다.

(마치 식사하는 남편을 바라보는 아내 같은 구도네.)

문뜩 그런 생각을 한 순간…….

“후후후, 두 사람은 마치 부부 같군요.”

유키는 마사치카가 한 생각을 태클 삼아 입에 담았다. 그러자 날카로운 시선이 마사치카의 볼을 마구마구 찔렀다.

“어머, 그렇게 보여~?”

(그리고 왜 당신은 기분이 썩 나쁘지 않은 듯한 반응을 보이는 건데요?)

마음속으로 태클을 건 마사치카는 잘못 반응했다간 분위기가 이상해질 거라고 판단했다. 그래서 일부러 진지한 표정을 지으면서, 장난스레 고개를 끄덕였다.

“흠, 그래. 부부인가.”

이어서 씨익 웃으며 날카로운 시선을 보내고 있는 아리사를 쳐다보았다.

“그렇게 됐으니까, 앞으로는 나를 형부라고 부르렴.”

“죽어도 싫어.”

“그래? 그럼, 형부우 정도로 봐주도록 할까.”

“그건 또 무슨 소리야?!”

두 사람이 그런 만담을 하자, 토우야와 치사키가 소리 내어 웃었다. 그런 즐거운 분위기 속에서…….

“이거, 내가 먹을게~.”

은근슬쩍, 오늘 들어 네 번째인 마리야의 그 말이 들려왔다.

Q: 미소녀에게 최면을 걸었어♪
어떤 암시를 가장 먼저 걸어볼까?

"저질렀어……."

유키의 시선이 향한 곳에는 눈이 뒤집힌 채 바닥에 쓰러져 있는 마사치카가 있었다. 유키는 그런 그를 내려다보며 떨리는 목소리로 호소했다.

"네, 네 탓이야……. 네가 나, 나 말고 다른 여자를 건드리려고 하니까……. 그래도 죽일 생각은……!"

비통한 목소리로 그렇게 외친 유키는 두 손으로 얼굴을 감싸며 그 자리에서 무릎을 꿇었다. 하지만 몇 초 후…….

"아아~. 태클 담당이 없으니 허무하네."

유키는 두 손을 축 늘어뜨리더니, 김샌 표정으로 될 대로 되란 듯 그렇게 말했다. 그리고 시선을 들자, 멍한 표정으로 서 있는 아리사와 아야노가 눈에 들어왔다. 방금 눈 앞에서 사람 한 명이 기절했는데, 두 사람은 아무런 반응도 보이지 않았다. 마치 지시를 기다리는 대기 상태의 로봇 같았다.

"혹시…… 지금이라면 최면의 주도권을 빼앗을 수 있을까?"

그렇게 중얼거린 유키는 혀로 일정한 리듬의 소리를 내더니, 두 손으로 크게 손뼉을 쳤다. 그러자 아리사와 아야노의 몸이 부르르 떨리더니, 두 사람은 유키를 향해 고개를 살짝 돌렸다.

"좋아, 성공했어."

유키는 말하지 않으면서 최면의 주도권을 가져왔다. 최면술사로서의 실력이 순조롭게 성장하고 있었다.

"자, 그럼 두 사람은 마사치카 씨를 옮기는 걸 도와주세요~. 아랴 양은 오른발, 아야노는 왼발을 들고…… 그래요, 바로 그거예요."

유키는 두 사람에게 지시를 내리고, 셋이 힘을 합쳐 마사치카를 침대로 옮겼다.

"영차! 아아~ 무거웠어. 의식이 없는 인간이 무겁다는 건 진짜구나~."

어깨를 풀면서 그렇게 말했지만, 당연히 주위에서는 아무런 반응도 없었다. 그 점에 입술을 살짝 내민 유키는 마사치카를 내려다보더니…… 곤히 잠든 그의 모습을 보고 살짝 짜증이 치밀었다.

(그렇게 나와 아야노를 농락했으면서…… 나, 아까 진짜 당황했었거든? 침대로 옮길 때도 되게 무거웠거든?)

물론, 전부 자업자득이라는 건 알고 있다. 오빠에게 최면술을 건 자신이 가장 나쁘다는 건 잘 안다. 알지만…….

"네가 지나치게 매력적이라…… 이럴 수밖에 없는 거야."

그런 불합리한 소리를 한 유키는 스마트폰을 조작해서, 아까 촬영한 영상을 학생회 그룹 채팅방에 투하했다. 그리고 태연한 표정으로 최면술을 풀 방법을 찾다가…… 문득, 공허한 표정을 짓고 있는 아리사를 쳐다봤다.

"흐음……."

아리사가 최면술로 무방비한 상태가 된 것은 이걸로 두 번째다. 지난번은 학생회실이어서, 서둘러 사태 수습을 도모했다. 하지만 지금은? 타인의 개입을 걱정할 필요 없는 지금이라면…… 조금은 장난을 쳐도 괜찮지 않을까?

"그래, 괜찮을 거야. 오히려 바라고 있을걸?"

엉뚱한 방향을 쳐다보며 그렇게 말한 유키는 두 사람을 데리고 자기 방으로 가더니, 벽장을 열었다.

"어이쿠, 여기에 바니걸 옷이 있네."

그리고 안에서 천천히 바니걸 옷을 꺼냈다. 왜 그런 게 여기에 있냐면…… 뭐, 있는 건 어쩔 수 없다. 유키의 오타쿠 방은 불가사의로 가득 차 있으니 말이다.

"자. 아랴 양, 이걸 입어 봐~."

유키는 당연한 듯 토끼 귀 머리띠도 꺼내더니, 그것을 아리사에게 건네준 후에 아야노와 함께 방에서 나갔다. 딱히 옷 갈아입는 모습을 구경하더라도 비난할 사람이 없지만, 한 명의 오타쿠로서 코스어가 옷 갈아입는 모습을 본다고 하는 무례한 짓은 하고 싶지 않았다. 애초에 아리사는 코스어가 아니지만 말이다.

그렇게 몇 분을 기다린 후, 방 안에서 옷깃 스치는 소리가 잦아든 것을 깨달은 유키가 방에 들어가 보니…….

"Marvelous……!"

유키는 하늘을 올려다보며, 그 자리에서 무너지듯 무릎을 꿇었다. 이곳에는 주위 사람을 남녀 가리지 않고 육식 동물로 만들 듯한 가련한 토끼 아가씨가 있었다. 검은색 타이츠에 감싸인 길고 육감적인 다리. 공격적이라고 해도 될 만큼 깊게 파인 하이 레그. 금방이라도 옷 밖으로 흘러나올 듯한 풍만한 가슴. 새하얀 피부와 검은색 옷이 자아내는 매혹적인 조화……!

"아, 큰일 났다. 코피 날 것 같아……."

유키는 코에서 신호가 오자, 천장을 올려다보며 코를 손으로 감쌌다.

"아직 멀었어……. 버텨야 해, 나……. 이 정도로는 아직……."

유키는 그렇게 중얼거리면서 몸을 일으키더니, 멍한 표정인 아리사를 날카롭게 쳐다보았다. 그리고 그녀의 얼굴 앞에 손가락 하나를 세우더니, 새로운 암시를 걸기 시작했다.

"당신은 귀엽고 활기찬 바니걸이에요. 제가 손가락을 튕기면, 성심성의를 다해서 눈앞에 있는 손님을 접대하고 싶어집니다.”

그렇게 말한 유키가 손가락을 튕기자, 아리사의 눈에 서서히 빛이 어리더니…….

“어서 오세요, 손님. 제가 진심을 담아 접대해 드릴게요. 쫑긋♡”

“우그아악?!”

유혹하는 듯한 장난스러운 미소가, 쫑긋거리는 토끼 귀가, 하늘하늘 흔들리는 꼬리가 유키의 하트에 크리티컬 히트!

“접대해, 주세요…….”

또 무너지듯 무릎을 꿇은 유키가 황홀한 표정을 지으며 그렇게 중얼거렸다.

“만끽했어…….”

그 후, 메이드복인 아야노도 불러서 두 사람에게 접대를 받은 유키는 윤기 넘치는 표정으로 만족한 듯 중얼거렸다. 그리고 옷을 갈아입은 두 사람을 향해 스마트폰을 들더니, 최면 앱의 해제 버튼을 눌렀다. 그러자 스마트폰에서 기묘한 진동음이 흘러나오면서 아리사와 아야노의 눈이 서서히 정상으로 돌아오기 시작했다.

“어라……? 여기는…… 나, 어느새……?”

“어?”

수십 초 후, 완전히 정신을 차린 두 사람이 당혹스러운 듯 거실을 둘러보는 가운데, 유키는 미안한 표정을 지으며 아리사에게 말을 건넸다.

“죄송해요, 아랴 양. 실은 오늘 마사치카씨에게 최면술을 시도해 봤는데…… 실수로 아랴 양까지 휘말리게 한 것 같아요.”

“어? 유키 양, 최면술이라니……?”

여러모로 상황을 이해하지 못했으면서도, 아리사는 『최면술』이라는 단어에 위기감을 느낀 건지 두 손으로 자신의 몸을 감쌌다.

“서, 설마 또 무슨 짓을 한 건……?”

“아뇨, 걱정하지 마세요. 아무것도 하지 않았답니다.”

유키는 물 흐르듯 자연스럽게 거짓말을 했다.

(뭐, 터치는 안 했잖아. 그 선은 지켰거든? 그러니 아무것도 하지 않았다고 해도 과언이 아니지 않아?)

유키는 머릿속으로 제발 태클 좀 걸어 달라는 듯한 변명을 늘어놓더니, 오빠의 책상에 놓인 아리사의 스마트폰을 살며시 내밀었다.

“사과의 의미가 담긴 건 아니지만……”

“어, 내 스마트폰……?”

“제가 방금 올린 동영상을 보세요.”

아리사는 의심하면서도 동영상 파일을 재생했다. 그리고
몇 초 후, 눈을 치켜뜨더니—.
"풉, 아하하하하!"
웬만해선 듣기 힘든, 우스워 죽겠다는 듯한 아리사의 웃
음소리가 거실에 울려 퍼졌다.

※마사치카는 감정 스킬을 가지고 있지 않습니다

"어? 저게 뭐야……. 플리 마켓?"

우연히 근처의 커다란 공원을 지나가고 있을 때, 그곳의 광장에 깔린 대량의 비닐 시트와 그 위에 놓인 낡은 물건들이 눈에 들어왔다. 보아하니 입간판도 있었으며, 일주일에 걸쳐 대규모 플리 마켓이 개최되는 것 같았다.

"플리 마켓……. 오랜만인걸."

마지막으로 플리 마켓을 둘러본 것은 약 2년 전의 일이다. 그때도 우연히 지나치던 길에, 당시에 좋아하던 카드 게임의 레어 카드를 발견했었다. 그래서 반가운 마음이 든 마사치카는 저 플리 마켓을 둘러보기로 했다.

"으음……. 하긴, 이제는 카드를 파는 사람이 없네."

유행이 지나서 그런지, 한때 엄청난 인가를 구가하던 카드 게임이 이제 보이지 않았다. 있는 것이라고는 옷, 책, 식기, 가구 그리고 골동품 정도였기에 마사치카 같은 청소년 세대가 끌릴 말한 물건은 없었다. 하지만…….

"어……?"

어느 비닐 시트 앞을 지나치던 마사치카가 걸음을 멈췄

다. 눈에 들어온 것은 꽃과 새가 그려진 작은 접시 여덟 장 세트였다.

"어, 이런 것에 흥미가 있니?"

놓여 있는 접시를 뚫어지게 쳐다보고 있을 때, 심심해 보이는 표정으로 비닐 시트에 앉아 있던 중년 남성이 마사치카에게 말을 건넸다. 그 말에 대충 대답한 마사치카는 몸을 웅크렸다.

"이거…… 골동품인가요?"

주위에 놓인 항아리나 불상을 본 마사치카가 그렇게 묻자, 남성은 쓴웃음을 머금으며 고개를 끄덕였다.

"아버지의 유품이란다……. 생전에 이것저것 사두신 것 같은데, 여러모로 처분하기가 어렵더라고. 나는 가치를 모르는 데다, 프로 골동품 거래상에게 헐값으로 넘기는 것도 좀 그랬거든. 그래서 플리 마켓에 가지고 온 거야."

"그런가요……."

"너는 이런 물건을 잘 아니?"

"아, 그렇진 않은데…… 얼마 전에 지인에게 생일 선물로 괜찮아 보이는 찻잔을 받았거든요. 그래서 식기에 관심이 좀 생겼어요."

"흐음~ 그렇구나."

그런 이야기를 나누는 와중에도 마사치카의 눈은 접시에서 떨어지지 않았다.

“좀 살펴봐도 될까요?”

“물론이지.”

그리고 앞뒤를 뜯어보면서 금이 간 부분이 없다는 걸 확인한 마사치카는 고개를 들었다.

“이거, 얼마인가요?”

“어, 살 거니? 으음…… 1,000엔 정도 부르고 싶지만, 여덟 장을 다 사준다면 장당 100엔 해서 총 800엔에 줄게.”

남성이 그렇게 말하자, 마사치카는 마음속으로 「이런 건 세트일 때 보통 더 비싸지 않나?」 하고 생각했지만, 곧 「여기 있는 여덟 장이 전부 다는 아닐지도 몰라」 하고 고쳐 생각하며 지갑을 꺼냈다.

“살게요. 1,000엔 지폐도 될까요?”

“어? 진짜로 살 거야? 이야, 설마 첫 손님이 너 같은 어린애라니…… 아, 200엔 거슬러 줄게. 괜찮다면 다른 것도 보고 갈래?”

“아, 그럴게요…….”

꽤 심심했던 건지, 남성은 뒤편에서 낡은 종이에 쌓인 접시와 나무 상자를 몇 개 꺼냈다.

“자, 상자 안에 들어 있는 이건 꽤 괜찮아 보이지 않아? 그림도 예쁘지? 그리고 이건 딱 봐도 부잣집에서 장식할 물건이야.”

“하하, 그래 보이네요. 참고로 그건 얼마나 하나요?”

"뭐? 으음…… 상자 안에 든 것은 일단 개당 10만 엔에 팔고 있는데…… 역시 너무 비싼 걸까?"

"글쎄요. 플리 마켓에서 파는 물건치고 좀 비싼 느낌이네요……."

"역시 그렇구나……."

마사치카가 그렇게 말하자, 남성은 약간 침울한 표정을 지으며 고개를 숙였다. 그 모습을 보며 쓴웃음을 머금은 마사치카는 종이에 쌓인 접시를 몇 개 살펴본 후에 그중 하나를 손에 쥐었다.

"어? 아, 그거? 그림을 되게 못 그렸지? 저 정도라면 나도 그리겠다니깐. 애초에 무슨 새인지도 모르겠어."

마사치카가 들고 있는 접시를 본 남성은 약간 부끄러운 듯 웃었다. 딱 봐도 싸구려 같은 그것을, 자기 아버지가 소중히 여겼다는 사실이 부끄러운 것이리라. 하지만 마사치카는 왠지 그 그림에서 눈을 떼지 못했다.

"확실히…… 좀 이상한 그림이지만, 전체적으로 보면 나쁘지 않아 보이네요."

"어? 그래? 왠지 딱 봐도 조악한 위작 같은데……."

"이건 얼마인가요……?"

"어?! 살 거야?! 어, 아니…… 그래, 500엔에 어때?"

남성은 깜짝 놀랐는지 눈을 치켜뜨더니, 곧 미간을 찌푸리며 금액을 말했다. 그러자 마사치카는 고개를 끄덕이면서 500엔 동전을 꺼내서 건네줬다.

"응, 500엔 딱이네……. 으음, 그래. 하긴, 사람마다 취향은 다르니까……. 우리 아버지도 그래서 이걸 산 걸까?"

남성은 영 이해가 안 된다는 듯이 어중간하게 고개를 끄덕였다. 한편, 왠지 즐거워진 마사치카는 이어서 부탁했다.

"다른 건 없나요? 식기 쪽으로요."

"뭐? 으음…… 그럼, 찻잔을 볼래?"

"네."

"그래서…… 이걸 산 거야?"

"응. 꽤 예쁘지 않아?"

얼마 후, 마사치카는 자기 집 거실에서 아리사와 함께 숙제를 하며 그렇게 대답했다. 그러자 아리사는 손 언저리에 있는 찻잔을 쳐다보며 미간을 찌푸렸다.

"으음……. 잘은 모르겠지만, 일단 보리차는 이런 찻잔과 안 어울리는 느낌이야."

"역시 그래?"

마사치카는 아리사의 지적을 듣고 쓴웃음을 짓더니, 테이블 중앙에 놓여 있는 감자칩이 잔뜩 담긴 커다란 접시를 손가락으로 가리켰다.

"참고로 이 접시도 그때 산 거야."

"골동품에 감자칩을 올려놓는 것도 좀 별로인 것 같은데……. 아, 정말 서툰 그림이네."

감자칩을 옆으로 밀어낸 아리사는 바닥에 그려진 그림을 보고 그렇게 말했다. 그 말을 들은 마사치카는 쓴웃음을 머금으며 어깨를 으쓱했다.

"뭐, 그렇게 비싸게 산 건도 아니니까…… 총 3,000엔 정도였을까? 마음에 든 식기를 샀다고 생각하면 딱히 낭비도 아니잖아."

"흐음. 뭐, 취향은 사람마다 다르니까……. 그래도 나라면 서양 공예품을 샀을 것 같아."

"중세 유럽의 티세트 같은 거 말이야? 그런 건 비싸잖아……."

두 사람은 그런 이야기를 나누며 찻잔을 입가로 가져갔다.

아리사는 모른다. 마사치카가 스오우 가문의 영재 교육을 통해 심미안을 길렀다는 사실을 말이다.

마사치카는 모른다. 지금 자신이 입에 댄 찻잔이, 30년 전에 세상을 떠난 명장의 걸작이라는 사실을 말이다.

두 사람은 모른다. 현재, 테이블 위의 시가 총액이 상상을 초월하고 있다는 사실을 말이다.

"그래도 이런 건 일상생활에서 쓰는 건 좀 그렇지 않아?"

"하지만 가치도 모르는 걸 장식해 두는 것도 좀 그런걸…….

좀 독특한 식기를 일상생활에서 쓴다고 생각하지, 뭐.”
　“흐음. 뭐, 알아서 해.”
　두 사람은 모른다…….

 ## 유키와 아야노는 동심으로 돌아간 것 같아요

"이게 뭐야. 되게 재미있겠네."

대학생이 공원에서 물 풍선을 서로에게 던지는 영상을 본 유키가 그렇게 중얼거렸다. 정확하게는 그들이 던지는 물 풍선이 유키의 관심을 끌었다.

일부러 풍선에 일일이 물을 넣지 않더라도, 미리 풍선을 달아둔 대롱에 물을 넣으면 마치 포도송이가 열리듯 단숨에 물 풍선이 생산되었다. 차례차례 부푼 물 풍선이 자기 무게에 의해 아래편의 양동이로 낙하하자, 그것을 본 유키의 눈이 반짝였다.

"훗, 여름인가……. 나도 동심으로 돌아갈 때가 온 것 같은걸……."

유키는 창밖을 향해 눈길을 돌리면서 하나도 멋지지 않은 대사를 읊었다. 바로 그때, 아야노가 홍차를 내왔다.

"실례하겠습니, 다……?"

유키가 방으로 들어온 자신을 히죽 웃으면서 쳐다보자, 아야노는 몇 번 눈을 깜빡였다. 그 순간, 메이드는 주인의 변덕에 함께하는 것으로 결정됐다.

◇

"어라? 오빠는 없는 거야?"

"응, 방금 외출했단다."

자기 집 정원이나 공공장소에서는 할 수 없기에, 유키는 친가 쪽 집을 찾았는데…… 아쉽게도 마사치카는 집에 없었다.

"미안하구나, 유키. 실은 나도 좀 나가 봐야 한단다……. 아까 할아버지한테서 도와달란 연락을 받았거든."

"뭐? 할아버지는 리르를 산책시키러 간 거 아니었어? 혹시…… 다치기라도 한 거야?"

"아니란다. 리르가 꼬치구이 가게 앞에서 주저앉더니 꼼짝도 하지 않는다고 해서."

"정말 평화 그 자체네. 다녀오세요~."

개를 데리러 가는 할머니를 배웅한 후, 유키는 마당에 있는 창고를 뒤졌다. 그리고 어릴 적에 쓰던 물총과 비닐 풀장, 그리고 펌프를 발견했다.

"오~ 좋아. 더욱 동심으로 돌아갈 수 있겠어. 이걸로는 나중에 놀아야지."

유키는 즐거운 듯 눈을 반짝이며 일단 그것들을 옆에 두더니, 찾던 파란색 양동이 두 개를 꺼냈다. 그리고 그 안에 물을 담고 물 풍선을 만들었다.

"오오~."

"이건…… 재미있군요."

나뭇가지처럼 갈라진 대롱에서 풍선 여러 개에 물이 한꺼번에 들어가더니, 물 풍선이 차례차례 탄생했다. 그 광경을 보며 작게 탄성을 지른 두 사람은 학교 수영복으로 갈아입더니, 마당 양쪽 끝에 자리했다. 그런 두 사람의 발치에는 물 풍선이 들어 있는 양동이가 놓여 있었다.

"그럼…… 무자비한 물 풍선 배틀을 시작하도록 할까."

유키가 자신만만한 미소를 지으면서 선언하자, 아야노는 말없이 고개를 끄덕였다. 그리고 유키는 물 풍선을 한 개 꺼내서 신호탄 대신 삼아 힘껏 던졌다.

"에잇!"

힘찬 기합과 함께 개막을 알리는 그 첫 투척은…… 완전히 빗나가더니, 그대로 담벼락에 명중하며 허무하게 터졌다.

"어라……?"

"……."

한여름의 마당에 말로 형용할 수 없는 분위기가 감돌았다. 그것을 얼버무리려는 듯 헛기침을 한 유키는 물 풍선을 하나 더 꺼내더니, 아야노를 향해 던졌다.

"이얍."

다시 던진 물 풍선은…… 아야노의 한참 앞에 떨어지면서 지면을 적셨다. 또 침묵이 감도는 가운데, 퍼뜩 놀란 표정을 지은 유키가 양동이 안의 물 풍선을 쳐다봤다. 그리고 경악에 찬 목소리로 중얼거렸다.

"서, 설마…… 이것도,『공』으로 분류되는 거야……?!"

유키와 마사치카는 다양한 분야에서 비범한 재능을 발휘했다. 하지만 구기 종목만큼은 형편없었다. 자기들한테 날아오는 공한테는 마치 부모 원수라도 되는 것처럼 미움받았고, 이렇게 공을 던지거나 차면…… 방금처럼 컨트롤이 완전 꽝이었다.

"맙소사……. 이래선 배틀을 할 수 없잖아……."

고개를 푹 숙인 유키는 아야노가 반격하지 않는다는 것을 눈치채고 고개를 들었다.

"왜 그래……? 괜히 신경 쓰지 말고 팍팍 던져도 되거든?"

"아니, 저기……."

"지금은 주종 관계 같은 걸 신경 쓰지 말고, 마음껏 공격해도 돼."

"그, 그럼……."

유키의 말을 들은 아야노가 우물쭈물 물 풍선을 손에 쥐더니, 그것을 유키에게 던졌다.

"에잇!"

……눈을 꼭 감은 채 말이다.

"그래서야 명중하겠냐고……."

유키의 말대로, 물 풍선은 지면에 그대로 격돌하고 사방에 물을 뿌리며 터졌다. 머뭇머뭇 눈을 뜬 아야노가 그것을 보더니…… 터진 물 풍선을 주워서 자기 양동이에 넣었다. 성실하게 쓰레기를 치우는 아야노를 본 유키는 빙긋 웃더니…….

"상상했던 것과 달라!!"

고개를 흔들며 힘차게 외쳤다. 그리고 깜짝 놀라며 흠칫한 아야노를 양손으로 움켜잡은 채 노려보며 말했다.

"배틀에서 뭘 머뭇거리고 그래! 그리고 왜 쓰레기 청소를 하는 거야! 지금은 그런 시녀 근성을 발휘할 때가 아니거든~?!"

"하, 하지만……."

"하지만은 무슨 하지만! 동심으로 돌아가라고 말했지?! 온 힘을 다해, 동심으로 돌아가란 말이야~!"

"그렇게 말씀하셔도……."

"하아, 정말! 존댓말 금지! 옛날에는 존댓말 안 썼잖아! 평범한 소꿉친구였던 그 시절로 돌아가란 말이야!"

"어, 어어……?"

"자, 어서!"

몸을 살짝 숙인 유키가 자기 쪽으로 손을 까딱거리자, 아야노는 몇 초 동안 허둥댄 후에 체념한 것처럼 고개를 끄덕였다.

"알았, 습니……."

"습니?"

"아, 알았, 어? 유……키…….."

아야노가 어색하게 반말을 하자, 유키는 눈을 치켜뜨며 방긋 웃었다.

"응…… 응! 좋네! 좋아~! 나도 동심으로 돌아갈래~!"

즐거운 목소리로 그렇게 선언한 유키를 하늘을 향해 검지를 치켜들었다.

"간다! 천사 모드 발☆동!"

이게 판타지 애니메이션이었다면 빛과 효과음으로 가득 찬 변신 장면이 펼쳐졌을 테지만…… 현실에는 당연히 그런 연출이 없다. 그저 몇 초 동안 정적이 흐른 후, 유키는 아야노를 향해 순진무구한 미소를 지었다.

"그럼 시작한다~? 아야노!"

"아, 네! 아니, 응! 유, 키."

그렇게 몇 년 만에 주종이라는 관계에서 벗어난 두 사람은 어린애처럼 놀았다.

하지만 30분 후…….

"흠……. 왠지 지금은 오빠로 놀고 싶은 기분이야."

이 자리에는 소파에 몸을 맡긴 마피아처럼, 비닐 풀장에 몸을 맡긴 유키의 모습이 있었다. 아까 전의 순진무구함은 눈곱만큼도 찾아볼 수 없었다. 그뿐만 아니라 천사 모드로 순진무구함을 발휘한 반동이 온 건지, 지금은 거꾸로 사악

함만이 남아 있었다.

아야노를 먼저 욕실에 보낸 유키는 물대포를 한 손에 들고 여름 하늘을 올려다봤다.

"훗, 여름인가……. 두근거리는 계절인걸."

허무함이 어린 미소를 머금은 유키가 그런 뜬금없는 말을 했다. 그리고 금속제 문이 삐걱거리며 열리는 소리가 들려오자, 유키는 미소를 지었다.

선생님~.
회장과 부회장이 부상자 앞에서 러브 코미디 찍어요~

"하아, 하아."

"아, 아랴. 이게 대체 무슨……. 쿠제, 괜찮아?!"

아리사가 던진 실내화를 안면에 정통으로 맞은 마사치카가 비명도 못 지르며 그대로 쓰러졌다. 그대로 꿈쩍도 하지 않는 마사치카를 보고 위기감을 느낀 건지, 마리야는 자기가 속옷 차림인 것을 아랑곳하지 않으며 마사치카에게 뛰어갔다.

그리고 마사치카의 얼굴에 씌워진 아리사의 와이셔츠를 걷어보니—.

"어머……?"

"마사치카…… 어, 기절한 거야?"

"글쎄? 딱히 혹이 난 것 같지는 않은데……."

마리야가 걱정스러운 듯 마사치카의 뒤통수를 매만져주자, 아리사는 약간 멋쩍어하며 그 모습을 쳐다봤다. 두 사람은 양말과 속옷 차림이었다. 제삼자의 관점에서 본다면 정말 엄청난 광경이었다.

그리고 마리야가 살짝 들어 올린 탓에, 마사치카의 콧구

멍에서 피가 흘러나왔다.

"어, 어머? 코피가……."

이 코피는 실내화를 안면에 맞아서 흘리는 것일까. 아니면…….

"……."

"……."

거북한 침묵이 흐르는 가운데, 아리사가 말없이 내민 티슈를 받은 마리야가 그것으로 마사치카의 코를 막았다.

"일단…… 옷 입을까?"

"그, 그래."

그런 미묘한 분위기 속에서 일단 마사치카를 내버려두기로 한 두 사람은 서둘러 새로운 교복으로 갈아입었다. 그 사이, 마사치카는 딱히 정신을 차리지 않았다. 그렇게 옷을 갈아입은 두 사람은 서로의 얼굴을 쳐다보며 어떻게 할지 고민했다.

『―겠지.』

『―니까, ―거야.』

바로 그때, 학생회실 밖에서 익숙한 두 목소리가 들려왔다. 그 목소리를 들은 아리사와 마리야가 퍼뜩 고개를 들고 몇 초 후, 학생회실의 문에서 철컥하는 소리가 났다.

『어라? 왜 문이 잠겨 있는 거야?』

"아, 미안해~!"

문 너머에서 치사키의 의아한 목소리가 들려오자, 마리야는 허둥지둥 문을 열어줬다. 그러자 의아한 표정을 지은 토우야와 치사키의 모습이 눈에 들어왔다.

"어, 어머~? 두 사람 다 무슨 일이야~?"

"아니, 그건 내가 할 말이거든……? 나와 토우야는 문화제 관련으로 선생님과 나눌 이야기가 생겨서, 서류를 여기 두려고 온 건데……."

마리야는 그 말을 듣고 직감적으로 「지금, 이 두 사람을 안으로 들이면 안 돼」라고 생각했다. 왜냐하면 이 안은 사건 현장이나 다름없으니 말이다.

"어머, 그래? 수고 많네~. 서류는 내가 학생회실 안에 둘게~."

"아니, 그냥 내가 둘 테니까…… 그것보다 무슨 일 있어? 안에 뭐라도 있는 거야?"

양문형 문을 한쪽만 연 마리야가 한사코 옆으로 비켜서지 않자, 토우야는 의아한 목소리로 그렇게 물었다. 그러자 마리야는 약간 난처한 표정을 지으며 작은 목소리로 대답했다.

"지금 안에서 아랴가 새 교복으로 갈아입고 있거든……."

"아. 그, 그렇구나."

마리야의 말을 들은 토우야는 거북한 듯 고개를 돌리더니, 손에 쥔 서류를 마리야에게 내밀었다.

"그럼 이걸 내 책상 위에 올려놔 주겠어?"

"응~."

마리야가 서류를 넘겨받기 위해 문에서 손을 뗀 순간…….

"피 냄새가 나—."

치사키가 그렇게 말하더니, 마리야의 옆을 통과하면서 학생회실에 침입했다.

"앗, 치사키!"

치사키는 마리야를 개의치 않으면서 실내를 둘러봤다. 그리고…….

"앗! 쿠제!"

소파 뒤편에 쓰러져 있는 마사치카를 발견하더니, 그대로 다가갔다. 그리고 그의 목덜미에 손을 대보더니, 경악에 찬 표정을 지었다.

"주, 죽었어……."

"안 죽었어요!"

"아, 미안해. 한 번쯤 말해 보고 싶었거든."

아리사가 날카롭게 태클을 걸자, 치사키는 멋쩍은 듯 웃으며 몸을 일으켰다.

"그런데 쿠제는 어쩌다 이 모양이 된 거야?"

"아, 그게…….."

"아, 하하……."

아리사는 거북한 듯 말끝을 흐렸고, 마리야는 난처한 듯 웃었다.

"뭐야? 쿠제한테 무슨 일 있는 거야?"

"아~. 들어와도 돼, 토우야."

치사키가 그렇게 말하자, 토우야는 머뭇거리며 학생회실에 들어왔다. 그리고 소파 뒤편에서 티슈로 코가 막힌 채 쓰러진 마사치카를 보더니, 말로 형용하기 어려운 표정을 지었다.

"진짜로…… 무슨 일이 있었던 거야?"

그렇게 물었지만, 역시 자매는 시선을 피하기만 했다. 곧 종이 울리자, 네 사람은 시계를 쳐다봤다.

"아, 큰일 났네. 5교시가 시작하겠어."

"그래……. 어쩔 수 없지. 일단 쿠제는 내가 보건실로 옮길 테니까, 동생 쿠죠가 보건 선생님에게 자초지종을 이야기해 주지 않겠어?"

"기다려, 토우야. 만에 하나라도 학생회장이 수업에 지각하면 안 되니까, 쿠제는 내가 옮길게."

"아니, 그럴 수는—."

"괜찮아. 내가 금방—."

치사키가 그렇게 말하며 마사치카를 둘러메려던 순간…….

"치사키!"

토우야가 날카롭게 고함을 지르자, 아리사와 마리야는

움찔하며 어깨를 부르르 떨었다. 치사키 또한 약간 놀란
표정으로 토우야를 올려다봤다.

“어……? 왜 그래?”

“아니, 그게…….”

연인이 당황한 눈길로 자신을 쳐다보자, 토우야는 멋쩍
은 듯 볼을 긁적였다. 그리고 시선을 돌린 채 우물쭈물 말
했다.

“아무리 상대가 쿠제라도…… 저기, 네가 남자와 몸을
맞대는 건 좀…….”

“토우야…….”

토우야는 멋쩍은 투로 자신의 복잡한 마음을 연인에게
털어놨다. 그러자 치사키는 멋쩍음과 기쁨이 반씩 섞인 표
정을 지었다. 그리고…….

“정말~! 토우야도 참~!”

자신의 감정을 숨기려는 듯, 치사키가 토우야의 어깨를
살짝 밀듯 주먹을 날리자…….

“아―.”

토우야의 어깨를 스치며 궤도가 바뀐 주먹이 그의 턱에
명중했다. 그 직후, 토우야의 커다란 몸이 흔들리더니 그
자리에서 무너지듯 쓰러졌다.

“아니…….”

“어머~.”

"아, 미, 미안해, 토우야……."

토우야가 바닥에 닿기 전에 그의 몸을 부축한 치사키가 풀이 죽은 표정을 지었다. 그리고 마사치카를 보더니, 뭔가를 눈치챈 것처럼 아리사를 돌아봤다.

"혹시…… 쿠제도……?"

"네…… 거의 비슷해요."

"아하……."

그렇게 공감한 치사키와 아리사는 말로 형용할 수 없는 표정을 지었다.

"일단…… 두 사람을 보건실로 옮길까?"

"그러죠……."

"으, 응."

그 후에 학생회 여성 멤버가 토우야와 마사치카를 보건실로 옮기는 광경을 학생들이 목격한 바람에, 그 일은 순식간에 학교 전체로 퍼져 나가면서 수많은 억측을 불렀다.

그래도 당사자 전원이 입을 다물면서 진상은 어둠에 묻혔지만…… 제발 언급하지 말아줬으면 하는 그 분위기가 학생들의 흥미를 자극했다. 결국 이 일은『여름 방학 직후의 학생회 괴변』이라 이름 붙여지면서, 몇 주에 걸쳐 학교 전체의 관심을 독점했다.

부활동은 부족 활동이 아닙니다

『이, 이건……! 부장님, 저희는 무시무시한 걸 창조하고 말았어요……!』

『그래……. 우후훗, 멋져…… 정말 멋져! 이것이야말로 이 세상 모든 여자애의 꿈! 크으~ 내가 이 옷이 어울리는 미소녀였다면……! 오늘만큼 자신의 밋밋한 얼굴과 빈약한 몸뚱이가 원망스러운 건 처음이야……!!』

『저도 같은 심정이에요……. 이렇게 멋진 옷을 낡은 마네킹에게 입힐 수밖에 없다니……! 아쉬워요! 너무 아쉽다고요, 부장님!』

『이대로 문화제에서 전시만 하는 건 말도 안 돼요! ……차라리 프로 모델을 고용할까요? 그 정도는 해야 이 옷도 편히 승천할 수 있을 거예요!』

『으음~ 내가 이런 말을 하는 것도 좀 그렇지만, 솔직히 이 옷은 사람이 입는 걸 고려하지 않고 완전 취미 삼아 만든 거야. 현실에 이 옷을 소화할 수 있는 사람이 있을지 모르겠어…….』

『그건 그래요……. 웬만한 사람이 입었다간, 전체적인 윤

곽이 무너져서 오히려 꼴사나워 보일 수도 있어요…….』

『뭐랄까, 이 옷을 입는 사람도 비현실적인 몸매를 지녀야만 하겠네요…….』

흥분한 여학생들의 목소리가 수예부의 부실에서 복도까지 흘러나오고 있었다. 그 기묘한 열기에 약간 압도당하면서도, 아리사는 부실의 문에 노크했다. 그러자 한순간 정적이 감돈 후, 「네」라는 대답이 들려왔다.

"실례할게요."

아리사는 확인을 위해 손에 든 서류를 쳐다보면서 문을 열었다.

"저기…… 이 서류의 관련 영수증이 빠진 것 같은데……."

그리고 영수증이 빠졌다는 것을 재확인한 후에 별생각 없이 고개를 든 순간— 눈도 깜빡이지 않으며 자신을 주시하고 있는 8명의 시선을 느낀 아리사는 흠칫하며 반걸음 물러섰다.

"저. 저기…… 왜 이러시는 거죠?"

귀기마저 어린 듯한 표정으로 자신을 주시하는 수예부 부원을 본 아리사는 머뭇머뭇 그렇게 물었다. 하지만, 대답은 들려오지 않았다. 그저, 한 여학생이 말없이 성큼성큼 다가왔다. 문화제 실행위원회의 첫 회합에서 자기소개를 했던 수예부 부장이다.

"잠시 실례할게."

"어……."

수예부 부장은 무서울 정도로 진지한 표정으로 아리사의 두 어깨를 움켜잡더니, 안경을 반짝이며 상대방의 몸을 뚫어지게 살폈다.

"(이 늘씬하고 긴 다리, 그리고 이 엄청난 가슴과 엉덩이에 비해 잘록한 허리……. 그야말로 비현실적인 몸매……. 괴물인가.)"

"저기, 영수증을……."

혼잣말을 중얼거리는 상급생이 섬뜩했지만, 그래도 아리사는 자기 직무를 수행하기 위해 입을 열었다. 그러자 고개를 퍼뜩 든 수예부 부장이 수상한 미소를 머금었다.

"아, 영수증 말이구나? 미안해. 지금 다른 애들한테 찾아보라고 할게……."

목소리는 상냥하지만, 그와 상반되게 악력이 엄청났다. 아리사의 어깨를 절대 놔주지 않겠다는 의지가 여실히 느껴졌다. 그리고 바람처럼 다가온 상급생 언니들이 아리사를 놓치지 않겠다는 듯 포위망을 형성했다.

"미안해. 우리 실수로 번거롭게 만들었네. 일단 앉아. 응?"

"그래. 금방 찾을 테니까, 잠시만 앉아서 기다려줄래? 그리고 기다리는 동안 몸을 좀 빌려주지 않겠어?"

"걱정하지 마세요. 이 방의 재봉틀을 세는 사이에 끝날 거랍니다."

수상쩍은 미소를 머금은 채, 수예부 부원들은 아리사를 그대로 끌고 갔다.

"어, 어, 어어?"

상급생 언니들을 거칠게 뿌리칠 수도 없었기에, 아리사는 그저 당황하기만 했다. 그런 아리사의 뒤편에 있는 부실의 문이 텅! 하는 소리를 내며 닫혔다.

―20분 후.

"아아아아아아~! 신! 신! 신이시여!!"

"감사하옵니다! 정말 감사하옵니다!!"

"내 눈! 내 눈이~!!"

"우오오오오오~! 엑설런트으으으으!!"

이 자리에는, 신을 숭배하는 원시 부족처럼 광기 어린 환희에 사로잡힌 수예부 부원들의 모습이 있었다. 그리고 그들의 중심에는 표정이 굳을 대로 굳은 고스로리 옷차림의 아리사가 존재했다.

(돌아가고 싶어…….)

아리사는 진심으로 그렇게 생각했다. 솔직히 너무 무서웠다. 핏발 선 눈으로 자신을 응시하는 학생, 자신을 향해 기도를 올리는 학생 그리고 눈에 문제가 생긴 듯한 학생마

저 있었다. 괜찮은 걸까.

(왜…… 왜 나는 드레스를 입고 있는 거지? 왜 이 부장이 내 머리를 땋아준 거야? 아니, 그것보다 대체 언제 이 옷으로 갈아입혀진 건데?)

의문이 줄을 이었다. 그런 의문에 사로잡히기라도 해야, 이 공포를 견뎌낼 수 있을 것 같았다. 표정이 완전히 얼어붙은 채, 아리사는 이 광란의 파도가 잦아들기만 기다렸다. 그 무표정함이 아리사의 너무나도 아름다운 미모와 조화를 이루면서 인형 같은 느낌이 증폭됐고, 그 바람에 주위가 더욱 열광의 도가니에 빠져들었지만…… 당사자는 그것을 자각하지 못했다.

(게다가, 이 옷…… 왜 상반신이 시스루인 거야?! 가, 가슴이…… 가슴골이 훤히 보이잖아!!)

이 절묘한 투명감이 웬만한 수영복보다 더 성적인 느낌을 자아냈기에 아리사는 맹렬한 수치심에 사로잡혀 있었다. 하다못해 위에 뭐라도 걸치고 싶지만, 주위에서 환호하고 있는 수예부 부원들은 말이 통하지 않았다.

어쩔 수 없이 아리사는 주위가 진정될 때까지 견디기로 했다. 그나마 실내에는 여성밖에 없어서 다행이라고…… 생각하고 있을 때…….

"저기~ 실례합니다. 혹시 쿠죠가 여기 있나요……?"

왠지 개운한 표정의 남학생이 머뭇머뭇 문을 열며 얼굴

을 내밀었다. 그렇다. 방금 다시^{리셋 당한} 태어난 마사치카였다.

음료수를 부탁했는데 좀처럼 돌아오지 않는 아리사가 신경 쓰여서 묘하게 시끄러운 수예부 부실을 찾은 마사치카의 눈에…… 고스로리 드레스를 입은 아리사가 들어왔다. 아리사 또한 뜻밖의 침입자를 보고 머릿속이 정지하고 말았다.

“…….”

“…….”

아직 주위가 광적인 열기로 가득 찬 가운데, 두 사람은 얼어붙은 것처럼 서로를 응시했다. 마사치카의 시선이 아리사를 머리부터 발끝까지 훑은 후, 다시 머리로 향하다…… 고속으로 방향을 틀면서 가슴 쪽에 정지했다. 그 시선과 그 눈동자에 어린 경악을 민감하게 감지한 아리사가 반사적으로 가슴을 숨겼다.

“꺄아—.”

“크어억!”

아리사의 비명과 포개지듯, 마사치카가 괴성을 질렀다. 마사치카는 마치 복부를 두들겨 맞은 것처럼 주저앉을 뻔했지만, 어깨를 감싸 쥐며 버텼다. ……약간 하반신을 감추듯이 말이다. 그리고…….

“큭…… 사라시나 선배!”

“불렀어?”

마사치카가 부르자, 치사키가 그의 뒤편에서 고개를 쑥 내밀었다. 마사치카는 치사키를 돌아보더니, 절박한 표정으로 애원했다.

"리셋―."

"에잇."

치사키는 말을 끝까지 듣지도 않고, 마사치카를 즉시 리셋시켰다. 그 후, 광기의 축제를 개최 중인 수예부 부원들도 차례차례 리셋시켰다.

"아랴, 괜찮아?"

"아, 네…….."

눈 깜짝할 사이에 소동을 진압한 치사키는 시원한 미소를 지으며 아리사를 향해 손을 내밀었다. 이 장면만 따로 떼어서 본다면 위기에 처한 공주님을 용사가 구출하는 아름다운 장면이지만…… 그 뒤편에 시체가 되어 쌓여 있는 수예부 부원을 보니, 표정이 굳어질 수밖에 없었다. 바로 그때, 수예부 부장이 흐느적거리며 재가동됐다. 그 좀비 같은 움직임을 본 아리사의 어깨가 흠칫했다.

"어……? 내가 뭘…….."

얼이 나간 표정의 수예부 부장이 별생각 없이 아리사 쪽을 돌아본 순간…… 그녀의 눈동자에 다시 광기가 어렸다.

"우오오―?"

그런 그녀의 턱에 치사키가 주먹을 꽂아서 바로 진압했다.

"뭐야……. 리셋이 아니라 재우는 편이 낫나 보네."

치사카가 그렇게 중얼거린 후, 아리사의 눈앞에서는 일 방적인 부족 탄압이 벌어졌다.

"……."

여러 의미에서 트라우마가 될 듯한 광경이 이어지자, 아리사는 전부 꿈이라 여기고 싶어졌다. 하지만 그런 그녀의 소망을 비웃듯이…….

"아랴, 내가 도울 일은 없어?"

"으, 응. 괜찮아……."

"그래? 도움이 필요하면 언제든 말해."

"아, 알았어……."

단시간에 두 번이라 리셋을 당한 경향인지, 마사치카는 한동안 청렴한 마사치카로 지냈다.

셋이서 사이좋게(?) 궁합 테스트

"점술관······?"

유키가 안내해 준 교실 입구를 본 아리사가 약간 미심쩍은 표정을 지었다. 하지만 유키는 딱히 개의치 않는 듯 「네」라고 말하며 고개를 끄덕였다.

"제 친구 중에 점을 잘 치는 미스 양이라는 분이 주도해서 준비한 기획이랍니다. 보통은 쓰이지 않는 본격적인 도구도 준비했다고 하니, 이참에 점을 쳐달라고 부탁할까 해요."

"흐음~, 그래······."

여성은 비교적 점을 좋아한다는 이미지가 있지만, 아리사의 반응은 긍정적이지 않았다.

(뭐, 아랴는 『운명은 직접 개척하는 것』이라고 생각할 것 같은 애니까······. 점 같은 건 그다지 믿지 않는 타입일까.)

흥미가 없어 보이는 아리사를 향해 쓴웃음을 지은 마사치카는 유키의 편을 들듯 이렇게 말했다.

"점이라······. 생각해 보니 개인적으로 점을 본 적은 한 번도 없네. 뭐, 이야깃거리로 쓸 겸 한번 봐 볼까."

"네, 그렇게 해요. 아랴 양도 괜찮죠?"

그렇게 말한 유키가 자연스럽게 마사치카의 팔을 감싸안자, 눈썹이 파르르 떨린 아리사가 고개를 끄덕였다.

"그럼, 들어갈까."

자연스럽게 유키의 팔을 떼어낸 마사치카가 입구로 향했다. 그리고 안내를 맡은 학생에게 말을 건네자, 유키가 뒤편에서 입을 열었다.

"실례지만, 미스 양을 지명하고 싶답니다."

"미스 양 말이군요. 앗, 마침 비어 있네요. 가장 안쪽 스페이스로 가주세요~."

파티션으로 나뉘어 있는 스페이스에 들어가니, 검은색 테이블보 위에 커다란 수정 구슬이 놓여 있는 그럴듯한 광경이 눈에 들어왔다. 그 안쪽에는 보라색 후드를 깊이 눌러쓴 여학생이 앉아 있었다. 그녀의 입가에 요염한 미소가 어리더니, 요염한 목소리가 흘러나왔다.

"어서 와. 나는 점술사인 미스 미스……."

"더 적당한 예명은 없었어? 엄청 실수할 것 같은데……."

"어머, 말재간이 좋네."

"그래……?"

고개를 갸웃거린 마사치카는 상대가 권하는 대로 별생각 없이 자리에 앉았고—.

(아차.)

유키와 아리사가 그런 그를 포위하듯 양옆에 앉자, 살짝 후회했다. 하지만 이미 늦었다.

(뭐, 괜찮나…….)

"그런데 뭘 점쳐줬으면 하는 거야?"

"글쎄요. 그럼, 궁합을 봐주시겠어요?"

(유키이이이이이이─!!)

여동생이 악의만 가득 담긴 제안을 입에 담자, 마사치카는 그녀를 날카로운 눈길로 노려보았다. 하지만 유키는 태연했다. 미스 미스도 딱히 개의치 않았지만, 그래도 약간 난처한 듯 볼에 손을 댔다.

"으음~. 궁합은 기본적으로 두 사람이 보는 건데……."

"그럼, 두 사람씩 보도록 할까요. 어때요?"

그렇게 말한 유키는 마사치카가 아니라 아리사를 쳐다봤다. 눈동자에 도발적인 빛이 어린 유키는 미소를 머금었다.

"누구와 누구의 궁합이 가장 좋은가. 알고 싶지 않나요?"

저런 식의 제안을 받는다면 아리사는 당연히…….

"좋아. 그렇게 하자."

그렇게 마사치카의 의지를 무시한 채, 누구도 행복해질 수 없는 궁합을 보게 되었다.

"그럼, 누구부터 점을 볼래?"

돈을 받은 미스 미스가 묻자, 유키가 마사치카와 아리사를 쳐다보며 말했다.

"역시 이럴 때는 선거전 페어인 두 분부터 봐야 하지 않을까요?"

"좋아……."

그리고 여전히 마사치카의 의지를 무시한 채, 우선 그와 아리사의 궁합부터 보기로 했다. 두 사람이 생일과 혈액형을 알려주자, 미스 미스가 테이블 위에 놓인 수정 구슬을 손으로 가리켰다.

"그럼. 두 사람 다 이 수정 구슬에 손을 대줄래?"

그 순간, 마사치카의 오른손 손등을 톡톡 두드린 유키는 그가 손을 펴자마자 손바닥에 고속으로 플릭 입력을 했다.

『어, 이거 괜찮아? 폭발하진 않겠지?』

『스테이터스 감정이 아니거든?』

『대체 얼마나 자신감이 넘치는 거냐고.』

『인마, 먼저 말 꺼낸 건 너잖아.』

오른손으로 유키와 만담을 하면서, 마사치카는 왼손을 수정 구슬에 댔다. 그러자 아리사가 그 손에 자신의 손을 포갰다.

"아, 손을 포개진 않아도 돼."

"……?!"

아리사는 미스 미스의 말을 듣고 허둥지둥 손을 떼더니, 어찌 된 건지 마사치카 쪽을 날카롭게 노려봤다.

"아니, 왜 나를 노려보는 건데?"

"아무것도 아냐."

고개를 반대편으로 휙 돌린 아리사는 다시 수정 구슬에 손을 댔다. 그러자 수정 구슬을 들여다보던 미스 미스가 천천히 고개를 끄덕이며 말했다.

"응, 좋아. 그래. 두 사람은 궁합이 참 좋은 것처럼 보여."

"어, 그런가요?"

몇 분 전까지만 해도 흥미가 없는 것 같던 아리사가 머리카락을 만지작거리며 기쁜 목소리로 말했다.

"응. 서로의 부족한 부분을 채워주며, 함께 걸어갈 수 있는……."

"흐, 흐음~."

아리사는 머리카락을 만지작거리며. 마사치카를 힐끔힐끔 쳐다봤다. 바로 그때, 미스 미스가 미소를 머금으며 마지막 말을 입에 담았다.

"정말 이상적인, 비즈니스 파트너가 될 수 있을 거야."

"비즈……."

아리사의 손가락이 움직임을 멈추더니, 표정이 굳어졌다.

"어머나! 두 사람에게 딱 어울리는 결과 아닌가요? 두 사람은 함께 선거전에 임하는 파트너니까요."

바로 그때, 유키가 물 흐르듯 결정타를 날렸다.

【비즈니스…… 우리 관계는 비즈니스……?】

아리사는 방금 그 말을 철석같이 믿었다.

(많이 충격받은 것 같네…….)

동공이 살짝 열린 아리사를 보면서, 마사치카는 무슨 말을 하면 좋을지 고민했다. 하지만 마사치카가 무슨 말을 하기도 전에, 미스 미스가 「자」 하면서 입을 열었다.

"그럼…… 다음은 스오우 양과 쿠제 씨 차례네. 스오우 양의 프로필은 아니까, 두 사람 다 수정 구슬에 손을 대줄래?"

마사치카와 유키는 그 말에 따라 동시에 손을 내밀었다. 그러자, 미스 미스는 후드와 앞머리로 가려진 자기 눈을 치켜떴다.

"이, 이건……! 대, 대단해! 이렇게 궁합이 딱 맞는 페어는 처음 봐!"

흥분한 탓인지, 목소리에서도 요염한 기색이 사라졌다.

"이제까지 많은 사람의 점을 쳐왔지만, 아무리 훈훈한 커플도 이 정도는 아니었는데…… 이 정도면 아예 부부? 아니, 온갖 이해관계를 초월한 가족……!"

((가족 맞는데?))

두 사람은 마음속으로 같은 말을 했다.

【두 사람은 유대로 맺어진 관계……. 후훗, 나는 어차피 차디찬 이해관계…….】

한편, 아리사의 눈동자가 죽어버렸다. 그 모습을 유쾌한 눈길로 쳐다본 유키가 일부러 마사치카의 팔을 끌어안았다.

"후훗♪ 역시 저희는 찰떡궁합이군요♡"

유키는 그렇게 말하며 도발적으로 아리사 쪽을 쳐다봤

다. 하지만 아리사는 그런 유키를 마주 쳐다보며「홋」하고 비굴한 웃음을 흘리기만 했다. 그 뜻밖의 반응을 본 유키 는 눈을 껌뻑이더니…… 곧 고속 손바닥 플릭 입력을 했다.

『어라? 예상보다 더 신경 쓰는 것 같네?』

『어쩌면 믿지 않아서 내키지 않았던 것이 아니라, 결과 가 나쁘면 너무 신경 쓰일 것 같아서 내키지 않았던 것 아 닐까?』

『아하~.』

그러고 있을 때, 미스 미스가 유키와 아리사에게 말을 건넸다.

"마지막은 스오우 양과 쿠죠 양이네. 자, 수정 구슬에 손 을 대줄래?"

"아, 네."

"……."

두 사람이 손을 대자, 미스 미스는 수정 구슬을 뚫어지 게 쳐다보더니—.

"아~."

왠지 봐선 안 되는 걸 본 듯한 목소리를 냈다.

"아……."

그리고 테이블 아래로 손을 뻗어서 뭔가를 움켜쥐더니, 마사치카를 향해 그것을 내밀었다.

"어?"

마사치카가 고개를 갸웃거리면서 손을 내밀자, 미스 미스는 아까 냈던 돈을 돌려줬다.

"이게 무슨 의미야?!"

혹시 이 일 자체를 없었던 것으로 해달라는 걸까. 그렇게 무시무시한 걸 본 건가, 라고 생각하며 미간을 찌푸리는 마사치카를 향해 미스 미스는 동정심이 어린 목소리로 말했다.

"당신의 미래에 행복이 가득하기를 빌게."

"왜 나한테 그런 소리를 하는 거야?!"

어째서 점을 본 아리사와 유키가 아니라, 마사치카에게 그런 말을 하는 걸까. 그것보다…….

"애초에, 분위기를 요 모양 요 꼴로 만든 게 누구인지 알긴 하는 거냐?"

마사치카가 풀이 죽은 아리사를 시선으로 가리키며 눈을 부릅뜨자, 미스 미스는 턱에 손가락을 대며 말했다.

"스오우 양 아닐까?"

"정답이야. 너는 반성하라고."

미스 미스가 정답을 맞히자, 마사치카는 유키의 이마에 꿀밤을 먹였다.

선생님~.
회장과 부회장이 틈만 나면 러브 코미디 찍어요~

"그럼 지금부터 스페셜 매직 쇼를 개최하겠습니다!"

마리야의 선언에 맞춰, 모여 있는 관객들이 박수를 쳤다. 매직바 느낌으로 꾸며진 교실 안에는 현재 테이블이 가장자리로 옮겨졌으며, 그 대신 관객석과 널찍한 공간이 준비됐다. 오전과 오후에 한 번씩 열리는, 매직 쇼를 위한 자리 배치다.

사전에 안내가 되어서 그런지, 추령제 첫날인데도 불구하고 손님이 많이 보였다. 토우야는 관객석 가장 앞에 앉아서 남들보다 더 큰 박수를 보내고 있었다.

"이번에 할 마술은…… 탈출 마술입니다! 이 마술에 도전하는 사람은 바로 치사키!"

마리야의 소개에 맞춰, 치사키가 관객을 향해 손을 흔들며 등장했다. 2학년의 2대 미녀가 나란히 서자, 관객에게서 환성과 감탄이 터져 나왔다. 하지만 토우야의 눈에는 바텐더 의상을 입은 치사키만 보였다.

"아!"

치사키와 시선이 마주치자, 그녀는 장난스레 윙크했다.

(우오오~.)

그것만으로 완전히 맛이 가버린 토우야는 어깨를 부르르 떨었다. 그런 그의 등을 향해 질투심으로 가득 찬 시선이 쏟아졌지만, 사랑에 눈이 먼 토우야는 전혀 눈치채지 못했다.

"탈출할 것은~ 바로 이것!"

바로 그때 마리야의 목소리에 맞춰, 폭 80센티미터 높이 2미터가량의 커다란 상자가 준비됐다. 상자의 표면은 천으로 가려진 지름 15센티미터가량의 구멍이 뚫려 있었으며, 그 옆에는 빗장이 달려 있었다. 마리야가 그 빗장을 풀자, 상자의 앞부분이 열리면서 텅 빈 안쪽이 보였다. 그 텅 빈 내부를 손가락으로 가리키면서, 마리야는 말을 이었다.

"치사키는 이 안에 들어간 후, 2분 안에 탈출할 거랍니다. 보다시피 상자에는 구멍이 뚫려 있으며, 이 구멍을 통해 손을 뻗어서 열 수 있습니다만…… 그건 쉽지 않답니다."

마리야는 조끼의 호주머니에서 다이얼 자물쇠를 꺼내더니, 그것을 관객에게 보여줬다.

"빗장에는 이 다이얼 자물쇠를 걸 거랍니다. 물론 숫자는 알려주겠지만, 감촉에만 의지해 시간에 쫓기면서, 한 손으로 다이얼을 맞춰야만 하죠. 한 번이라도 실수했다간, 탈출은 거의 불가능할 겁니다. 게다가~! 그것만이 아니랍니다!"

마리야가 눈짓을 보내자, 두 여학생이 커다란 자루와 사슬, 자물쇠를 가져왔다. 그 자루 안어 치사키가 서자, 여학생 두 명이 자루의 입구 부분을 들어 올려서 치사키의 목덜미까지 올린 후에 묶었다. 게다가 그 자루 위로 사슬을 둘둘 감은 후, 그 끝을 모아서 자물쇠를 채웠다. 겨우 1분 만에 치사키는 감옥에 갇힌 흉악범 같은 상태가 됐다.

"치사키는 이 상태로 저 상자에 들어갈 겁니다. 우선 사슬에서 탈출, 그다음에는 자루에서 탈출, 마지막으로 상자에서 탈출……. 이것을 2분 안에 해내야만 한답니다!"

마리야가 설명을 해주자, 관객은 어이없다는 듯「뭐~?」하고 회의적인 목소리를 냈다. 안타까운 모습을 한 연인이 언뜻 무모하게 느껴지는 도전을 한다는 사실을 알자, 토우야도 눈썹을 찌푸리며 걱정했다.

(하다못해 수갑 정도는 채우는 편이 좋지 않았을까? 저래서는 자유롭게 팔을 움직일 수 있잖아.)

이 남자, 자기 연인에 대한 신뢰도가 하늘을 찌를 수준이었다.

그렇게 남들과 다른 걱정을 하는 토우야의 앞에서 마리야가 갑자기 목소리를 낮췄다.

"만약 치사키가 2분 안에 탈출을 못 한다면……."

상자가 두 번 다시 열리지 않을까? 아니면 구멍을 통해 검을 찔러 넣을까? 아니면 설마 상자 안에서 폭발이 일어날까……?

마리야의 심각한 어조를 듣고, 관객들이 긴장하는 가운데…… 눈앞에 나타난 것은 접시 위에 놓인 지름 14센티미터, 두께 10센티미터가량의 바움쿠헨이었다. 마리야는 그것을 가리키면서 두려움에 질린 듯한 어조로 선언했다.

"이 선물 받은 바움쿠헨을 제가 혼자서 다 먹어 치울 거랍니다!"

(이야, 평화로운걸. 그리고 언니 쿠죠는 혼자 저걸 다 먹을 수 있는 거냐.)

관객의 생각 또한, 토우야의 생각과 얼추 일치했다. 왠지 미적지근한 분위기가 감도는 가운데, 치사키가 제대로 몸을 움직일 수 없는 상태에서 당당한 목소리로 말했다.

"1분 안에 탈출하겠어. 마샤한테는 절반도 안 줄 거야!"

"후후, 정말 그럴 수 있을까~? 그런 말을 들었으니, 나도 진심으로 임해야겠는걸~?"

(어, 간식 쟁탈전이었던 거야?)

갑자기 두 사람이 자신만만한 목소리로 그런 대화를 나누자, 토우야는 머릿속으로 태클을 걸었다. 일요일 아침의 어린이용 방송을 연상케 하는 평화로운 다툼이었다.

"그럼 시작한다~? 무자비한 간식 쟁탈전!"

"어, 자기 입으로 말했어."

자기가 생각했던 말이 들려오자, 토우야는 무심코 소리 내서 태클을 걸었다. 그와 동시에 주위에서도 웃음소리가 터져 나오자, 교실 안은 훈훈한 분위기에 휩싸였다.

"그럼, 치사키를 상자 안에……."

마리야가 자루와 사슬을 가져왔던 두 명의 스태프에게 눈짓을 보내자, 그녀들은 치사키를 양옆에서 부축하려고 손을 뻗었다.

"아냐, 괜찮아."

치사키는 거절하면서 아무렇지 않게 자루를 걷어차서 찢더니, 직접 걸어서 상자 안에 들어갔다. 아무래도 태클을 걸면 안 될 것 같다.

"그럼 닫겠습니다. 그리고 다이얼 자물쇠를 걸고……."

적당히 다이얼을 돌린 마리야는 숫자를 확인한 후에 치사키에게 말을 걸었다.

"치사키~, 위에서부터 3, 6, 7, 1이야. 한 번 더 말해 줄게. 3, 6, 7, 1. 전부 0으로 맞추면 열려~."

『알았어.』

치사키의 대답을 들은 후, 마리야는 호주머니에서 조그마한 열쇠를 꺼내서 관객에게 보여줬다.

"이건 사슬에 걸린 자물쇠의 열쇠입니다. 이걸~ 에잇."

마리야가 상자에 뚫린 구멍을 통해 열쇠를 집어넣자, 툭~ 하고 열쇠가 바닥에 떨어지는 소리가 들려왔다.

"이것으로 준비를 마쳤습니다! 그럼, 이제 시작하겠습니다! 3~, 2~, 1~ 탈출, 스타트! 잘 덕겠습니다~."

그렇게 말한 마리야가 바움쿠헨에 포크를 찔러넣고 1초 후, 상자 안에서…….

우직! 좌르르르르르르르르륵, 철컹!! 찌, 찌이이이이이익…… 뒤적뒤적, 펄럭.

온갖 소리가 들려오는 것 같더니, 상자에 뚫린 구멍을 통해 치사키의 팔이 쑥 튀어나왔다.

(응. 이럴 줄 알았어.)

자물쇠의 열쇠…… 그것에 대체 무슨 의미가 있을까.

토우야가 깨달음을 얻은 듯한 눈길을 머금은 가운데, 상자에서 튀어나온 치사키의 손이 빗장의 위치를 살피더니 곧 다이얼 자물쇠를 잡아당겼다.

철컥, 철컥철컥…….

그리고 엄지와 검지로 신중히 다이얼을 돌리더니―.

철컥, 우직!

다이얼 열쇠를 움켜쥔 후, 빗장째로 상자에서 뜯어냈다.

(하하하. 역시 치사키야. 과감한걸.)

다른 관객과 마찬가지로 공허한 미소를 흘리는 토우야가 지켜보는 가운데…… 상자가 열렸다.

안에는 중간에서 끊어지고 만 사슬, 완전히 찢겨나간 자루, 우그러진 빗장…… 그런 무참한 현장을 배경 삼으며, 치사키가 당당히 바닥에 내려섰다. 그녀의 몸을 속박할 수 있는 건 이 세상에 존재하지 않는다는 듯, 겨우 10초 만에 탈출한 치사키가 당당한 웃음을 흘렸다. 하지만…….

"잘 먹었습니다~♪"

그 시점에 이미 바움쿠헨은 완전히 사라지고 말았다.

여기가 무슨 보디빌딩부냐

"자. 들어와, 들어와."

"어, 여기는……."

같은 반 여자애 세 명이 데려간 장소를 보자, 아리사는
반사적으로 머뭇거렸다. 왜냐하면 그곳은 일전에 트라우
마가 생긴 장소인…… 수예부 부실이었기 때문이다.

아리사는 실행위원 일로 이 부실에 방문했을 때, 거기
있던 부원들에게 억지로 고스로리 의상을 입혀진 끝에 숭
배(?)받았던 것을 생생히 기억하고 있었다. 이번에도 같은
일이 벌어지는 건 아닐까, 라는 생각에 입실을 주저하는
것도 무리는 아니었다. 하지만 이 세 사람은 아리사의 그
런 걱정 따위 참작해 주지 않았다.

"자~. 한 분, 안내~."

어깨를 떠밀리며 부실에 들어간 아리사는…… 안에 학생
이 한 명도 없자, 가슴을 쓸어내린 후—

"어, 신이다."

뒤돌아섰다. 하지만 퇴로가 완전히 막힌 탓에 무의미한
짓이었다.

“어, 왜 그래? 왜 갑자기 돌아가려고 하는 거야?”

“신 취급을 한 탓이라고 생각해요.”

“어, 하지만 신 맞잖아. 몸매의 신.”

““그건 그래.””

주위에서 번뜩이는 눈길로 쳐다보자, 아리사는 확 강행 돌파를 할지 진심으로 생각했다. 하지만 그 생각을 예상한 것처럼 좌우에 있는 이들에게 팔을 잡힌 아리사는 그대로 옆방으로 끌려가고 말았다.

“자, 그러면 바로 옷 갈아입자.”

“안심해. 여기 문은 잠글 수 있거든.”

그 말을 들으니 오히려 안심이 안 됐다. 아리사는 그렇게 생각하며 뒷걸음질을 쳤다.

“옷을 갈아입자니……? 평범하게 마법사 코스프레를 하는 게 아닌 거야?”

그 질문을 듣자마자 세 사람의 눈이 또 번쩍였기에, 아리사는 바로 후회했다.

“말도 안 돼! 체형이 안 드러나는 그런 의상을 입겠다는 거야?!”

“신에 대한 모독!”

“괜찮아요! 저희가 쿠죠 양의 신급 몸매가 최고로 돋보이는 의상을 준비했어요!”

“아니, 신급이라니…… 어, 준비해 준 거야? 일부러……?”

그 말을 듣자, 아리사도 딱 잘라 사양할 수가 없었다. 그런데도 몇 초 동안 끙끙거리며 고민한 후, 아리사는 체념 섞인 한숨을 살며시 내쉬었다.

"선도위원에게 혼나지 않을 만한 의상으로 부탁할게……."

그 점을 강조한 후, 뒷일은 이 세 사람에게 맡기려 했다. 하지만…….

"저기, 내 말 듣긴 한 거야?"

자기가 입을 의상을 본 순간, 아리사의 눈썹에 경련이 일어났다. 왜냐하면 그것은 노출도가 어마어마한 무희 의상이었던 것이다. 그렇다. 천 면적이 압도적으로 작았다. 아니, 정확하게는 걸친 천은 많지만 입은 천이 적다고 하는 알쏭달쏭한 의상이었으며, 웬만한 수영복보다도 훨씬 과격하고 선정적이었다.

"이런 걸 어떻게 입어!"

"괜찮아! 사이즈는 맞을 거야!"

"그런 문제가 아냐!"

혼신의 태클을 걸자, 세 사람은 「어, 그럼 뭐가 문제인데?」라고 말하고 싶은 것처럼 어리둥절한 표정을 지을 뿐이었다. 그런 표정으로 서로의 얼굴을 쳐다본 후, 동시에 「아하」 하고 말하는 듯한 표정을 지었다.

"괜찮아! 기획의 콘셉트에는 맞아. 웬만한 이세계 술집에는 무희가 있거든!"

“애초에 모험가 파티에도 무희가 있어.”

“공격 담당과 지원 담당을 다 맡을 수 있는 어엿한 전투 직업이에요.”

세 사람은 하나같이 핀트가 어긋난 발언을 입에 담은 후, 한목소리로 역설했다.

“““게다가 에로해!!!”””

“그 점이 문제거든?!”

아리사는 당연히 그 의상을 입는 걸 거부했다. 그렇다. 거부했다. 하지만…….

“부탁이야! 3분이면 돼!”

“자, 여기의 금속 세공이 엄청나지 않아?! 엄청 신경 써서 만든 거야!”

“모처럼 이 세상에 태어났는데 한 번도 사람에게 입혀진 적 없는 채로 마네킹의 장식이 된다니, 이 의상이 불쌍해요!”

세 사람이 울며불며 애원했고…… 실제로 의상 자체가 굉장히 신경 써서 만들었다는 것을 한눈에 알 수 있었기에, 결국 아리사는 입어 주기로 했다. 그 결과…….

“아아~! 감사합니다! 정말 감사합니다!!”

“이걸로 한 달은 더 살 수 있어요!”

“오오, 신이시여~!!”

“무희님께서 강림하셨다아아아아아—!!”

“이럴 것 같아서 입기 싫었던 거야!”

또 광란의 카니발이 개최됐다. 대체 어디서 튀어나온 건지, 어느새 늘어난 수예부 부원들이 자신을 우러러보자, 아리사는 질릴 대로 질린 표정으로 자기 몸을 손으로 가렸다. 그러자 수예부 부원들은 퍼뜩 놀란 표정으로 광란을 멈췄다. 그리고 반성하듯 시선을 교환하더니, 머리를 묶은 여학생이 미안해하는 목소리로 말했다.

"미안해, 쿠죠 양. 또 폭주하고 말았네……."

"아, 으음……."

상대방이 갑자기 차분한 태도를 보이며 사과하자, 아리사 또한 거북해졌다. 마치 분위기가 한껏 달아올라 있는 이들에게 찬물을 끼얹은 듯한…… 그런 기묘한 죄책감에 사로잡힌 아리사는 조금 타협하자고 생각했다.

"조금만 진정해 줄래……?"

"응, 미안해. 부족원들이 너무 흥분했나 봐."

"부족원들?"

역시, 수예부의 『부』는 부족의 『부』인 걸까…… 같은 생각을 하고 있을 때, 그 여학생이 기묘한 표정으로 말했다.

"쿠죠 양도 받아들이기 쉬운 성원을 보낼게."

"뭐?"

받아들이기 쉬운 성원? 머릿속에 물음표가 떠오른 아리사의 앞에서 수예부 부원들은 일제히 입가에 손을 가져가더니—

"이야~! 리얼 2차원 몸매!"

"무지 커!"

"몸매의 신!"

"사람 눈에 안 보이는 코르셋을 허리에 걸친 거 아냐?!"

"높아! 엉덩이 위치가 높아~!"

"지방의 특정 부위 양극화 현상!"

"허리 잘록 여신이 깃들었어~!"

"세상이여, 이것이 바로 허벅지다!!"

"대체 어떻게 저 허리가 저 가슴을 지탱하는 거지?!"

"천장과 바닥이 끝내주고, 기둥이 금방 무너질 듯한 것! 그게 뭐게~?!"

"""""쿠죠 아리사 양이에요!!"""""

"부탁이니까 이제 그만해!!"

아는 사람만 알아들을 듯한 독특한 성원이 쏟아지자, 이 좁은 방 안에서는 아리사의 비통한 외침이 울려 퍼졌다.

그 후…… 아리사는 체념의 경지에 이른 채로 몇몇 포즈를 취해 주고, 엘프 의상으로 갈아입혀졌다. 그 과정에서 수예부 부원 몇 명이 승천했지만…… 아마 큰 문제는 안 되리라고 믿는다.

메이드는 보고 말았다

　시험공부를 이유 삼아서 마사치카가 애니메이션 몰아보기를 거절한 후. 아야노는 유키의 방에서 그녀가 권해 준 만화를 묵묵히 보고 있었다.

　"······."

　페이지를 넘기면서, 침대 위에서 만화를 보고 있는 주인[유키]의 표정을 힐끔 살폈다.

　조용히 만화 속 세계에 몰두한 그 얼굴에서는 뭔가를 참거나 불만을 품고 있는 기색이 느껴지지 않았다. 그 점에 약간 안도한 아야노는 들고 있는 만화 쪽으로 시선을 돌렸다.

　아야노는 기본적으로 만화나 애니메이션을 나서서 접하지 않는다. 딱히 싫어하지는 않지만, 아야노에게는 그것보다 우선도가 높은 게 존재했다.

　하지만······ 현재 그 최우선적인 존재는 아야노가 만화를 보는 것을 원하고 있다. 아니, 만화를 보고 그 감상을 이야기해 줄 것을 원하고 있다. 그렇다면 현재 아야노에게는 만화를 보는 것이 최우선 사항이다. 유키와 이야기를 나눌 수 있도록, 꼼꼼하게 만화를 봤다.

그렇게 아야노가 만화를 다 읽고 슬슬 마사치카에게 커피를 다시 끓여다 줄지 생각하고 있을 때, 노크 소리가 실내에 울려 퍼졌다.

"응~?"

『먼저 씻어도 돼?』

"응~."

유키가 침대에서 고개만 들며 그렇게 대답하자 문 너머에서 발소리가 멀어졌고, 그녀는 다시 고개를 숙였다. 그대로 만화를 다시 읽기 시작했기에 아야노도 다음 만화를 손에 쥐었다. 하지만 그로부터 십여 분 후…….

"좋아."

유키는 천천히 만화를 내려놓더니, 침대 위에서 몸을 일으켰다. 그리고 자신을 올려다보는 아야노를 향해 엄지를 들어 보이며 말했다.

"그럼, 나도 갔다 올게."

"네……?"

어디에? 란 의문은 유키가 갈아입을 옷을 준비하는 모습을 보고 풀렸다. 하지만 욕실에서는 마사치카가 아직 목욕 중이다.

(아직 이르지 않을까요? 아, 혹시 나『도』란 말은……?)

혹시나 하고 생각한 아야노가 유키를 쳐다보니, 그녀는 의기양양하면서 심술궂은 미소를 머금고 있었다.

“공부는 방해하지 않겠다고 했지만, 목욕을 방해하지 않겠다고는 말 안 했거든.”

“그렇군요?”

“그럼, 다녀오겠습니다~.”

“좋은 시간 보내십시오……?”

즐거운 표정으로 방을 나서는 주인을 향해 고개를 숙이며 배웅한 후, 아야노는 잠시 얼이 나가 있었다. 그리고 별 생각 없이 책장을 쳐다보다…… 한쪽 구석에서 시선이 멈췄다.

“……”

그곳에는 검은색 책등의 책이 줄지어 꽂혀 있었다.

아야노는 알고 있었다. 그것들이 19금은 아니지만, 성적 묘사가 가득 들어있는 여성향 레이블 책이라는 사실을 말이다. 그리고 그 안에는…… 아야노의 흥미를 끌 수밖에 없는 제목의 책이 존재했다.

“……”

아무도 없다는 것을 알면서도, 실내를 둘러봤다. 겸사겸사 방 밖의 기척도 살핀 후, 아야노는 평소보다 소리를 내지 않으려고 주의하면서 재빨리 책장 앞으로 이동했다. 그리고 다시 주위를 살펴본 후, 슬그머니 그 책을 뽑았다.

표지에는 난폭한 분위기의 미남에게, 등 뒤에서 거친 포옹을 당하고 있는 메이드의 일러스트와 함께 『몰락 메이드는 냉혹한 주인에게 빼앗긴다 ~복수는 달콤한 쾌락과 함께~』라는 제목이 실려 있었다.

"……."

아야노, 세 번 두리번두리번. 그리고 고민.

(유키 님께서는 저 만화를 보라고 하셨는데…… 이건 명령 위반…… 하지만…….)

이미 책을 뽑아 들고 말았다. 조금만, 아주 조금만 내용을 본다고 해도 별문제 없지 않을까?

그렇게 자기 자신에게 변명한 아야노는 슬며시 표지를 넘겼고…… 두 손을 묶인 채 흐트러진 옷차림으로 남자 밑에 깔린 메이드의 일러스트가 눈에 들어오자, 그대로 확 몸을 젖혔다. 그리고 너무 격하게 움직인 바람에, 카펫 위에서 엉덩방아를 찧고 말았다.

"~~! ~~~~!"

상반신을 한껏 젖히고, 두 팔을 쫙 편 채로 발을 버둥거렸다. 하지만 얼굴을 돌린 상태에서도 시선은 곁눈질로 일러스트에 고정되어 있었다. 그대로 10초가량 아무 말 없이 몸을 배배 꼰 후, 아야노는 흐느적거리며 몸을 일으켰다. 그리고 책장 앞에 주저앉은 채, 천천히 페이지를 넘겼다.

"……."

백작가의 외동딸로서 금이야 옥이야 길러진 주인공은 버릇없이 자기 마음대로 굴며 살아왔다. 하지만 그런 생활은

아버지인 백작이 모반 혐의를 받게 되면서 끝을 맞이했다. 누명을 주장했는데도 아버지는 처형을 당했고, 가문은 망하고 말았다. 노예가 된 주인공은 왕도에서 경매에 부쳐졌다. 그런 그녀를 파격적인 가격으로 사들인 사람은 자기 대에 막대한 부를 축적한 상인이었다. 하지만 그의 정체는 과거에 주인공이 변덕을 부려서 해고했던 하인이었다. 카리스마 넘치는 미남으로 변한 그 하인은 과거에 맛본 굴욕을 풀려는 듯 메이드복을 입은 주인공을 침실로 부르더니, 메이드 교육이라면서ㅡ.

『아야노! 좀 와 봐!』

"……?!"

방 밖에서 위기감으로 가득 찬 목소리가 들려오자, 아야노는 펄쩍 뛰듯 몸을 일으켰다. 그리고 들고 있던 책을 즉시 덮고 켕기는 마음을 떨쳐내려는 듯 내달렸다.

그대로 세면장의 문을 손에 쥐었을 때, 책을 손에 들고 있다는 사실을 눈치채고 그것을 메이드복의 호주머니에 재빨리 집어넣었다.

"부르셨습ㅡ 유키 님?! 무슨 일이시죠?!"

"아니, 그냥 현기증이 좀ㅡ."

"아야노! 구급차를 불러!"

"네ㅡ!"

"저기, 진정 좀 해~."

그 후, 아야노는 마사치카와 힘을 합쳐 유키를 간호했고, 스오우 가문의 차를 타고 병원으로 옮겼으며, 예정보다 일찍 집으로 귀가했다.

"그럼, 무슨 일 있으시면 불러주십시오."

"응……. 아무 일 없겠지만 말이야."

왠지 기운이 없어 보이는 유키를 향해 인사를 한 후, 아야노는 저택 안에 있는 자기 방으로 돌아갔다. 그리고 한숨을 내쉬더니…… 호주머니에서 꺼낸 책을 쳐다봤다. 표지의 메이드가 그녀를 맞이해 줬다.

"……."

아니…… 훔친 게 아니다. 결단코 아니다. 그저 허둥대느라 책장에 돌려놓을 타이밍이랄까, 기회가 없었을 뿐이다.

그래도 원래는 주인에게 솔직하게 이야기하고 책을 돌려줘야 할 것이다. 하지만…….

(지금 돌려드리면, 유키 님이 곤란하지 않을까요?)

스오우 집안에는 자기가 오타쿠란 사실을 숨기고 있는 유키로선, 이런 위험물을 곁에 두고 싶지 않을 것이다. 그렇다면 역시 이 책은 자기가 책임지고 보관해야 마땅하리라. 그렇다. 틀림없다. 이것은 충의에 따른 행동이며, 사리사욕에 휩쓸린 게 결단코 아니다!!!!

(다음에…… 타이밍을 봐서 제자리에 돌려놓죠.)

그렇게 자신의 죄책감에 뚜껑을 덮은 아야노는 책에 북

커버를 씌우더니, 책장 안쪽에 꽂았…… 꽂았…….

　"……."

　두리번두리번, 펄럭, 으윽~! 버둥버둥, ~~~~!!

　이날, 아야노에게는 주인한테 말할 수 없는 비밀이 생겼다.

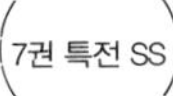

여장부, 출마와 동시에 유린하다

『그럼, 특별 프로그램「출마전」을 시작하겠습니다!』

그 선언에 맞춰 원을 그리듯 배치된 다섯 개의 기마가 눈싸움을…… 벌이지는 않았다.

왜냐하면 개시 선언과 동시에 기마 하나가 운동장 중앙으로 나섰기 때문이다.

스스로 다른 기마에게 포위당한다고 하는 어리석은 짓을 범한 그 기마에게, 다른 네 개의 기마를 비롯한 전교생의 시선이 집중됐다.

"저건, 켄자키의……."

차기 회장 유력 후보라 불리는 타이키는, 자신에게 등을 보이며 당당히 앞으로 나선 그 기마를 보며 그렇게 중얼거렸다.

이 몇 달 사이에 육체 개조를 해서 몰라볼 만큼 늠름해진, 학생회 동료인 남학생. 그런 그를 뒤따르고 있는 안경 쓴 여자애와 금발 세로 롤 여자애. 아니, 그녀들이 진정으로 따르는 상대는…… 그들의 위에 앉아 있는 한 소녀일 것이다.

"사라시나 치사키 양…… 설마 진짜로 그녀를 영입하다니…….”

세 사람 위에 팔짱을 끼고 있는 미소녀를 쳐다보며, 타이키는 낮은 신음을 흘렸다.

사라시나 치사키, 그녀의 별명은 세이레이 학원의 여장^{돈나}부. 3년 전, 중등부에서 집단 괴롭힘을 근절시켜 학교의 품위를 혼자서 높였다고 칭송받는 여걸. 선도위원회의 살아 있는 전설이자, 한편으로 학생회에는 전혀 관심이 없다고 여겨지던 인물.

그런 그녀를 토우야가 선거전 파트너로 원한다는 말을 들었을 때는, 타이키도 무모하다며 실소를 금치 못했지만…… 설마, 반년 만에 진짜로 그녀를 함락시킬 줄은 몰랐다.

타이키가 경계심을 품으며 쳐다보는 가운데, 치사키는 팔짱을 풀면서 두 손을 펼쳤다. 그리고…….

퍼엉!!

치사키가 두 손으로 손뼉을 친 순간, 엄청난 파열음이 교정에 울려 퍼졌다. 다들 숨을 삼키며 눈을 치켜뜬 가운데…… 주위의 기마를 둘러본 치사키는 손을 까딱거리며 말했다.

"자, 골라 봐……. 꼴사납게 도망 다니는 추태를 보일지, 아니면 깔끔하게 패배할지를 말이야.”

그 말이 정적에 휩싸인 교정에 스며들자…… 환성이 터져 나왔다. 아름다운 소녀의 입에서 그런 오만불손한 도발이 흘러나오자, 관객들은 흥분을 감추지 못했다. 그 열기를 접한 타이키는 얼굴에서 미소를 지웠다.

"이거…… 큰일 났군요."

이 출마전은 선거전 출마자가 지지자를 늘리기 위한 여흥이다. 결과적으로 패배하더라도, 관객을 매료시키는 싸움을 펼친다면 성공이라 할 수 있다. 그런 의미에서 본다면, 치사키의 행동은 백 점 만점이었다.

덕분에 현재 이 기마전의 주역은 그들이다. 타이키를 비롯한 네 개의 기마는 그들에게 도전하는 적 ABCD에 지나지 않는다. 이 분위기 속에서, 그들에게 도전하지 않는단 선택을 하는 건 비현실적이다. 타이키에게 남아 있는 선택지는 그들을 쓰러뜨려서 주역의 자리를 빼앗을지, 아니면 두들겨 맞기나 하는 광대 역할을 맡을지 뿐이다.

(그렇다고 해도, 호감도를 생각하면 전원이 일제히~ 같은 짓을 할 수도 없는 게 참…….)

어디까지 계산한 건지는 모르겠지만, 실로 교활하고 효과적인 한 수였다. 하지만…… 아직은 충분히 뒤집을 수 있다. 저렇게 허세를 부렸으니, 그들도 관객의 기대라는 커다란 리스크를 짊어지고 있다. 이 상황에서 일찌감치 패배한다면, 그들을 향한 기대만큼 커다란 실망을 관객에게 안겨주게 될 것이다.

"키리카."

머리 위편에 있는 파트너의 이름을 부르자, 그녀는 그것만으로 타이키의 마음을 이해해 줬다.

"응. 나설 수밖에 없겠네."

"네. 주역의 자리를 빼앗으러 가볼까요."

그렇게, 타이키 일행은 움직이려 했다. 하지만 한발 늦었다.

"""""우오오오오오—!!"""""

기합에 찬 네 사람의 포효가 공기를 뒤흔들었다.

고개를 돌려 보니, 토우야와 치사키의 정면에 있던 기마가 맹렬한 돌진을 감행했다.

"한발 늦고 말았군요—."

불손한 1학년들을 박살 내주려는 듯 돌진한 건, 기수를 포함해 네 명 전원이 럭비부인 초중량급 기마였다. 세간에서는 이번 출마전에서 우승할 가능성이 가장 크다고 점쳐지던 4인조였다.

『오오오오—! 카가미 선수, 맹렬한 돌진! 이, 이건 태클이라기엔 좀 과하지 않을까요?!』

실황 중계자가 당황하는 것도 무리는 아니었다. 그도 그럴 것이, 상대는 네 명 중 세 명이 여자다. 체격만 보자면, 경자동차에 돌진하는 덤프트럭을 연상케 했다. 저래서는 치사키가 순식간에 머리띠를 빼앗더라도, 태클의 충격으로 낙마하고 말 것이다.

(정면충돌했다간 잘해 봤자 동귀어진. 어떻게든 피하고 측면으로 돌아서 들어가야—.)

타이키의 그런 생각을 비웃듯이, 토우야 일행은 그 자리에서 한 발자국도 움직이지 않으며 돌진해 오는 기마와 정면에서 격돌했다.

돌진에 맞춰 몸을 쑥 내민 기수의 손이 치사키의 머리띠로 향했고— 그 기수의 손목을 치사키가 움켜쥔 바로 그 순간이었다.

““““……?!””””

상대방 기마가 충돌 직전에 움직임을 멈췄다. 그뿐만 아니라 비틀대며 두세 걸음 후퇴했다.

“우, 오오오?!”

“뭐, 뭐야!”

“잠깐만! 뭐, 뭐가 어떻게 된 거야!”

“무거워, 카가미! 무겁다오오오!”

어찌 된 건지, 기수는 몸을 쑥 내민 상태에서 굳어버렸다. 그런 기수의 체중이 갑자기 몇 배로 늘어난 것처럼, 기마인 세 사람은 팔에 힘을 한껏 준 채 무릎을 부들부들 떨고 있었다.

“어……? 뭐야, 관절기야? 하지만 제대로 꺾은 것 같지 않은데…….”

키리카가 의문을 입에 담았지만, 누구도 대답하지 않았

다. 다들 망연자실하게 쳐다보는 가운데, 치사키가 상대의 손목을 잡은 손에 힘을 준 바로 그 순간…….

"끄으으으윽?!"

"무거워! 무겁다고오오오?!"

"더는 무리야아앗!"

"이게 무슨 기마전이냐고오오오!"

상대 기마의 네 사람은 제각각 비명을 지르더니, 무게를 못 견딘 것처럼 그대로 무너졌다.

『오, 오오?! 카가미 선수, 낙마! 대체 무슨 일이 벌어진 걸까요?!』

실황 중계자도 혼란에 빠진 가운데, 치사키는 남은 세 명의 기마를 쳐다보며 다시 손을 까딱거렸다. 그 알기 쉬운 의사 표시를 본 타이키는 질린 표정으로 다른 두 기마에게 시선을 보냈다.

이래서는 비겁하고 말고를 따질 때가 아니다. 저렇게 영문도 모르게 패배할 바에야, 다 같이 결전에 임하는 편이 낫다. 다들 같은 생각인 건지, 타이키 일행이 앞으로 나서자 다른 기마도 걸음을 맞추며 앞으로 나섰다.

"가죠, 키리카."

"상냥하게 낙마시켜 주면 좋겠네……."

파트너가 솔직한 속내를 털어놓자, 타이키는 쓴웃음을 머금으며 앞으로 내달렸다. 그리고— 깔끔하게 패배했다.

“그런데 언니, 왜 그런 도발을 하신 거죠?”
“응? 그야 빨리 점심 먹고 싶었거든.”

바니 패닉!!

"그럼, 의상 관련으로는 전면적으로 협력해 주시는 거죠?"

10월의 어느 날. 마리야는 운동회 실행위원회 일로 수예부와 변장 경주에 관해 상의하러 왔다.

"네, 물론이죠. 옷 갈아입는 것도 돕겠어요."

"그래 주신다면 감사하겠어요~."

평소 학생회에서의 느슨한 분위기가 사라진 마리야는 차분한 미소를 머금으며 성실하게 자기 할 일을 수행했다. 바로 그때, 이제까지 차분하게 이야기를 나누던 수예부 부장의 눈이 반짝였다.

"그런데 말이죠……. 쿠죠 씨가 도와주셨으면 하는 일이 있는데, 혹시 시간 괜찮으신가요?"

"네? 아, 네. 무슨 일이죠?"

"저희 수예부에는 남성용과 여성용, 양쪽 다 백 벌이 넘는 의상이 있어요. 그중에서 변장 경주에 적합한 의상을 골라주셨으면 해요."

"으음, 그건……."

마리아는 잠시 생각에 잠긴 후, 은밀한 이야기를 나누듯 입가에 손을 대며 물었다.

"저기, 노출과 관련된 건가요……?"

"그 점도 있지만, 얼마나 입기 편한가…… 쪽이 핵심이에요. 수예부 내부인이라면 바로 알겠지만, 외부인은 어떻게 입는지도 알기 힘든 옷도 있거든요. 딱 보자마자 어떻게 입는지 알 수 있는가. 어떻게 입는지 알 수 있더라도, 입는 데 시간이 얼마나 걸리는가. 이 점만은 외부인이 직접 해보지 않으면 알 수 없겠죠."

"그렇군요……."

부장이 그렇게 설명하자, 마리야는 납득했다. 그리고 머릿속으로 스케줄을 확인해 본 후에 고개를 끄덕였다.

"알겠어요. 40분 정도라면 괜찮을 것 같네요."

"정말인가요? 감사해요."

그렇게 말하며 웃는 부장의 뒤편에서…….

이야기를 엿듣고 있던 수예부 부원들이 일제히 주먹을 말아 쥐며 소리 없이 기뻐했다.

"자, 시간은 얼마나 걸렸어?"

"5분 17초예요."

"아~ 역시 너무 오래 걸렸네~. 도우미를 배치하더라도 이래선 좀…….”

“그래요. 실제로는 여기에 체육복을 벗는 시간도 필요하잖아요.”

“그럼 아쉽지만 이건 채용하지 않는 쪽으로…… 아, 쿠죠 씨. 옷을 벗어줄래요?”

“네~.”

“그럼, 다음에는 이쪽의…….”

수예부 부원들은 묵묵히, 그리고 겉보기에는 진지하게 의상 선정을 하고 있었다. 하지만 마음속으로는 다들 평정심과는 거리가 멀었다. 지금도 의상을 벗고 속옷 차림이 된 마리야를 곁눈질로 뚫어지게 주시하고 있는 부원이 다수 존재했다. 그녀들은 한마음으로 이런 생각을 하고 있었다.

(((이, 이건…… 몸매의 마녀야…….)))

수예부에서는 아리사를 몸매의 신이라고 경의를 담아서 부르고 있다. 나올 곳은 나오고 들어갈 곳은 들어간 완벽한 몸매는 신이라는 호칭에 걸맞다며 누가 먼저랄 것 없이 그렇게 부르기 시작했다.

하지만…… 그녀의 언니인 마리야는…….

“““…….”””

어디선가 마른침을 삼키는 소리가 들려왔다.

같은 여자인데도 무심코 그런 반응을 보이고 말 정도로 압도적인 몸매였다. 상냥한 성모 같은 미모와는 반대로 그녀의 몸은 남자를 홀리는 마성으로 가득 차 있었다.

옷을 갈아입을 때마다 출렁거리며 흉악한 존재감을 자랑하는 가슴과 엉덩이. 우아한 곡선을 그리고 있는 허리 곡선. 어디를 만져도 부드러울 것 같지만, 군살이 붙어 있는 듯한 인상은 눈곱만큼도 없다. 그녀의 온몸에서 풍기는 마성이, 밀실이 된 부실에서 수예부 부원들의 이성을 갉아먹고 있었다.

"저기~, 등 뒤의 지퍼 좀 올려주시겠어요?"

"아, 네."

마리야가 그런 부탁을 하자, 근처에 있던 수예부 부원이 흠칫하며 허둥지둥 다가가더니 그녀의 몸에 손이 닿지 않도록 조심하면서 지퍼를 올렸다.

원래는 옷 갈아입는 걸 팍팍 도와주면서 가장 빠를 때의 시간도 젤 예정이었다. 하지만 그럴 수 없었다. 왜냐하면……이 자리에 있는 모든 이들은 마리야의 몸에 손을 댄 순간, 이성이 날아가리라는 것을 확신했기 때문이다. 그리고 누구 한 명이라도 이성이 날아갔다간…… 그 순간, 전원이 짐승으로 변해서 마리야를 덮치리란 것을 예감하고 있었다.

(이 무슨 마성…… 그야말로 경국지색, 몸매의 마녀…….)

아리사 못지않은 절세의 미소녀가 의상을 입고 있는데, 이 자리에는 열광하는 이가 없었다. 실내를 감싸고 있는 부자연스러운 정적이 거꾸로 이 자리의 기묘함을 표현하고 있었다.

그런 분위기를 눈치챈 건지는 모트겠지만…….

"저기, 죄송하지만 이제 그만 가 봐야……."

시계를 쳐다본 마리야가 그렇게 말하자, 부실 안에 날카로운 분위기가 감돌았다. 그리고 부원들은 일제히 눈빛으로 의사소통을 도모했다.

『어, 어쩌죠? 주눅 든 나머지 무난한 의상만 입히고 말았는데요…….』

『이런 모델이 앞으로 나타나긴 할지…… 확, 더 대담한—.』

『안 돼요! 저, 더는 이성을 유지할 자신이 없단 말이에요!』

말하자면 이것은 욕망의 치킨 레이스다. 겁먹으면 아무것도 못 얻고, 겁 없이 굴다간 이성을 잃고 사회적인 죽음을 맞이한다. 누가, 그리고 어디까지 나아갈 것인가. 부원들이 서로의 눈치만 살피는 가운데…… 부장이 한 걸음 나섰다.

"쿠죠 씨, 마지막으로 한 벌만 더 입어주지 않겠어요?"

"으, 음…… 알겠어요. 딱 한 벌만이에요."

"고마워요. 그럼, 이쪽으로 오세요."

그렇게 말한 부장은 마리야를 부실과 연결된 창고로 안내했다. 두 사람이 문 너머로 사라진 후, 곧 마리야의 「어, 이건가요?」, 「이걸 입으려면 속옷을 벗어야……」 같은 위기감을 마구 자극하는 목소리가 들려오더니…… 곧 부장이

돌아왔다. 그리고 부원들을 둘러보며 엄숙한 표정으로 말했다.

"전원…… 충격에 대비하도록."

""""……?!""""

실내에 날카로운 긴장감이 흘렀다. 그리고 어떤 이는 좌선을 했고, 어떤 이는 소수를 세기 시작했으며, 어떤 이는 반야심경을 읊더니, 어떤 이는 스마트폰으로 좋아하는 BL 만화를 보며 뇌를 부녀자 모드로 만들었다. ……그렇게 전원이 각각의 방법으로 마음을 다졌을 때, 창고로 이어지는 문이 머뭇머뭇 열렸다.

수예부 부원 일동이 바람 한 점 없는 잔잔한 마음을 품으며, 가늘게 뜬 눈으로 지켜보는 가운데…… 희미하게 열린 문의 틈새로 새하얀 토끼 귀가 쫑긋거리듯 튀어나왔다. 그 뒤를 이어서 여기저기가 마구 불거져 나온 바니걸이 손으로 몸을 가리면서 머뭇머뭇 고개를 내밀었다.

"저기…… 이건 좀 문제가 있다고…… 생각하는데요……."

그렇게 말하며 멋쩍은 듯 미소 짓는 마리야를 본 순간…… 수예부 부원 전원의 머릿속에서 일제히 이성이 박살 나는 소리가 울려 퍼졌다.

그리고 짐승으로 변한 수예부 부원들이 마리야를 덮치기 직전…….

똑똑.

노크 소리에 이어서……

『어라, 잠겨 있…… 아~, 아~. 수예부에게 고한다. 너희는 이미 포위됐다. 얌전히 인질을 풀어줘라. 우리는 열쇠를 가지고 있다~.』

『아니, 인질 농성 사건이냐고요.』

두 명의 목소리가 들려오자, 일부 수예부 부원이 겨우겨우 이성을 되찾았다. 하지만 일부 수예부 부원은 멈추지 않았고…….

"어, 꺄앗!"

『큭! 진입해!』

마리야의 비명과 에레나의 호령이 포개졌다.

그렇게 수예부 안으로 난입한 에레나와 마사치카가 본 것은…….

"크르르르릉…… 크아앙!"

"스톱! 스토오옵! 예스 스타일~! 노 터치~!"

짐승으로 변해서 마리야를 덮치려 하는 수예부 부원. 그들을 필사적으로 막는, 일부 수예부 부원. 겨우겨우 정신을 차린 수예부 부원 중 한 명이 마사치카를 쳐다보며 외쳤다.

"쿠제 씨, 서둘러! 우리도 오래는 못 버텨!"

위기감에 찬 목소리를 듣자마자, 에레나가 움직였다.

"쿠제는 마리야를 확보해! 일단 창고로 피난시켜!"

“큭, 네!”

마사치카는 그 지시에 따라 마리야의 곁으로 뛰어가더니, 그녀의 어깨를 끌어안으며 창고로 뛰어 들어갔다.

“에레나 선배도 서둘러요!”

자기 몸을 방패 삼아서 피난 경로를 확보해 준 선배를 향해 마사치카는 그렇게 외쳤다. 하지만 에레나는 어깨 너머로 가볍게 웃더니, 손을 등 뒤로 돌려서 창고의 문을 닫았다.

“어?! 왜……!”

『이 애들은…… 멈추지 않아. 누군가가 여기서 막을 수밖에 없어.』

“뭐, 뭐라고요?!”

『쿠제! 마리야를…… 반드시 지켜.』

“에레나 선배! 에레나 선배~!”

마사치카가 이름을 불렀지만, 에레나는 대답하지 않았다. 문 너머에서는 완전히 이성을 잃은 수예부 부원들이 으르렁거리는 소리만 들려왔다.

“설마…… 정신 차렸던 애들까지…….”

마사치카가 아연실색하며 그렇게 중얼거린 직후, 에레나의 각오에 찬 강렬한 목소리가 들려왔다.

『훗…… 좋아. 와 봐. 나는 그렇게 쉽게…… 앗, 안 돼, 시, 싫어어어어어어어어—!!』

“에레나 선배~!”

문이 쿵쿵하고 흔들리면서, 에레나가 필사적으로 저항하고 있다는 것을 알려줬다. 하지만 에레나의 목소리가 잦아든 끝에 완전히 들리지 않게 되자, 문도 더는 흔들리지 않았고…… 마사치카는 닫힌 문 앞에서 무너지듯 주저앉았다.

“어째서, 이렇게…….”

바닥 위에 올려둔 손을 으스러지게 말아 쥔 마사치카가 피를 토하는 듯한 어조로 그렇게 말했을 때, 누군가가 어깨를 두드렸다. 그래서 옆을 쳐다보니— 엄청 커~.

치명적인 부분만 겨우겨우 가려진 가슴. 훤히 드러난 허벅지. 상상을 초월하는 바니걸이 그 자리에 있었다.

“…….”

“하아, 정말~.”

사고 정지 상태에 처한 마사치카의 시선을 느낀 건지, 부끄러워하듯 몸을 흔든 마리야는 멋쩍은 미소를 머금으며 검지를 자기 입술 앞에 세웠다.

【다른 사람들한테는 비밀이야. 알았지?】

그렇게 말하며「쉿~」하는 자세를 취한 마리야를 본 마사치카는 정색하며 말했다.

“저렇게 될 만하네.”

◇

　그 후, 이 자리로 달려온 치사키가 수예부를 무사히 진압했다.

　안전이 확인된 후에 마사치카가 창고에서 나가 보니, 그곳에는 시체처럼 바닥에 널브러져 있는 수예부 부원과…….

　"으흑, 시집은 다 갔어…….”

　어찌 된 건지 비키니 아머를 착용한 채, W자로 다리를 벌리고 앉아서 엉엉 우는 에레나가 있었다. 그 모습을 본 마사치카는 말없이 고개를 돌렸다.

애니메이트 점원은 리얼충 오타쿠의 꿈을 꾼다

내 이름은 사토 타로. 혹독한 현실을 사는 오타쿠들의 오아시스, 이 애니메이트에서 일하는 평범한 아르바이트 점원이다.

전형적인 아싸 오타쿠로 고등학생 시절이란 암흑기를 보낸 나는 대학교에 들어가서 큰 결심을 했다. 그리고 내가 사랑하는 오타쿠 취미를 이해해 주는 멋진 오타쿠 미소녀와 만나기 위해 밤낮으로 이 애니메이트에서 아르바이트 하고 있다.

(아, 저 애는…….)

마침 바로 그때, 몇 번 본 적 있는 안경 쓴 여자애가 가게에 들어왔다. 언뜻 본 인상은 성실해 보이는 쿨한 타입의 미소녀다. 그야말로, 전형적인 학급 반장 타입 같아 보였다.

(…….)

위험했다. 고등학생 시절에 살짝 야한 라이트노벨을 학급 반장 여자애에게 몰수당한 후, 쓰레기를 보는 듯한 눈길을 받았던 트라우마가 되살아날 뻔했다.

하지만 이번에는 괜찮다. 이 가게에 드나드는 것을 보면 저 애는 오타쿠일 것이다. 아무래도 찾는 책이 보이지 않아 곤란한 것 같았다. 지금이야말로 한 걸음 내디딜 때다. 이 만남을 통해 과거의 트라우마를 극복하는 것이다!

(좋아. 가자!)

나는 결심을 굳힌 후, 운명의 만남 이벤트를 향해 걸음을 내디뎠다.

"저기—."

"사얏찌~ 찾던 책 이거 아냐?"

"아, 노노. 고마워, 어디 있었어?"

"……?!"

걸음을 내디딘 직후, 책장 저편에서 불쑥 고개를 내민 금발 미소녀를 본 나는 반사적으로 방향을 틀었다. 아니, 이건 어쩔 수 없다. 아싸 오타쿠는 저런 타입의 소녀를 이기지 못한다. 그것은 불꽃 타입이 물 타입에게 이기지 못하는 것과 마찬가지일 정도로 속성 및 상성 문제니까 어쩔 수 없다. 깜짝 놀랄 정도의 미소녀지만, 저 애한테 말을 거는 것은 나에게 난이도가 너무 높았다.

2차원에는 오타쿠에게 상냥한 미소녀가 존재하지만, 그런 미소녀와 친분을 쌓을 커뮤니케이션 능력이 없는 것이 바로 오타쿠란 생물이다. 저런 미소녀와 친해지는 오타쿠가 있다면 그건 이른바 리얼충 오타쿠라 불리는 존재이리

라. 우리들 아싸 오타쿠에게 있어서는 웬만한 인싸보다 더 눈엣가시다. 전부 사라져라.

(훗. 뭐, 됐어……. 이번에는 운이 좀 없었던 거야.)

그렇게 자기 자신에게 말하며 이 자리를 벗어난 나는 시치미 떼는 표정으로 다시 책장을 정리하기 시작했다.

"저기~."

"아, 네."

안경 소녀와 미소녀가 가게에서 나가고 약 두 시간 후. 자기를 부르는 목소리에 고개를 든 나는 무심코 미소를 머금었다. 내 눈에 들어온 이는 천진난만한 미소를 머금은 조그마한 여자애였다. 이 가게의 단골이며 나 같은 아싸에게도 미소를 지어주는 천사다.

"『렌털 여친의 서브스크립션, 시작했습니다』의 4권 있나요?"

"아, 렌스크 말이군요. 잠시만 기다려주세요."

컴퓨터로 재고를 확인해 보니, 아무캐도 책장에 보충이 되지 않았을 뿐인 것 같았다. 책장 아래편의 서랍에서 재고를 꺼내서, 천사 양에게 내밀었다.

"자, 여기 있어요."

“고마워요!”

천사 양은 환한 미소를 지으며 고맙다고 말했다. 귀여워~. 천사 양은 진짜 천사야~. 하지만 아무리 귀여워도 이 천사에게 대시할 수는 없다. 겉모습을 볼 때 중학교 1학년, 2학년 정도의 나이로 보였다. 고등학생이라면 몰라도 중학생은 완전히 아웃이다.

“어, 어라?”

문득 천사 양이 들고 있는 장바구니에 같은 책이 이미 들어 있다는 것을 눈치챈 나는 무심코 고개를 갸웃거렸다. 「혹시 소장용인가……?」 하고 내가 생각했을 때, 내 시선을 눈치챈 천사 양이 약간 부끄러운 듯 웃었다.

“아, 이건 오빠 거예요.”

“아, 실례했습니다.”

괜한 의문을 품은 것을 사과하자, 천사 양은 「아뇨, 신경 쓰지 마세요」 하고 웃으면서 한 번 더 고개를 숙인 후에 카운터로 향했다. 정말 좋은 애인걸…… 앞으로도 변치 말았으면 좋겠다.

(그건 그렇고, 오빠라……. 오타쿠 취미를 이해해 주는 저렇게 귀여운 여동생을 뒀다니, 부럽네.)

진심으로 그렇게 생각했다. 나도 저런 여동생을 가지고 싶다. 저런 천사를 여동생으로 둔 리얼충 오타쿠는 대체 어느 놈이야.

얼굴도 모르는 천사 양의 오빠에게 원념을 보내면서 나는 일을 계속했다.

◇

천사 양이 귀가하고 약 한 시간 후. 가게를 찾은 여성 손님 한 명을 본 순간, 나는 번개라도 맞은 듯한 충격을 받았다.

(뭐, 뭐야? 마치 만화 속에서 이쪽 세계로 온 듯한……?!)

무심코 그런 생각할 만큼, 그 소녀는 비현실적인 미모를 지녔다. 은색 머리카락과 푸른색 눈동자가 자아내는 신비한 미모와 나올 곳은 나오고 들어갈 곳은 들어간 끝내주는 몸매. 그야말로 온 세상의 오타쿠가 꿈꾸는 이세계 판타지의 히로인 같은 외모였다. 나이는…… 나와 비슷하거나, 약간 어린 정도일까?

(그래. 운명이 나를 여기로 인도한 건가.)

아마 그녀는 오타쿠 문화를 사랑하는 외국인 여행객일 것이다. 익숙하지 않은 듯 가게 안을 둘러보는 모습만 봐도 얼추 짐작됐다.

꿈꿔왔던 이국의 땅, 동경하는 애니메이트에서 도움을 바라고 있는 외국인 미소녀. 그녀는 상냥한 점원의 도움으로 오타쿠 문화의 위대함을 알게 되고, 이윽고 친절한 점원에 대한 신뢰는 연애 감정으로 변하게—.

(그래. 나는 그녀를 만나기 위해 애니메이트에서 일을 시작한 거야.)

자신의 운명을 깨닫고 만 나는 나만의 히로인을 향해 걸음을 내디뎠다. 그리고 두근거리는 가슴을 억누르며 최선을 다해 영어로 말을 건넸다.

"메이 아이 헬프 유?"

"아, 괜찮아요. 신경 쓰지 마세요."

아니…… 정말 유창한 일본어였다.

"아, 하지만……."

고양감이 사라진 나에게는 어설픈 영어로 말을 건넸다는 수치심만이 남아있었다.

하지만 이대로 무너질 수는 없다. 내 러브 코미디는 이제부터 시작이다!

"혹시…… 찾는 책이 있으시다면 도와드리겠습니다."

마음을 북돋우며 조심스럽게 말을 건네자, 은발 미소녀는 나를 쳐다보며 약간 난처한 표정을 지었다. 그리고 몇 초 동안 고민한 후, 낮은 목소리로 말했다.

"그게…… 표지는 아는데, 제목을 몰라서……."

"네……?"

그게 무슨 말인가 싶어 고개를 갸웃거리다…… 그녀가 볼을 살짝 붉힌 채 머리카락을 만지작거리는 모습을 보고 눈치챘다. 이건…… 그거다. 남친이나 신경 쓰이는 남자애가 보던 작품을 자기도 보려고 마음먹은 소녀의 얼굴이다.

(그래. 아무래도 얘는 내 운명의 상대는 아닌 것 같네.)

그녀의 이야기 속 히어로는 어딘가의 망할 리얼충 오타쿠일 것이다. 나는 엑스트라. 일러스트조차 준비되지 않은 일개 엑스트라다. 하지만…….

"괜찮아요. 표지의 이미지를 알려주시면 제가 찾아드리죠."

엑스트라라도, 히로인의 사랑을 조금은 도와줄 수 있다. 그리고 언젠가 나 같은 엑스트라에게도 멋진 히로인이…… 나타나면 좋겠네. 일단, 이 소녀가 마음속에 두고 있는 리얼충 오타쿠를 저주하자.

"다음 손님~."

은발 미소녀에게 엑스트라의 진심을 보여주고 약 한 시간 후, 카운터를 맡은 내 앞에 고등학생으로 보이는 한 소년이 섰다. 외모에는 별다른 특징이 없었다. 어디에나 있을 법한 평범한 소년이다.

하지만…… 그 소년이 카운터에 둔 라이트노벨을 본 순간, 나는 마음속으로 경악했다.

(이, 이 녀석…… 이렇게 표지가 야한 라이트노벨 한 권

만……?!)

표지에 그려져 있는 거만한 미소를 머금은 남주인공과 그의 허리를 끌어안고 있는 반라 미소녀 두 명……. 약간 과격한 이세계 판타지 작품이며 꽤 인기가 있지만, 그 표지는 나조차 남들 눈에 띄는 것을 주저할 만큼 에로틱했다. 나였다면 위장 삼아 다른 책 사이에 끼워서 카운터에 가져왔을 것이다.

(그런 책을 이 녀석은 단품으로……?! 가, 강해……!!)

나는 전율에 사로잡히면서도 마음 한편으로 공감했다. 이 당당한 행동을 보면 이 소년은 현실을 버리고 2차원에서 살아가는 남자일 것이다. 즉…… 과거의 나와 같은 부류다.

"포인트 카드를 제시해 주셔서 감사합니다."

그 소년에게서 포인트 카드를 넘겨받은 후, 뒷면에 적힌 이름을 확인했다.

(쿠제, 마사치카인가……. 홋. 너도 언젠가 나처럼 되려나…….)

그런 묘한 감회에 사로잡히면서 나는 소년을 배웅했다. 2차원에서 사는 동지에게 행복이 찾아오기를 빌면서…….

아랴, 첫 워드 울프

"워드 울프?"

"어~? 아릿사는 몰라?"

문화제에 대비한 밴드 연습 중의 휴식 시간. 마사치카의 제안으로 아리사, 사야카, 노노아, 타케시, 히카루 그리고 제안을 한 마사치카는 친목을 다지기 위한 레크리에이션 삼아 워드 울프를 하기로 했다. 하지만 아리사는 워드 울프가 뭔지 모르는 것 같았기에 마사치카가 설명을 해줬다.

"한 명씩 제시어를 받고, 다 같이 그것에 관해 이야기를 나누는 거야. 그리고 한 명만 다른 제시어를 받은 사람이 있으니까, 이야기를 나누면서 그 사람이 누구인지 찾아내는 게임이지. 그리고 다른 제시어를 받은 사람은 주위 사람의 이야기에 잘 맞춰주면서 자기가 다른 제시어를 받았다는 걸 숨겨. 이야기를 나눈 후, 누가 다른 제시어를 받았는지 투표로 정해. 그래서 맞춘다면 다수파인 다섯 명이 이긴 게 되고, 틀리면 소수파인 한 명이 이기는 거야."

"흐음……?"

아직 이해가 안 된 듯한 아리사에게, 마사치카는 가볍게 웃어 보이면서 어깨를 으쓱했다.

"몇 번 할 거니까, 해보면서 익히면 돼."

"하지만 그 제시어는 어떻게 할 건데? 누군가가 게임 마스터를 맡아야겠네?"

"아, 그거라면 괜찮아."

타케시의 의문에 마사치카가 스마트폰을 들어 보이며 답했다.

"어제 재미있는 사이트를 발견했어. 여기에 참가하는 인원과 소수파의 인원을 입력하면 자동으로 제시어가 배정돼."

"흐음~, 그거 편리하네."

"소수파는 한 명. 대화 시간은…… 일단 3분이면 되겠지."

딱히 이의가 없자, 마사치카는 결정 버튼을 터치했다.

"그럼, 시작한다~."

그러자 우선 자신을 위한 제시어가 표시됐는데…… 화면에 표시된 것은 『35』라는 숫자였다.

(우와. 이게 뭐야. 꽤 어렵겠는걸?)

그렇게 생각하면서도 표정에 드러내지 않으면서, 표시된 제시어를 지운 후에 옆자리의 아리사에게 스마트폰을 넘겼다. 그렇게 전원이 자기 제시어를 확인하자, 마사치카는 스마트폰의 개시 버튼을 터치하면서 선언했다.

"그럼, 3분 동안 대화 시작!"

그 순간, 여섯 명 사이에서 긴장된 공기가 흘렀고…… 가장 먼저 입을 연 이는 아리사였다.

"나, 이 숫자를 꽤 좋아해."

(……?!)

아리사가 느닷없이 제시어가 숫자라는 것을 밝히자, 마사치카는 흠칫했다.

(첫수부터 너무 공격적인 거 아냐?! 아, 초보자라서 그런가…….)

마음속으로 그렇게 생각하면서도, 마사치카는 태연한 척하며 고개를 끄덕였다.

"그렇구나. 나는 딱히 좋아하지 않는데……."

"저도 딱히 좋아하진 않아요."

"그래~? 나는 싫어하진 않아~."

"나도 따지자면 좋아하는 편이야."

"으음~, 나도 그래……."

다른 네 사람의 반응을 확인해 봤지간, 마사치카의 눈에는 딱히 미심쩍어 보이지 않았다.

(다들 제시어가 숫자라고 생각해도 되려나……? 이 시점에서 소수파가 거짓말을 하고 있다면, 두 손 두 발 다 들 수밖에 없겠지만…….)

그런 식으로 분석하고 있을 때, 타케시가 과감한 발언을 입에 담았다.

"소수는 아니지?"

신중하게 주위를 살피며 던진 그 질문에, 다른 다섯 명은 동의했다. 마사치카의 눈에는 그 모습에서도 미심쩍은 점을 찾지 못했다. 이어서 입을 연 이는 노노아였다.

"그러고 보니 이 숫자는 우리 엄마의 나이와 같네."

(……?!)

마사치카는 그 놀라운 정보를 듣고 눈을 치켜떴다. 하지만 놀란 사람은 마사치카만이 아니었다.

"어. 젊으시네……?"

"진짜야……?"

히카루와 타케시의 반응을 본 마사치카는 두 사람이 자신과 같은 숫자라는 것을 반쯤 확신했다.

(그렇다면 나는 다수파? 소수파는 아랴 아니면 노노아 혹은 사야카……. 아, 사야카는 노노아의 어머니가 몇 살인지 알고 있을 가능성이 커……. 그렇다면 노노아와 사야카는 다수파가 확정일 테니, 소수파는 아랴라고 생각하면…… 나도 다수파 확정이려나.)

다행히 마사치카가 생각했을 때 다수파인 사야카에게 적절하게 전달할 수 있는 정보가 있다. 생각을 정리한 마사치카는 사야카를 쳐다보며 말했다.

"그러고 보니 삭스 문고도 창간하고 그 정도 됐을 거야."

마사치카가 말한 삭스 문고는 창간 35주년인 라이트노벨 레이블이다. 즉, 올해로 36년째이며, 마사치카의 방금 발언은 35와 36 중 어느 쪽으로도 받아들일 수 있다.

(적당히 모호하게 말했는데, 어때? 이것으로 내가 소수파가 아니라는 게 전해졌지?)

마사치카가 눈빛으로 그렇게 물었지만…… 사야카는 별다른 반응을 보이지 않았다. 그저 말없이 안경을 고쳐 쓰면서 이렇게 말했다.

"국보 중에도 이 숫자와 관련된 게 있죠."

사야카가 그렇게 말하자, 다들 미간을 찌푸렸다. 다른 다섯 명이 생각에 잠긴 가운데, 마사치카도 생각했다.

(국보? 숫자와 관련된…… 십이천상(十二天像)일까? 하지만 노노아의 어머니 나이를 고려하면…… 어라? 어쨌든 『35』와 관련된 국보는…… 없지? 어? 설마…….)

사고 친 건가?

마사치카가 그렇게 느낀 순간, 아리사는 고개를 끄덕였다.

"교토에 있어."

"뭐? 아~ 그거 말이구나. 응."

"어, 있는 거야?"

"어어~?"

타케시와 노노아가 고개를 갸웃거리는 가운데, 사야카는 마사치카를 똑바로 쳐다보며 말했다.

"그러고 보니 뭔가의 광고에서 본 적이 있는데…… 삭스 문고는 올해로 35주년 아니었나요?"

“아, 응……. 아마, 그럴걸?”

반사적으로 얼버무렸지만, 주위를 둘러보니…… 다들 의심스러운 눈길로 나를 쳐다보고 있었다.

(아아~. 진짜로 사고 친 것 같네…….)

결국, 그 후에도 의심은 풀리지 않았다.

“자, 그럼 누가 소수파인지 일제히 손가락으로— 아, 역시 이렇게 됐네~.”

다른 다섯 명이 일제히 자신을 가리키자, 마사치카는 쓴웃음을 머금었다. 그리고 결과를 확인해 보니, 아니나 다를까 소수파는 마사치카였다. 다수파의 승리가 확정되자, 마사치카를 제외한 다섯 명이 하이 파이브를 했다.

“아아……. 실수했어.”

MVP인 사야카에게 찬사를 보내는 네 사람과 그 찬사를 담담하게 받아들이는 사야카를 쳐다보면서, 마사치카는 머리를 긁적였다.

(너무 나선 바람에 당했는걸……. 자기가 다수파라는 걸 확신할 수 있을 때까지 신중하게 행동해야 했어.)

반성했다. 반성하면서도…… 지금은 그것보다도 꼭 하고 싶은 말이 있다.

마사치카는 쓴웃음을 머금으며, 마음속으로 고함쳤다.

(노노아의 어머니는 진짜로 서른세 살인 거야?!)

남자의 꿈

아아, 이건 꿈이다.

마사치카는 직감적으로 생각했다. 눈앞에는 미소를 머금으며 식탁에 둘러앉아 있는 부모님과 여동생이 있었다. 믿기지 않을 만큼 행복하고 단란해 보이는 가족의 풍경이다.

(하하…….)

너무나도 비현실적인 광경이기에, 다사치카는 자조 섞인 웃음을 흘렸다. 이미 이혼한 부모님이 같은 식탁에 앉아 있는 건 말도 안 되며, 어머니가 자신을 향해 미소를 짓는 것은 더욱 말도 안 된다.

(하아, 진짜 잔인한 꿈이네.)

꿈에는 꾸는 사람의 숨겨진 욕망이 드러난다고 들은 적이 있는데, 그래도 이건 너무 심하다.

(내가 마음속으로는 이런 걸 바란다는 거야?)

그렇게 생각하며 빈정거리듯 웃는 마사치카의 눈앞에서 갑자기 풍경이 바뀌었다. 방금까지 있던 거실에서 자신의 방으로 말이다. 정신을 차리고 보니 옷도 실내복에서 잠옷으로 바뀌었으며, 의자가 아니라 침대에 걸터앉아 있었다.

하지만 꿈에서 깨어난 것은 아니었다. 그 점은 금세 알 수 있었다. 왜냐하면…… 침대에 걸터앉은 자신을 내려다보듯 서큐버스 모습의 아리사가 공중에 떠 있었으니 말이다.

"……."

아니, 내 꿈아.

마사치카는 무심코 정색하면서 머릿속으로 셀프 태클을 걸었다. 이것이 자신에게 숨겨진 욕망이라는 것을 아까와는 다른 의미에서 인정하고 싶지 않다. 그렇게 생각하면서도 마사치카는 여러모로 엄청난 복장을 한 아리사를 뚫어지게 쳐다봤다. 그런 가운데…… 아리사는 혀를 살짝 내밀며 윙크하더니, 고개를 갸웃거리며 장난스레 웃었다.

"네 정기를 빨아 먹을 거야♡"

야! 내 꿈아!!

중증 오타쿠 분위기 팍팍 내는 이 꿈은 뭐냐고. 게다가 하필이면 꿈에 나온 서큐버스가 현실의 여사친 모습을 하고 있잖아. 이게 만화나 애니메이션에서 본 가공의 서큐버스라면 그나마 나을 텐데 말이다. 자기 자신도 질려버릴 기분 나쁜 망상을 소중한 친구를 대상으로 하다니…….

(뭐, 저 옷차림 자체는 매우 멋지지만 말이야.)

아낌없이 드러나 있는 잘록한 허리. 그 위의 커다란 가슴을 감싼 검은색 옷은 한가운데가 하트 모양으로 투명해서 깊디깊은 가슴골이 어렴풋이 보였다. 마침 그의 눈높이에 있는 늘씬하고 육감적인 다리에는 검은색 벨트가 감겨 있어서, 그 매끄러움과 탄력이 확연히 드러났다. 그리고 무엇보다…… 저 아름다운 은발 사이로 튀어나온 검은 뿔과 허리 뒤편에서 천천히 움직이고 있는 박쥐 날개. 그리고 눈앞에서 요염하게 움직이고 있는…… 끝부분이 하트 모양인 꼬리…….

"……."

뭐야, 완전 최고잖아. 나도 꽤 하네.

(아냐! 진짜 아랴는 『정기를 빨아 먹겠다』 같은 소리를 절대로 안 할 거라고~!)

마사치카는 무심코 자화자찬하던 자신에게 격렬하게 태클을 걸었다. 그런 그의 눈앞에서 갑자기 시선을 옆으로 돌린 아리사는 러시아어로 작게 중얼거렸다.

【『정기』가 뭘까……?】

(모르는 거냐~!)

『정기』 부분만 아리사가 일본어로 더듬더듬 말하자, 마사치카는 마음속으로 온 힘을 다해 태클을 걸려다 꾹 참았다. 어차피 꿈에 지나지 않으니 얼마든지 태클을 걸어도 되겠지만, 서큐버스가 현실의 아리사처럼 러시아어로 말한 탓에 무심코 러시아어를 모르는 척하고 만 것이다.

(잠깐, 이거 혹시 진짜 아랴인 거 아냐?)

문뜩 그런 생각이 머릿속을 스쳤다. 어쩌면 이것은 자신의 망상이 아니라, 진짜 아리사가 자기 꿈에 침입한 것일지도 모른다. 왜냐하면 서큐버스는 바로 몽마, 남자에게 야한 꿈을 보여주고 정기를 빨아 먹는 악마인 것이다.

(뭐야~. 아랴 양은 사실 서큐버스였던 거군요. 그래서 인간치고는 지나치게 미소녀였던 거야. 하긴, 그렇게 비현실적인 미소녀가 인간일 리가 없잖아.)

그렇다면 어쩔 수 없다. 이런 꿈을 꾸는 것도 어쩔 수 없다. 한순간 자기혐오에 빠져 죽을 뻔했지만, 상대가 진짜 아랴 양이라면 아무런 문제도 없다. 하아~ 정말 다행이야.

그런 식으로 현실 도피하는 마사치카를 딱히 개의치 않으며, 아리사는 자기 오른손에 눈길을 보냈다. 그리고 손바닥을 힐끔힐끔 쳐다보면서, 어딘가 어색하면서도 요염한 미소를 머금었다.

"후훗, 무서워하지 마. 얌전히 있으면…… 기분 좋게 해줄게."

남자의 욕망을 극도로 자극하는 그 말을 듣고…… 마사치카는 숨을 삼켰다. 그리고, 생각했다.

(얘 지금 커닝하고 있어!)

대사는 서큐버스 그 자체지만, 손바닥에 쥔 조그마한 종이가 언뜻언뜻 보이면서 분위기를 망치고 있었다.

【기분 좋게 해주려면…… 뭘 하면 될까?】

(아무것도 모르는 거냐~!)

얼간이 서큐버스인 거냐. 얼간이 서큐버스인 거냐고.

아리사는 요염한 미소를 머금은 채, 곤란한 듯 굳어버렸다. 그 반응이 묘하게 리얼한 탓에, 마사치카 또한 굳어버리고 말았다. 둘은 서로를 응시하며 한동안 멍하니 있었다. 그 분위기를 더는 견딜 수가 없어서 항복한 건 바로, 아리사였다.

"으음……."

아리사는 시선을 돌린 채, 일단 손가락을 튕겼다. 그러자 다음 순간, 마사치카는 침대에 엎드린 상태가 됐다.

……엎드린 상태?

"그럼…… 기분 좋게 해줄게."

등 뒤에서 아리사의 목소리가 들려왔다. 마사치카는 그 목소리를 듣고 반사적으로 몸을 굳혔다. 그러자 마치 마사치카의 긴장을 풀어주려는 것처럼 아리사가 천천히 그의 등을 마사지하기 시작했다.

(아니…… 기분 좋게 해준다는 게 그런 의미인 거냐~. 뭐, 예상은 했지만.)

마사치카는 아리사에게 건전한 마사지를 받으면서, 공허한 눈빛을 머금었다. 아쉬워하는 건 아니다. 결단코 아니다.

(아아, 하지만 정말 기분 좋―.)

바로 그때, 마사치카는 마사지를 받는 등에서부터 온몸을 향해 기분 좋은 해방감이 퍼져나가는 것을 느꼈다. 그

감각에 몸을 맡기며 천천히 눈을 감자―.

“…….”

마사치카는 자기 방 침대 위에서 눈을 떴다. 당연히 그곳에는 아리사의 흔적조차 존재하지 않았다.

“후유…….”

작게 한숨을 내쉰 마사치카는 그대로 몸을 돌리며 침대에 엎드렸다. 그리고 베개에 얼굴을 꼭 묻더니…….

“끄아아아아―!!”

자기혐오로 가득 찬 절규를 토하며 침대 위에서 격렬하게 버둥거렸다.

그래, 고양이 카페에 가자

"고양이 카페에 가고 싶어."

때는 추령제 2주 전인 9월 중순. 갑자기 그런 말이 들려오자, 각자 자기가 맡은 업무를 처리하고 있던 학생회 임원들이 고개를 들었다.

"부…… 에레나 선배. 갑자기 무슨 소리를 하는 거예요?"

불쑥 찾아와서 딱히 업무를 돕지도 않으며 소파에 앉아서 마리야가 타 준 홍차나 즐기고 있던, 전년도 부회장 나라하시 에레나. 그녀가 느닷없이 그렇게 말하자, 토우야는 어처구니없다는 투로 그렇게 물었다. 그러자 에레나는 찻잔을 받침에 내려놓더니, 그럴듯한 표정을 머금으며 천천히 고개를 끄덕였다.

"나에게는 힐링이 필요하다고 생각해요."

"하아……."

"우리 모두 지쳤어! 지금이야말로 힐링이, 고양이가 필요하단 말이야!!"

"거기서 왜 고양이로 이어지는 건지 모르겠는데요……. 관악부에서 무슨 일 있었나요?"

"내 말 좀 들어 봐!"

에레나가 머리를 휘날리며 고개를 돌리자, 토우야는 억지 미소를 머금으며 고개를 끄덕였다.

"뭐, 이야기만이라면……."

"만세! 실은 말이야!"

그리하여 에레나의 고민 상담을 빙자한 푸념이 시작됐다. 어떤 내용이냐면, 아무래도 에레나가 아끼던 1학년 관악부 부원이 갑자가 관악부를 관두겠다는 말을 한 것 같았다.

에레나의 이야기에 대한 맞장구는 토우야에게 맡겼지만, 우수한 학생회 임원들은 맡은 업무를 처리하면서도 그 대화에 귀를 기울이고 있었다.

"아, 사라시나 선배…… 선배?"

"어, 앗, 응! 왜……?"

사람에 따라서는 이야기에 정신이 팔려 업무를 제대로 처리 못 하고 있는 것 같지만 말이다. 아무튼 에레나는 이야기를 이어갔다.

"그래서 말이야! 나중에 다른 후배에게 물어봤어! 일신 상의 문제로~ 같은 의미심장한 소리를 늘어놨지만, 결국은 남친이 생긴 거래! 남친과 보낼 시간을 확보하려고 부활동을 그만두는 거라고 하더라!"

그렇게 말을 늘어놓은 에레나가 으르렁거렸다.

"헛스리 마~! 너한테 관악부는 겨우 그것밖에 안 됐던 거냐~! 너를 그렇게 귀여워해 줬던 이 에레나 님을 버리고, 남자를 선택하는 거냐~!"

"에레나 선배가 너무 귀여워해 준 탓이라는 설도 존재할 것 같은데요……."

"아~ 아~ 이 에레나 선배는 참 쓸쓸해~. 고양이한테 힐링 받고 싶어~."

토우야의 태클을 깔끔하게 무시한 에레나는 천장을 올려다보더니, 발을 버둥거리며 투덜거렸다. 그러자 아리사와 마리야는 동시에 고개를 갸웃거렸다.

"거기서 왜 고양이가……?"

"그보다는 다른 사람에게 위로를 받는 편이……."

마리야가 난처한 듯 미소 지으면서「동급생과 상의한다거나……」라고 덧붙이자, 에레나는 그녀를 향해 시선을 확 돌렸다.

"뭐? 마리야가 그 커다란 가슴으로 위로해 주는 거야?"

"스미레가 아직 학교에 있을까……."

"잠깐만, 치사키! 스톱! 아이참~ 선도위원회는 부르지 마세요오~."

"어, 그럼 제가 직접 손을 쓸까요?"

"잘못했습니다."

소파에서 미끄러져 내려온 에레나가 그대로 무릎을 꿇으며 고개를 조아렸다. 하지만 그 모습을 본 마리야는 깜짝 놀랄 발언을 입에 담았다.

"저는 괜찮은데요~."

"뭐?!"

"어, 마샤?!"

에레나는 벌떡 고개를 들었고, 치사키는 화들짝 놀라며 마리야를 돌아봤다. 마사치카와 아리사도 눈을 치켜뜬 가운데, 자리에서 일어난 마리야는 에레나 앞에서 몸을 웅크리더니, 무릎을 꿇은 채 몸을 뒤편으로 젖힌 에레나를 정면에서 꼭 안아줬다.

"자~, 에레나 선배~."

"우훗, 우웅! 후야아~!"

자기가 말을 꺼냈으면서, 에레나는 몸이 딱딱하게 경직된 채로 괴성을 질러댔다. 그렇게 몇 초 동안 포옹해 준 후, 마리야는 팔을 풀었다.

"힐링이 됐나요?"

마리야가 미소를 머금으며 묻자, 얼굴이 새빨개진 에레나는 한동안 눈을 깜빡인 후에 입을 열었다.

"헤, 헤에…… 엄청 좋은 향기가 났어."

"어, 어어~? 그런 말 들으니 부끄럽잖아요~."

마리야가 자기를 올려다보며 부끄러워하자, 한동안 눈만 깜빡이던 에레나는 갑자기 벌떡 일어서면서 아리사를 향해 고개를 숙였다.

"아리사! 언니를 나한테 줘!!"

"무슨 소리를 하는 거예요……."

"여보세요? 스미레, 오늘은 지하실 비어 있어? 응, 성희롱 현행범."

"잠깐만, 지하실?! 지하실만은 봐주세요, 지하실만은!"

에레나가 느닷없이 치사키의 팔에 대달렸다. 하지만 그 순간에 문이 활짝 열리더니, 스미레가 이끄는 사계 자매가 우아하면서도 호쾌하게 안으로 뛰어 들어왔다.

"성희롱 현행범은 여기 있나요?!"

"진짜로 부른 거야~?!"

"에레나 선배…… 그렇게 된 거군요."

"내 얼굴을 보자마자 사태 파악을 하니, 심경이 복잡하거든?!"

비명인지 항의인지 분간이 안 되는 소리를 지르는 에레나를, 키쿄와 히이라기가 좌우에서 포획했다. 그러자 에레나도 커다란 눈을 깜빡거렸다.

"어, 진짜로 연행하는 거야?"

"털어 보면 죄가 얼마든지 나올 것 같으니까요. 참 좋은 기회군요."

"저기…… 뷔오는 알고 있어? 피해자가 고소하지 않는 한, 죄는 성립 안 되거든?"

"반성의 기색이 없는 듯하군요. 그럼 가죠."

"꺄아, 살려 줘~! 후배들에게 단체로 유린당해서 손가락 하나 까딱 못 하게 될 거야~!"

"당신은 정말 질리지도 않나 보네……."

"이제 와서는 대단하다 싶을 정도야……."

키쿄와 히이라기는 어처구니없다는 목소리로 그렇게 말하면서 에레나를 연행했다.

그로부터 30분 후. 새끼 사슴처럼 후들거리는 다리로 학생회실에 돌아온 에레나는 쓰러지듯 소파에 몸을 묻더니, 한숨을 내쉬면서 이렇게 말했다.

"고양이 카페에 가고 싶어……."

"마샤 씨의 힐링이 부질없어진 게 참 우습네요."

마사치카가 어처구니없다는 투로 한 말에 반응하지 않은 에레나는 소파 등받이에 올려놓은 머리를 앞쪽으로 숙이면서 다시 말했다.

"고양이 카페에 가고 싶어……. 고양이한테 힐링 받고 싶어……."

"가면 되잖아요."

"가 본 적 없어서 혼자 가려니 무서워!!"

"그런 선언을 되게 당당히 하네요."

마사치카가 웃음을 흘리며 그런 태클을 걸자, 다른 임원들도 쓴웃음을 머금으며 입을 열었다.

"고양이 카페……. 그러고 보니 나도 가 본 적 없어."

“나도 그래~. 혹시 가 본 사람 있어?”

마리야가 그렇게 물었지만, 아무도 고개를 끄덕이지 않았다. 서로의 얼굴을 쳐다본 후, 고개를 좌우로 젓기만 했다. 다들 가 본 적이 없다는 것을 눈치챈 마사치카는 허공을 쳐다보며 말했다.

“고양이 카페라……. 흥미가 없지는 않아요.”

“저도 흥미가 있기는 하지만…… 겸사겸사 『가 보자』고 할 만한 장소가 아니기는 해요.”

“맞아.”

“아~ 동감이야. 일상의 동선에서 벗어나잖아.”

“동선에서 벗어나? 그럼, 감전 안 된다는 거네?”

“마샤, 지금 전기 배선 이야기를 하는 게 아니야.”

그런 식으로 한동안 고양이 카페 이야기를 나눈 후, 토우야는 가볍게 헛기침하며 말했다.

“아~. 그럼, 다음 휴일에 가 볼까? 학생회 임원의 교류도 겸해서…….”

토우야가 그렇게 말하면서 에레나 쪽을 힐끔 쳐다보자, 그의 마음을 헤아린 상냥한 후배들은 차례차례 고개를 끄덕였다.

◇

"그런데, 왜 관악부 부원들에게 같이 가자고 안 한 거예요?"

"뭐? 그게…… 부장이 부원에게 푸념이나 늘어놓는 모습을 보여주는 건 좀…… 부장으로서 체면을 지켰다고나 할까?"

"에레나 선배…….."

"어, 왜 그렇게 진지한 표정으로 쳐다보는 거야? 혹시 다시 봤어? 이 에레나 선배를 다시 본 거야?"

"에레나 선배에게도 지켜야 할 체면이 있었군요."

"이 후배, 너무 무례한 거 아냐~?!"

그리고 토요일, 여덟 명은 에레나가 그렇게 가고 싶어 했던 역 앞 대형 고양이 카페를 찾았다.

"오, 오오~ 여기가 고양이 카페…….."

"아니, 입구에서부터 뭘 그렇게 감동하는 거예요?"

카페에 들어가기 전부터 감동에 몸을 떠는 에레나를 재촉하며 안에 들어가자, 카운터에 있는 여성 점원이 웃으면서 우리에게 말을 건넸다.

"어서 오세요. 저희 가게에는 처음 오셨나요?"

“아, 네.”

“알겠습니다. 그럼, 저희 가게의 중요한 규칙을 설명해 드릴게요. 우선 가게 안에서는 큰 소리를 내거나 큰 목소리로 이야기를 나누는 게 금지랍니다. 고양이들이 스트레스를 받지 않도록, 작은 목소리로 대화를 나눠주세요. 그리고 고양이들이 겁먹지 않도록, 다가갈 때는 눈을 살짝 내리깔아 시선을 맞춰주세요. 그리고 고양이를 만질 때는 앉아서 만져주세요. 또한, 잠든 고양이는 가만히—.”

그런 식으로 주의 사항 몇 가지의 설명을 들은 후, 각자 음료를 주문했다.

“네. 그럼 손을 소독한 후에 가게 안으로 들어가세요. 즐거운 시간 보내세요~.”

점원이 그렇게 말하자, 의외로 규칙이 많다는 사실에 놀란 고양이 카페 초보자들은 일제히 어깨에 들어간 힘을 뺐다.

“으음, 다양한 규칙이 있는걸. 고양이가 이렇게 섬세한 동물인 줄은 몰랐어.”

“뭐, 초면인 손님이라 고양이도 경계하는 것 아닐까요?”

“아~ 그럴지도 몰라~. 아…… 그래. 여기도 탈주 방지를 위해 이중문…… 아니, 두 겹으로 울타리가 쳐져 있구나.”

그렇게 말하면서 소독을 마친 치사키는 가게 안으로 이어지는 울타리에 손을 얹었다. 그와 동시에, 가게 안에 있던 스물세 마리의 고양이가 일제히 고개를 들었다.

고양이의 눈에 비친…… 커다란 울타리의 윗부분을 움켜 쥔 손. 그 너머에서 쑥 나타난 어마어마한 위압감을 뿜는 인간의 머리.

그 순간, 고양이들은 떠올렸다.

자신이 짐승이라는 것을. 압도적 강자인 맹수들과 싸워 왔던 그 나날을.

사실 여기 있는 고양이는 전부 애완동물 가게에서 팔리 지 않은 애들이며, 야생 따위는 단 한 번도 경험해 본 적 없는 엄연한 가축이다. 하지만 그런 것은 사소한 문제에 지나지 않았다.

"와~ 고양이가 잔뜩 있―."

""""""샤아아아―!!""""""

"어, 왜 이러는 거야? 아, 내 목소리가 컸어? 아, 그래. 눈을 내리깔지 않았구나."

""""""샤아아아―!!""""""

"저기, 왜 이러는 거야?"

치사키가 울타리 너머에서 한 걸음 내디딘 순간, 가게 안의 모든 고양이가 일제히 그녀를 위협했다. 그 바람에 가게 안에 있던 손님들이 일제히 쳐다보자, 치사키는 울상 지으면서 카운터의 점원을 돌아봤다. 하지면 그 여성 점원 도 이것은 미지의 현상인 건지, 당황한 듯 눈을 깜빡였다.

"어, 어떻게 된 걸까요? 한 번 더 묻겠습니다만, 향수 같은 것은 몸에 안 뿌리셨죠?"

"안 뿌렸어요……."

"그렇죠? 그럼, 일단 자세를 낮춰주시지 않겠어요……?"

점원이 자신 없는 투로 그렇게 말하자, 치사키는 일단 네발로 기는 자세로 엉금엉금 울타리 너머로 나아갔다.

""""""하아아아악…….""""""

그렇게 했는데도 고양이들은 꽤 노려보며 으르렁거렸다. 하지만 가게 구석에서 몸을 웅크린 치사키가 옆에 앉은 토우야에게 위로받는 모습을 보자, 고양이들은 서서히 그녀에게서 눈길을 떼기 시작했다.

"치사키……."

"어떻게 된 거지. 혹시 맹수로 여겨진 걸까?"

"에레나 선배…… 그 말을 하면 어떻게 해요……."

그런 이야기를 나누면서, 남은 여섯 명도 가게 안으로 들어갔다.

가게 안은 바닥 전체에 카펫이 깔려 있었으며, 곳곳에 고양이의 놀이 도구와 고양이 집이 설치되어 있었다. 소파와 벤치는 있지만 다리가 긴 의자와 테이블은 없으며, 손님은 벤치나 카펫 위에 음료를 두고 바닥에 앉아서 고양이와 교류하고 있었다. 벽 쪽을 보니, 오늘 나온 고양이의 프로필이 사진과 함께 붙어 있었다.

"와아~♡ 고양이가 잔뜩 있어~♡"

다른 이들이 내부를 관찰하고 있는 사이에 마리야가 고양이를 향해 쪼르르 다가갔고, 다른 이들은 쓴웃음을 머금으며 서로를 쳐다본 후에 누가 먼저랄 것 없이 흩어졌다. 그리고 다들 나름대로 고양이와 교류하려 했다.

교류의 성공 여부는 사람마다 다른 것 같지만 말이다…….

"아앗~. 모카, 기다려~."

마리야가 작은 목소리로 부르면서 손을 뻗었지만, 고양이는 재빨리 도망쳤다. 그래도 마리야는 포기하지 않고 다른 고양이에게 다가갔지만, 손이 닿기 전에 고양이가 도망치고 말았다. 그런 일이 반복됐다.

(뜻밖인걸. 성모 같은 마샤 씨라면 동물들도 좋아할 줄 알았는데……. 혹시 자기 응석을 너무 받아주려고 하는 사람을 고양이가 피하는 걸까?)

예상과 다르게 고양이와 놀지 못하고 있는 마리야를 보면서 마사치카는 생각했다.

(왠지 아랴에게 매정하게 대해지는 평소 모습이 생각나네…….)

어쩌면 자기를 너무 신경 써주는 사람을 귀찮게 여기는 건, 고양이나 인간이나 마찬가지인 걸지도 모른다.

(뭐, 고양이한테 거부당하고 있는 건 나도 마찬가지지만…….)

아까부터 고양이가 근처를 지나가기는 해도, 손을 뻗으면

재빨리 도망쳤다. 다른 손님 중에는 고양이를 안아 든 사람도 있는 것을 보면, 역시 처음 본 사람을 경계하는 걸까.

(아랴와 에레나 선배도 마찬가지야…….)

아리사는 고양이를 몇 번 놓치고 포기한 건지, 지금은 바닥에 앉아서 고양이를 쳐다보고 있었다. 일찌감치 관계 구축을 포기하는 것을 보면 고고한 공주님(외톨이 기질)이 발동했다고나 할까…… 그런 한편으로 에레나는…….

"아, 저기요. 고양이용 과자 좀 더 주세요."

"아, 네~. 알겠습니다."

먹이에 낚인 사이에는 만질 수 있다는 슬픈 사실을 눈치채고, 벌써 과금의 늪에 빠져들었다.

"호감도는 돈으로 살 수 있어……. 후훗. 어쩌면 개한테도 이렇게 했으면 좋았을지도 몰라."

힐링을 받으러 와서 위험한 진리에 도달하려 하는 에레나에게서 눈을 돌린 마사치카는 다른 멤버를 찾아봤다.

(사라시나 선배는…… 또 위협받은 걸까? 사라시나 선배가 저렇게 눈에 띄게 풀이 죽은 것도 드문 일인걸……. 그리고 회장님이 위로해 주고 있는 건가.)

토우야는 그런 자신의 연인을 위해서 먹이로 낚은 고양이를 치사키의 곁으로 데려갔지만…… 다리를 끌어안고 앉아서 무릎에 얼굴을 묻은 그녀가 고개를 들기만 해도, 고양이는 꼬리를 말며 먹이만 훔쳐서 도망쳤다.

(응……. 뭐, 힘냈으면 싶네. 뭘 힘내라는 건지는 노코멘트하겠지만…….)

애수가 묻어나는 치사키와 그런 그녀를 위로하는 토우야에게서 눈을 뗀 마사치카는 문득 유키와 눈이 마주쳤다. 그녀의 손 언저리를 보니 고양이의 목덜미를 만져주고 있었으며, 그 고양이 또한 기분 좋은 듯 눈을 감고 있었다.

먹이 없이 고양이를 만지는 데 성공한 여동생을 본 마사치카는 경악을 금치 못하며 다가가더니, 작은 목소리로 말을 건넸다.

"대단하잖아. 진짜로 너를 따르네."

"훗. 내 테크닉이면 이 정도는 식은 죽 먹기야."

주위에 다른 멤버가 없기에 유키는 원래 말투로 작게 답했다. 그리고 자기 곁에 있는 고양이를 내려다보며 말했다.

"오빠는 아까부터 위에서 고양이를 쓰다듬으려고 했지? 그러면 안 돼."

"어, 그래?"

그 말을 듣고 보니, 위에서 내려다보는 게 안 된다면 위에서 손을 뻗는 것도 안 될지도 모른다는 생각이 들었다. 유키는 마사치카에게 이어서 말했다.

"우선 아래편에서 손을 뻗어서, 손가락 끝의 냄새를 맡게 해. 그리고 좀 익숙해진 것 같으면 쓰다듬어도 괜찮아. 뭐, 무리인 경우도 있겠지만."

"호오~, 그렇구나. 귀중한 정보 고마워."

좋은 이야기를 들었다고 생각한 마사치카는 다시 고양이를 만져 보려 했지만…… 이미 경계심을 품어서 그런지, 그가 다가가기만 해도 도망쳤다.

"첫인상이 중요한 건, 고양이나 인간이나 마찬가지인가……."

다섯 번째로 고양이가 도망쳤을 때, 우연히 눈이 마주친 마사치카와 아리사는 누가 먼저랄 것 없이 쓴웃음을 머금었다.

"으음…… 생각만큼 만질 수가 없네."

"맞아. 하지만 이렇게 쳐다보는 것만으로 즐겁긴 해."

확실히 고양이 타워에서 힘차게 도약하는 고양이나, 쿠션 밑에 머리를 밀어 넣으려 하는 고양이, 이미 다른 고양이가 자고 있는 돔 형태의 집에 들어가려 하다가 고양이 펀치를 맞는 고양이 등, 보고 있기만 해도 질리지 않는 광경이기는 했다.

마사치카는 고개를 끄덕이면서도 놀리듯이 아리사에게 말했다.

"너, 꽤 일찌감치 고양이를 만지는 걸 포기했잖아."

"저 모습을 봤더니……."

아리사가 힐끔 쳐다본 쪽을 돌아보니, 여전히 고양이에게 간택 받지 못한 마리야가 눈에 들어왔다. 그런데도 포

기하지 않고 도전하는 것은 대단하다고 생각하지만, 여동
생으로서는 좀 부끄러운 걸지도 모른다.

"아아…… 뭐, 나름 즐기고 있는 것 같긴 하네……."

"그래……."

유키가 고양이를 쓰다듬고 있다는 것을 눈치챈 마리야는
그쪽으로 다가갔다. 그리고 유키에게 무슨 말을 들은 마리
야가 그녀의 손 언저리에 있는 고양이에게 손을 뻗자— 고
양이는 벌떡 일어서더니, 바로 도망쳤다. 그 뒷모습을 「아
앗」 하며 안타까워하는 표정으로 바라본 마리야는 유키에
게 꾸벅꾸벅 고개를 숙였다.

"……."

그 모습을 본 아리사는 이마를 짚으며 눈을 감았다. 마
사치카는 쓴웃음을 머금으며 음료를 뒀던 곳으로 돌아가
카펫 위에 앉았다. 그리고 카페오레를 홀짝이고 있던 와중
에, 문득 눈치챘다.

(어라? 그러고 보니 아야노는…….)

평소보다 더 기척이 없는 소꿉친구 소녀를 찾기 위해 마
사치카는 주위를 둘러봤다. 그리고 방구석에 무릎을 꿇고
앉아 있는 그녀를 발견했다. 발견한 후, 자신의 눈을 의심
했다.

아마 주의 사항에 성실히 따르며, 아무 소리 없이 기척
을 숨기고 있었을 것이다. 그 결과…… 현재 아야노는 인

간 캣 타워가 되어 있었다.

"……! ……?!"

몸을 움직이지 않으며…… 아니, 꼼짝도 할 수 없는 가운데 아야노는 눈만 끔뻑거리고 있었다. 무릎을 꿇고 있는 허벅지 위에 한 마리, 어깨 위에 한 마리, 머리 위에 한 마리, 그리고 그녀를 포위하듯 세 마리가 앉아 있었다.

"왜 저렇게 된 건데??"

이것이야말로 무욕의 승리란 것일까. 아니면 기척을 너무 죽인 나머지 새로운 놀이 기구로 여겨진 것일까. 아, 한 마리 더 다가왔다.

아야노의 옆에 있는 소파 위를 걸어온 고양이가 그녀의 어깨 위에 있는 고양이와 시선을 마주했다. 그리고 몇 초 동안 눈싸움을 벌이더니, 체념한 건지 양보한 건지는 모르겠지만 어깨 위에 있던 고양이가 바닥으로 내려갔다. 하지만 그대로 다른 곳으로 가지는 않더니「이, 이 상황에서 어떻게 해야……?」라고 말하고 싶은 듯한 아야노를 조용히 올려다본 후, 그 자리에서 벌러덩 드러누웠다. 그런 와중에 소파 위의 고양이가 아야노의 어깨 위에 올라탔고, 그 바람에 아야노의 상체가 살짝 흔들렸다. 하지만 머리 위에서 몸을 동그랗게 말고 있던 고양이가 귀를 쫑긋 세우면서 언짢은 듯 발을 꿈틀거리자, 아야노는 또 움직임을 멈췄다.

"인간이 고양이의 노예라는 걸 몸소 증명하고 있네……."

　그렇지 중얼거린 마사치카는 일단 그 광경을 사진으로 찍었다. 그 와중에 아야노가 도움을 청하는 눈길을 보내왔지만, 이대로 내버려두면 고양이가 몇 마리나 더 늘어날지 궁금해진 마사치카는 그 시선을 눈치채지 못한 척했다.

　바로 그때, 느닷없이 기척을 감지한 마사치카는 시선을 아래편으르 돌렸다. 그리고 책상다리를 한 자신의 무릎 옆으로 하얀 고양이 한 마리가 다가오고 있다는 것을 눈치챘다.

　(어? 이 고양이…… 아까 요람 같은 데서 자고 있던 고양이잖아.)

　창가에 있는 요람 형태의 고양이 집을 본 마사치카는 거기가 비어 있다는 것을 확인한 후에 시선을 다시 아래편으로 돌렸다. 그러자 마침 자기를 올려다보고 있던 하얀 고양이와 시선이 마주쳤다.

　(어, 푸른 눈이 정말 아름다워.)

　윤기 넘치는 순백의 털 그리고 푸른색의 선명한 눈동자.

　무심코 사진을 찍고 싶어졌지만, 그랬다간 도망갈 것 같다고 생각한 마사치카는 말없이 그 눈을 응시했다.

　(뭐, 사진을 안 찍어도 도망치겠지만 말이야…….)

　마사치카는 그렇게 생각하며 하얀 고양이를 계속 쳐다봤지만, 예상과 다르게 그 고양이는 도망치지 않았다. 아직 약간 경계하고 있는 눈치지만, 마사치카 쪽을 올려다보며 꼼짝도 하지 않았다.

(어? 이거, 혹시 기회 아냐?)

그제야 유키가 해준 말을 떠올린 마사치카는 손바닥을 위쪽으로 향하게 하고 하얀 고양이에게 살며시 내밀었다. 그러자 고개를 숙인 하얀 고양이는 다사치카의 손가락 냄새를 킁킁 맡더니, 손톱을 날름 핥았다.

(오오~.)

혀의 거슬거슬한 감촉에 희미하게 어깨를 떨자, 하얀 고양이는 그 자리에서 엎드렸다.

(으음…… 쓰다듬어도 되겠지?)

딱히 도망칠 기색을 보이지 않는 하얀 고양이에게, 마사치카는 머뭇머뭇 손을 뻗은 후에 슬며시 털을 쓰다듬었다. 그러자 하얀 고양이는 몸을 일으킨 후에 머리를 흔들었다.

"어이쿠."

싫어한다고 생각한 마사치카는 손을 뗐다. 하지만 하얀 고양이는 그런 마사치카를 푸른 눈동자로 가만히 올려다 보더니, 곧 그의 오른발 위로 뛰어올랐다. 그리고 마사치카의 다리 위를 걷더니, 책상다리의 한가운데에서 몸을 동그랗게 말았다.

전혀 예상하지 못한 상황에 직면한 마사치카는 몸이 딱딱하게 굳었다. 하지만 하얀 고양이가 자신을 올려다보자, 그는 신중한 손길로 고양이를 쓰다듬기 시작했다.

"오, 오오~."

드디어 고양이와 교류하는 데 성공한 마사치카는 살짝 감동했다. 그렇게 「생각보다 딱딱하네~」라고 생각하면서 하얀 고양이의 등을 쓰다듬고 있을 때, 근처를 지나던 여성 점원이 눈을 동그랗게 떴다.

"어머나. 아리아가 무릎 위에 앉아 있다니, 별일도 다 있네."

"아리, 아?"

"네. 얘는 완전 공주님이라서, 기분이 안 좋으면 점장님도 못 만져요~. 우와, 대단해~. 아, 사진 찍어도 될까요?"

"어? 아, 네. 제 얼굴만 안 나온다면……."

"감사합니다~."

진짜로 흔치 않은 일인 건지, 점원은 자기 일을 제쳐놓고 스마트폰을 꺼내 마사치카의 무릎 위에서 몸을 동그랗게 말고 있는 하얀 고양이를 찍었다. 게다가 대학생 정도로 보이는 2인조 여성 손님도 다가왔다.

"우와, 정말이네. 대단해~! 아리아도 사람 무릎 위에 앉는구나~."

"저, 저희도 사진 좀 찍어도 될까요?"

"아, 네. 괜찮아요……."

"고마워요~. 저희는 여기 단골이라서 스무 번 가까이 왔지만, 아리아는 한 번도 만져본 적이 없어요~."

"아, 그런가요……."

놀란 듯한 반응을 보이는 주위 사람을 향해 어색한 웃음을 흘리면서 벽 쪽을 쳐다보니, 성격 쪽에「세계 제일의 공주님!」이라고 적힌 프로필이 눈에 들어왔다. 그 말을 듣고 다시 고양이를 쳐다보니, 날카로운 얼굴을 좌우로 흔드는 그 모습이「나쁘지 않군요」라고 말하는 것처럼 보였다.

"고맙습니다~. 갑자기 이런 부탁을 해서 죄송합니다~."

""고마워요~.""

"어, 아뇨."

연거푸 고개를 숙이며 다른 곳으로 가는 점원과 여자 손님 두 명을 배웅한 후, 마사치카는 자기 다리 위에 앉아 있는 고양이를 내려다봤다.

"너…… 공주님이구나?"

그렇게 물었지만, 당연히 고양이는 대답하지 않았다. 일단 마사치카는 등 이외의 부위도 쓰다듬어 봤다.

꼬리는 왠지 싫어할 것 같아서 귀 뒤편이나 목 언저리를 긁어주니, 딱히 싫어하지 않았다. 그렇다고 눈에 띄게 좋아하지도 않았고, 그저 새침한 표정으로 쳐다보고 있었다. 그리고 손을 멈추자, 뭔가 할 말이 있는 것처럼 마사치카를 쳐다봤다.

(아, 확실히 공주님 같아……. 그리고 이 색깔과 이름 그리고 공주님이란 별명…… 어디 사는 누군가가 떠오르네.)

그런 생각을 하며 하얀 고양이를 쓰다듬고 있을 때, 갑자기 고양이 꼬리가 마사치카의 팔을 때렸다.「어?」하고 생각하며 시선을 내려보니, 아리아가 비난하는 듯한 눈길로 그를 쳐다보고 있었다. 그 얼굴과, 과거에「방금…… 다른 여자를 생각했지?」라고 말하며 자신을 노려보던 아리사의 얼굴이 포개졌다.

(으음, 이런 부분도 정말…….)

그런 생각을 하고 있을 때, 새하얀 양말을 신은 누군가의 발끝이 시야에 들어왔다.

(어이쿠.)

호랑이도 제 말 하면 온다더니……. 마사치카가 고개를 들어보니, 예상대로 자신을 내려다보고 있는 아리사가 눈에 들어왔다. 그 시선은 마사치카의 무릎 위에서 몸을 동그랗게 말고 있는 하얀 고양이를 향하고 있었다. 그러자 하얀 고양이도 고개를 들더니,「어머, 무슨 볼일 있니?」라고 말하는 듯 아리사를 응시했다.

한 사람과 한 마리의 시선이 충돌하더니…… 몸을 낮춘 아리사는 미소를 머금으며 말했다.

"너를 따르는 고양이도 있구나. 잘됐네."

"으, 응……."

"저기, 쓰다듬어도 돼?"

"뭐? 으음, 글쎄……. 애 성격이 공주님 같다고 해서……."

"흐음……."

그 말을 들은 아리사의 얼굴에서 미소가 사라졌다. 한 사람과 한 마리의 날 선 시선이 정면에서 격돌했다.

(어, 뭐야? 동족 혐오? 동족 혐오오?)

마사치카는 왠지 아까보다 감정이 더 날카로워진 듯한 아리사와 하얀 고양이를 번갈아 쳐다보며 신중하게 말했다.

"아, 그리고…… 처음에는 아래편에서 손을 내밀어 손가락 끝의 냄새를 맡게 하는 편이 좋아."

"그래?"

아리사는 그 말에 따라 하얀 고양이를 향해 오른손을 살며시 내밀었다. 그러자 하얀 고양이도 고개를 내밀더니―.

"앗."

그대로 손을 깨물었다. 바로 손을 거둔 아리사는 당황한 눈길로 자기 손가락을 확인했지만, 딱히 피부가 찢어지거나 피가 나지는 않았다.

"아, 아랴, 괜찮아?"

하지만 장난삼아 깨문 것치고는 세게 물린 듯한 아리사에게 마사치카가 말을 건네자, 그 말에 답하지 않은 그녀는 하얀 고양이를 쳐다보며 중얼거렸다.

【도둑고양이…….】

그러자 하얀 고양이는 「어머, 해보자는 거구나?」라고 말하듯 고개를 치켜들었다. 이번에야말로 팽팽한 신경전을 벌이는 한 사람과 한 마리를 본 마사치카는 더 이상 안 되겠다고 판단하며 하얀 고양이를 내려놓기 위해 손을 뻗었다. 하지만 하얀 고양이는 그 손을 슬쩍 피하더니, 마사치카의 손을 타고 어깨로 올라갔다.

"앗!"

갑자기 어깨에 무게가 가해진 마사치카는 몸을 앞으로 살짝 숙였다. 그러자 하얀 고양이는 마사치카의 목 뒤편에 올라타더니, 그의 어깨에 발을 얹으며 정면에서 아리사를 주시했다.

아리사는 그 시선을 「언제까지 쳐다볼 건데? 마사치카는 내 거야」란 의미의 선전 포고로 받아들였다. 일방적으로 말이다…….

【어디 한번 해보자는 거구나……!】

"샤앗~!"

그리하여 이종족 혼합 무차별급 캣파이트의 막이 오르―.

"와아~ 쿠제, 대단해~. 고양이를 어깨에 얹은 거야?"

바로 그때, 마리야가 네발로 기듯이 다가왔다. 그리고 그 순간, 아리사와 아리아는 동시에 눈치챘다.

강제적으로 시선이 아래로 향해 있는 마사치카의 눈동자가…… 무방비하게 드러난 마리야의 가슴골을 향하고 있다는 사실을 말이다.

그 순간, 아리아의 꼬리가 채찍처럼 마사치카의 눈 주변을 찰싹 때렸다.

“아얏?! 내 눈?!”

“어, 어머나. 쿠제, 괜찮아?”

반사적으로 몸을 젖힌 마사치카의 어깨에서 펄쩍 뛰어내린 아리아는 그를 무시하듯 올려다본 후, 그대로 고개를 돌리며 다른 곳으로 유유히 걸어갔다. 그 와중에 아리사의 손등을 꼬리로 살며시 쓰다듬어 주면서 말이다.

“아!”

아리사는 그 가벼운 터치를 「너도 고생이 많네」란 의미로 받아들였다. 퍼뜩 놀라며 바라보는 아리사에게는 눈길도 주지 않으며, 유유히 방을 가로지른 아리아는 특등석인 요람 안에서 몸을 동그랗게 말았다. 거기로 찾아온 수컷 고양이가 자기를 괜히 건드리려 하자, 고양이 펀치로 격퇴했다. 겸사겸사 주위의 고양이를 노려본 후, 다시 몸을 동그랗게 말았다.

그 광경을 본 아리사는 작게 웃으며 중얼거렸다.

【너도 마찬가지구나.】

그 말을 들은 건지 못 들은 건지, 하늘거리며 들어 올려진 새하얀 꼬리가 마치 손처럼 흔들렸다.

이것이 한 사람과 한 마리의 우정이 시작된 순간이며, 이후로 아리사는 가끔씩 이 가게에 들러서 새하얀 공주님과 우정을 나눴다.

· 만진 고양이 숫자 최종 결과

최하위(0마리): 마리야, 치사키

제5위(1마리): 마사치카, 아리사

제4위(3마리): 토우야(과금)

제3위(4마리): 유키(무과금)

제2위(6마리): 에레나(중과금)

제1위(17마리): 아야노(오히려 고양이가 그녀를 만짐)

신규 SS   그래, 풀장에 가자

"더어어어워~! 손 아파~!"

넓은 공원 안에서 에레나의 비명이 울려 퍼졌다.

그 뒤를 이어 노노아도 평소보다 더 패기 없는 목소리로 말했다.

"지금은 10월이지? 가을은 대체 어디 간 거야~?"

이 자리에 있는 모든 이가 그 투덜거림에 동의했다.

10월 중순의 토요일. 이날은 운동회 출마전에 대비해 쿠죠, 쿠제 진영의 열두 명 전원이 모여서 처음으로 연습을 하고 있었다.

유키 진영에 멤버 정보가 새어 나가지 않도록, 학교에서 좀 떨어진 곳에 있는 공원을 연습 장소로 골랐는데…… 오늘은 구름 한 점 없이 쾌청한 탓에 10월이지만 한여름 날씨였다.

게다가 체력 소모가 격렬할 뿐만 아니라 밀착도도 상당한 기마전을 하고 있으니, 기마를 맡은 아홉 명은 30분도 채 지나기 전에 땀범벅이 되고 말았다. 여자 검도부의 주력 선수인 사계 자매는 아직 여력이 있어 보이지만, 운동

부도 아닌 데다 키가 큰 기수를 받치고 있는 마리야와 에레나는 체력을 꽤 소모했다.

"이거…… 일찌감치 끝내는 편이 좋으려나?"

지쳐 있는 마리야와 지면에 주저앉아 손을 내젓고 있는 에레나를 보면서 마사치카는 아리사에게 말을 건넸다.

오늘은 열한 시에 모여서 한 시간 반 정도 연습한 후, 마지막에 친목회 및 궐기 대회 느낌으로 다 같이 점심을 먹고 해산할 계획이었지만…… 이래선 한 시간 더 연습하는 건 무리 같았다.

"그래……. 너무 쉽게 생각했나 봐."

오늘까지 몇 번이나 기마별로 연습한 덕분에 중간 휴식을 취하면 꽤 장시간 기마를 유지할 수 있게 됐지만, 실전 연습은 이야기가 또 달라진다. 어떻게 달라지냐면, 기마의 손에 가해지는 부담이 너무 큰 것이다. 기수가 머리띠를 빼앗기 위해 몸에 힘을 주거나 몸을 비틀 때마다, 그 다리를 받치는 기마의 손에 부담이 가해진다. 게다가 놓치지 않기 위해 꽉 쥐고 있는 탓에 손가락 마디가 끊어져 나갈 것처럼 아프다. 이대로 계속했다간, 점심 식사 때는 젓가락도 쥐지 못할 것이다.

"마사치카~, 한 시간 더 연습하는 건 무리야."

"맞아~. 그리고 샤워하고 싶어~."

같은 결론에 도달한 건지, 타케시가 양손의 손가락을 꼬물거리며 한 말에 노노아도 동의했다. 게다가 히카루도 머뭇머뭇 고개를 끄덕이자, 마사치카오- 아리사가 연습 시간을 단축하기로 결정하려던…… 바로 그때였다.

"잠시만요."

부채 바람으로 세로 롤 머리카락을 흔들면서 스미레가 입을 열었다. 그리고 늘어져 있는 기마들을 둘러보더니 확인하듯 물었다.

"현재 문제가 되는 건, 이 더위와 기마를 맡은 분의 손에 가해지는 부담이에요. 그렇죠?"

스미레가 그렇게 묻자, 여덟 명은「그렇긴 한데, 그게 어쨌다는 건데?」라는 표정을 지으며 고개를 끄덕였다. 여덟 명이 그런 반응을 보이자, 스미레는 부채를 접으며 미소를 머금었다.

"그렇다면 연습 장소를 바꾸지 않겠어요? 장소는 제가 준비하겠답니다."

"네……? 아, 실내로 이동하는 건가요? 하지만 기마전을 할 수 있을 만큼 넓고 시원한 장소…… 아, 혹시 실내 농구 코트라도 빌릴 거예요?"

"아뇨."

스미레는 마사치카의 예상을 딱 잘라 부정하더니, 자신만만하게 웃었다.

"저에게 비책이 있답니다."

◇

“부자들은…… 정말 정상이 아냐.”

“그러게…….”

“모든 부자가 다 이렇다고 생각하면 안 되거든? 키류인 선배가 좀 특수할 뿐이니까…….”

그 후 「장소를 준비하는 동안, 좀 이르지만 점심을 먹죠」라는 스미레의 제안에 따라, 일행은 그녀가 뭘 어쩌려는 건지 모르는 상태에서 일단 레스토랑으로 이동해서 점심을 먹었다. 그리고 식사를 마친 후, 스미레가 부른 세 대의 택시로 이동한 그들이 도착한 곳은 고급 호텔의 대형 별관에 있는 풀장이었다. 이 장소를 고른 스미레의 말에 따르면…….

“풀장이라면 시원하고, 땀을 흘리더라도 금방 씻어낼 수 있으면서 부력 덕분에 기마가 받는 부담도 경감될 테죠. 그야말로 일석삼조랍니다!”

……라고 한다. 그 시점에서 마사치카는 여러모로 태클을 걸고 싶었지만, 의기양양한 표정을 짓고 있는 스미레를 사계 자매가 대단하다는 듯 쳐다보며 고개를 끄덕이고 있었다. 게다가 에레나와 노노아가 「우와~. 풀장~」 하며 꽤 반가워했기에 입을 다물 수밖에 없었다.

“호텔의 풀장을 통째로 빌릴 수 있는 거야……? 아니, 숙박객이 아닌 사람이 이용해도 돼?”

미끄럼틀도 있을 정도로 넓고, 몇 명의 호텔 측 스태프 말고는 아무도 없는 풀장을 본 마사치카가 의문을 입에 담았다. 그러자 히카루는 고개를 갸웃거리며 대답했다.

"으, 으음…… 나도 잘은 모르지만, 숙박객이 아닌 사람에게 개방하는 곳도 있나 봐. 일단 통째로 빌리는 게 가능하기는…… 할 테지만, 아무리 그래도 사전 예약을 안 하면 무리 아닐까?"

"시간상으로 얼마 안 되기는 하지만, 그래도 일단 사전에 예약하긴 한 거 아냐?"

"타케시답지 않게 센스 있는 발언인걸."

"오, 그래? 아, 그리고 사계절 전부 운영하는 이렇게 커다란 풀장을 통째로 빌리는 건 아마 무리일 거야. 게다가 여기에 오는 도중에 봤는데, 풀장이 보수 공사 중이라 이용할 수 없다고 적혀 있더라니깐……."

"뭐, 정말?"

"응. 그래서 키류인 선배에게 물어보니……."

"뭐래?"

타케시는 손등을 볼에 대더니, 어설픈 성대모사를 하며 말했다.

"『이것은 시찰이랍니다. 키류인 그룹 산하의 시설을 미래의 회장으로서 시찰하는 것이죠!』라고……."

"아무렇지 않게 미래의 회장이란 소리를 하네……. 그리고 시찰이라면, 손님이 없는 상태에서 하면 의미가 없을 것 같은데……."

말을 이으려던 마사치카는 타케시에게 이런 말을 해봤자 소용없다고 생각해서 관뒀다. 게다가 생각해 보니 손님으로 북적이는 곳에서 기마전을 했다간 위험할 뿐만 아니라 민폐 손님에 지나지 않으리라. 이렇게 느닷없이 높은 분의 자녀가 시찰(?)을 오는 것 자체가, 호텔 측에 있어서는 민폐일 거란 생각도 들지만 말이다.

"뭐…… 깊이 생각하는 쪽이 지는 걸 거야."

"응……. 이제 와서 그런 생각을 해봤자 소용없는걸."

"키류인 선배가 문제없다고 했으니, 아마 괜찮을 거야."

"그래. 이런 기회가 아니면 풀장을 통째로 빌린다는 체험은 못 할 테니까, 그냥 솔직하게 감사하도록 할까?"

체념의 경지에 이른 채 그런 이야기를 하면서, 왠지 먼저 물에 들어가는 것도 주저된 세 사람은 풀장 가장자리에서 여성들이 오기를 기다렸다. 또한 아무도 수영복을 준비하지 않았기에, 다들 호텔의 매장에서 샀다.

"그런데 히카루는 왜 지금 물안경을 쓰고 있어?"

마사치카는 물에 들어가기 전부터 까만 렌즈의 물안경을 착용한 히카루에게 질문을 던졌다. 그러자 히카루는 시선을 숨긴 채로 입가를 살짝 일그러뜨렸다.

"가능하면 여성들을 쳐다보고 싶지 않거든."

"그렇구나……. 미안해."

평범한 남자 고등학생이라면 수영복을 입은 여자애가 잔뜩 있는 상황에 기뻐하겠지만, 여자를 거북해하는 히카루에게는 고행에 지나지 않는 것 같았다.

"아냐. 이건 내 문제니까, 딱히 누가 나쁜 게 아닌걸……. 오히려 미안해. 괜히 폐를 끼치고 있네."

"에이, 그거야말로 히카루가 사과할 일이—."

마사치카가 말을 이으려던 바로 그때였다. 등 뒤에서 여성들의 환한 목소리가 들려오더니, 스미레가 맑은 목소리로 남자들에게 말을 건넸다.

"어머, 기다리게 했나 보군요."

그 목소리를 듣고 고개를 돌려 보니—.

"우와—."

마사치카는 무심코 감탄을 흘렸다.

왜냐하면 여성들의 선두에 선 스미레가 해외 상류층이 입을 법한 섹시한 검은색 수영복을 입고 있었기 때문이다. 게다가 수영복이 교차되는 가슴 쪽에 고급스러운 선글라스까지 걸어 뒀다. 실내인데, 실내인데!

그런 태클이 실례라는 생각이 들 정도로, 놀라울 만큼 잘 어울렸다. 거기에 끝내주는 몸매까지 더해지며 고등학생으로는 보이지 않았다. 하지만…….

"스미레 선배. 정말 잘 어울리지만…… 그 옷차림으로

기마전을 할 건가요?”

“스! 네…… 무슨 문제라도 있나요?”

“문제랄까…….”

솔직히 말하자면『두근! 수영복 기마전 대회! 훌러덩 벗겨질 것 같은 수영복 차림으로 괜찮겠어?』였다. 하지만 그것을 대놓고 지적하는 건 좀 주저됐다.

“뭐…… 바이올렛 선배가 문제없다면 괜찮지만요.”

“스미레랍니다! 그리고 방금 저를 이름으로 불렀지 않나요?!”

마사치카가 즉시 태클을 거는 스미레를 깔끔하게 무시하자, 그녀 못지않게 위험천만한 비키니를 입은 에레나가 친절하게도 해설을 해줬다.

“뷔오, 쿠제는 기마전 도중에 뷔오의 수영복이 벗겨지지 않을지 걱정해 주는 거야.”

“괜한 소리 안 해도 돼요.”

“어머나…… 그런 걱정은 안 해도 된답니다. 그런 실수를 범하지 않으니까요. 수영복 차림이지만, 화려하고 우아하게 승리를 거두겠어요!”

“그런가요. 그럼 됐어요.”

착각일지도 모르지만, 여성들로부터「너, 그런 상상을 하는 거냐」라는 의미가 담긴 차가운 시선이 날아오는 듯한 느낌에 사로잡힌 마사치카는 에레나를 향해 약간 원망 섞인 시선을 보냈다. 그러자 에레나는 약간 몸을 앞으로 숙이며 수영복 모델 같은 포즈를 취하더니, 귀엽게 윙크했다.

"호오? 이 에로나 선배도 걱정해 주는 거려나?"

에레나가 양손을 모아서 노란색 비키니에 감싸인 풍만한 가슴을 들어 올리더니, 연상의 관록을 뽐냈다. 하지만 잘 익은 과실이 멋지게 흔들리고 있는데도, 마사치카의 마음은 놀라울 정도로 흔들리지 않았다.

"네, 조심 좀 하세요. 특히 에레나 선배가 수영복이 벗겨져서 패닉에 빠진다면, 위에 타고 있는 아랴가 위험하니까요."

"내 걱정은 안 하는 거야?"

"안심하세요. 쳐다볼 생각 없고, 위치상 보이지도 않거든요."

"키요미야와 마루야마한테는 보일 텐데……."

"저 모습을 봐도…… 그런 걱정이 드나요?"

어느새 약간 떨어진 곳으로 이동한 히카루와 타케시를 시선으로 가리키면서, 마사치카가 물었다. 한 사람은 까만 물안경을 끼고 고개를 숙인 상태에서 노노아, 사야카와 이야기를 나누고 있었고, 다른 한 사람은 풀장 가장자리에 서서 발끝만 물에 담그더니 「우와~ 차가워~」 같은 소리를 하고 있었다. 참고로 저기는 온수가 나오는 곳이다.

"응……. 생각보다 안심해도 되겠네."

"그렇죠?"

일부러 수영복 차림의 여자애를 똑바로 바라보려 하지 않는 여자 질색남과, 소심해서 수영복 차림의 여자애를 똑바로 못 바라보는 순진남을 본 에레나는 독기가 빠진 듯 고개를 끄덕였다. 마사치카는 어깨를 으쓱한 후, 그제야 에레나의 뒤편에 서 있는 두 사람을 쳐다봤다. 그리고…….

(아, 역시 아직 일렀어.)

슬쩍 시선을 옆으로 돌렸다. 마사치카가 마음속으로 품고 있던 각오를, 미인 자매의 수영복에서 나오는 파급력이 가볍게 뛰어넘으면서 관통 공격까지 가해졌다.

(틀렸어……. 똑바로 바라보는 건 무리야.)

노출도만 본다면, 여름 방학에 바다에서 봤던 수영복과 별반 차이가 없다. 하지만 이렇게 달라 보이는 건…… 두 사람의 미소녀력에 박차가 가해진 탓일까, 아니면 마사치카가 두 사람을 바라보는 시선이 달라진 탓일까.

하지만 이렇게 티 나게 시선을 돌렸으니, 정면에 있는 상대가 눈치 못 챘을 리가 없다.

"쿠제, 어디 보는 거야?"

"어머, 혹시 부끄러운 거야?"

목소리만으로 알 수 있었다. 마리야가 의아한 표정을 지었고, 아리사가 심술궂은 표정을 짓고 있다는 것을 말이다.

"나를 봤을 때와는 반응이 너무 다른 것 아냐?"

그리고, 에레나는 억지 미소를 지으며 그렇게 말했다.

“에레나 선배에게 한마디만 하자면…… 남자는 그렇게 대놓고 보여주는 여자 상대로는 정색하게 되는 법이에요.”

“냉정한 지적 좀 자제해 줄래?”

“그리고 에레나 선배도 그걸 아니까 일부러 보여주는 거잖아요? 공격이 최대의 방어라는 발상으로요.”

“냉정한 지적 좀 자제해 줄래?!”

정곡을 찔렸으면서도 「아니에요~ 이 매혹적인 몸에서 넘쳐흐르는 매력을 억누를 수 없을 뿐이에요~」라고 늘어놓는 에레나 덕분에 다소 냉정해진 마사치카는 길게 한숨을 토했다.

(진정해……. 꼴사납게 허둥대지 마. 흑심 같은 건 전혀 드러내지 않으며, 세련되게 칭찬하는 거야. 그래. 신사가 되는 거야, 쿠제 마사치카. 이 순간만은 상류층 가문의 신사로 자라 온 스오우 마사치카를 깨우는 거야!)

눈을 감고 심호흡하면서 자기 내면에 빠져들어 갔다. 그러자 가슴 깊은 곳에 서 있는 어린 시절의 스오우 마사치카가 보였다. 순진무구하던 과거의 자신을 깨우려—.

『우와앗~. 마아~가 수영복을…… 너무 야해~.』

『…….』

뭐가 신사야. 그냥 행실이 가벼운 꼬맹이잖아.

(뭐가 『우와앗~』냐고. 기분 나쁘니까 볼 붉히지 말라고.)

생각보다 순진무구하지 않은 스오우 마사치카를 도끼눈

으로 노려보자, 어딘가에서 둥실둥실 날아온 소악마 유키
가 어린 스오우 마사치카에게 말을 건넸다.

『꼬마야, 그게 바로 성숙한 여성의 대력이란다……. 지금
의 그 마음을 소중히 여기렴.』

『내 심층 심리에 이상한 지식을 새겨넣지 마!』

소악마 유키를 주먹으로 날려버리고 마사치카는 심층 심
리에서 귀환했다. 그리고 기대가 빗나갔다는 사실에 마음
속으로 혀를 찬 후, 어쩔 수 없이 평소의 자기 자신인 채로
두 사람과 시선을 마주했다.

"우와앗～."

그러자 마음속에 있는 스오우 마사치카와 완전히 똑같은
반응을 보였다. 아마 볼도 빨개졌을 것이다.

허둥지둥 입을 막으며 시선을 돌렸지만, 이미 늦었다.
한순간 어리둥절한 표정을 지은 마리야는 수줍은 미소를,
아리사는 심술궂은 미소를 짓고 있었다.

"으, 으음～? 아이참～ 그런 반응을 보이니까 나도 부끄
럽잖아……."

"후훗. 꽤 귀여운 반응을 보이네. 내 수영복 차림이 그렇
게 매력적인 거야?"

기회를 놓치지 않고 공세를 펼치는 아리사의 웃음기 섞
인 질문에, 마사치카는 마음속으로 이를 악물더니…… 아
까 자신이 에레나에게 한 「공격은 최다의 방어」란 말을 떠

올렸다. 그리고 다시 두 사람을 쳐다보며 진지한 표정으로 말했다.

"응, 솔직히 놀랐어. 너무 자극적이라, 무심코 똑바로 바라보지 못했다니깐."

"어, 그, 그래?"

"꺄아~. 부끄럽잖아~."

마사치카의 「자극적」이라는 말을 듣고, 이제 와서 자기 가슴 언저리를 감추는 듯한 동작을 취한 아리사는 눈을 돌리며 부끄러워했다. 마리야 또한 두 손을 볼에 대더니, 얼굴에 하트 마크를 띄우면서 부끄러워했다.

"뭘 하고 있는 거죠?"

바로 그때, 어처구니없다는 투로 말을 걸어온 사야카를 본 마사치카는 한쪽 눈을 치켜떴다.

"어라? 풀장에서도 안경을 쓰는 거야?"

"물에 들어갈 때는 벗을 거예요……. 기마전을 못 할 만큼 눈이 나쁜 건 아니니까요."

"그렇구나……. 뭐, 어차피 통째로 빌렸잖아. 딱히 문제는 없겠지."

마사치카가 그렇게 말하며 납득하고 있을 때, 노노아가 상체를 비스듬히 기울이면서 그의 얼굴을 들여다봤다.

"그것보다 쿠젯찌~. 우리 수영복은 어떤 것 같아~?"

"응? 뭐, 잘 어울리는 것 같네……? 그리고 너는 진짜 장난 아닌걸.”

몸 곳곳에 액세서리와 리본을 잔뜩 달고 있는 노노아의 수영복 차림은 스미레 수영복보다 더 실용성을 무시하고 패션을 중시하고 있었기에, 마사치카는 옅은 미소를 머금으며 그렇게 말했다. 그 반응을 본 노노아는 숙이고 있던 상체를 들더니, 그대로 반대편으로 고개를 기울였다.

“쿠젯찌의 반응, 재미없어~. 맞다. 타케쉬~나 놀려야지~.”

“제발 그러지 마.”

마사치카는 부질없다는 것을 알면서도 노노아를 말렸다. 그리고 예상대로 자기 말을 무시한 채, 타케시에게 다가가는 노노아를 보며 체념한 듯 고개를 저었다. 그때, 등 뒤에서 에레나의 괜한 말이 또 들려왔다.

“쿠제는 글래머를 좋아하는구나.”

“가짜 뉴스 유포 좀 자제해 줄래요? 가깝게 지내는 사람일수록 이럴 때 평소와 달라 보이니까, 당황했을 뿐이라고요.”

“흐음~? 나와 뷔오의 왕찌찌에는 별 반응 없었잖아? 일단 그런 걸로 칠까~.”

“왕찌찌…… 선배, 진짜로 열여덟 살 갖아요?”

“여든여덟 살이거든요?!”

“아, 네~.”

왜 여든여덟인지는 물어보지 않고, 아리사의 언짢은 시

선이 자신을 향하고 있다는 것도 모르는 척하며, 마사치카
는 사계 자매 쪽을 쳐다보며 말했다.

"그럼, 슬슬…… 연습을 시작할까요?"

"잠깐!"

스미레가 날카로운 목소리로 그렇게 외치자, 마사치카는
당황했다.

(어, 뭐야? 뭔가 할 게 있었나?)

눈을 깜빡이며 그게 뭘지 생각하는 마사치카를 날카롭게
쳐다본 스미레는 가슴을 펴며 당당히 선언했다.

"준비 운동부터 하죠!"

"아, 네."

준비 운동을 마치고 풀에 들어간 일행은 그룹별로 나뉘
어서 기마를 짰고…… 가볍게 움직인 후, 곧 눈치챘다.

"이거, 기마의 손에 가해지는 부담은 크게 다르지 않네?"

"응, 그럴 것 같았어."

곰곰이 생각해 볼 것도 없었다. 풀장의 깊이는 가슴 아
래편 정도이며, 기마가 어깨 위로 든 손을 맞잡으면 기수
가 그 위에 올라선다. 그러니 기수의 다리 위는 전부 물 밖
에 있는 것이다. 부력의 도움을 받을 수 있다 해도 그건 오

차 범위를 벗어나지 않는다. 손에 가해지는 압력이 조금은 약해질까? 정도인 것이다.

게다가 가슴 아랫부분이 전부 물속에 있는 기마 담당 세 사람은 물의 저항이 강한 탓에 움직이기 너무 힘들었다. 손으로 물살을 헤치며 나아갈 수도 없는 만큼, 앞으로 나아가려 하면 그만큼 몸을 앞쪽으로 기울일 수밖에 없다. 그리고 한번 기세가 실리면 갑자기 멈출 수 없다. 방향 전환 또한 어려웠다.

"이거, 오히려 부담을 더 받는 것 같은데……."

"뭐…… 기수가 떨어지더라도 안전하다는 이점이 있긴 하려나요."

자기가 말해놓고 구차한 변명 같다그 생각한 마사치카는 약간 떨어진 곳에 있는 제안자를 쳐다봤고…… 어찌 된 건지 기수가 스미레에서 아야메로 바뀌어 있었기에 어리둥절하다는 듯 눈을 깜빡였다.

그 시선을 눈치챈 건지, 기마의 선두에 선 스미레가 당당히 선언했다.

"신장 제한 탓에 기수를 교대했답니다!"

"대체 여기에 뭐 하러 온 거야."

연습에 의미가 없다는 생각이 본격적으로 들기 시작한 마사치카는 스미레에게 들리지 않도록 작은 목소리로 태클을 걸었다.

키가 작은 아야메가 풀장 안에서 몸을 앞으로 숙이면 물이 입안에 들어오는 것이리라. 그때마다 호흡이 흐트러져서 기마전을 할 수 없다는 것도 이해했다. 하지만 실전 때와 다른 구성으로 하는 연습에 얼마나 의미가 있을지…….

"으, 으음…… 메인은 우리의 연습이잖아? 실전을 고려해 다양한 기수를 상대해 보는 것도 괜찮을 거야!"

"맞아~. 유키의 체격을 생각하면 아야메가 상대인 편이 오히려 좋은 연습이 되지 않을까?"

"듣고 보니…… 그렇긴 해."

"뭐, 그건 그러네요."

마리야의 말에 약간 납득한 마사치카가 고개를 끄덕이며 아야메 쪽을 쳐다보니…… 희희낙락하는 표정으로 허공에 죽도를 휘두르는 시늉을 하는 그녀를 보고 불안에 사로잡혔다.

"진짜로 괜찮은 거 맞아……?"

사계 자매 중에서 가장 몸집이 작지만, 가장 피에 굶주렸다는 살인광…… 아니, 아아메의 혈기 왕성한 모습을 본 마사치카는 「저래서야 머리띠만 빼앗는 정도로 그칠까?」란 의문에 휩싸였다. 하지만 바로 그 타이밍에 사야카의 「기다리게 했군요」라는 목소리가 들려오자, 마사치카는 그쪽을 돌아봤다.

그리고 아래를 쳐다보는 타케시와 물안경을 낀 채 무표

정을 유지하고 있는 히카루를 보자, 그들이 기마를 만드는
데 시간이 걸린 이유를 눈치챘다.

(아, 그래……. 나는 앞이라서 지상에서 할 때와 별 차이
없지만, 타케시와 히카루는 뒤편이니까 자기 팔 위에 수영
복 차림인 사야카가 올라타는구나.)

그것은 타케시와 히카루에게 있어서는 다른 의미에서 큰
일일 것이다. 유심히 보니 사야카도 부담스러운 건지, 허
리를 살짝 들고 있었다.

(으음…….)

제대로 된 연습을 할 수 있을까. 다시 의문에 사로잡힌
타이밍에 스미레가 「그럼, 시작하죠!」라고 선언했기에, 마
사치카 일행도 될 대로 되란 심정으로 행동을 개시했다.

"우선 사야카 일행 쪽으로 가자."

"좋아. 하나, 둘, 셋!"

호흡을 맞추면서, 무거운 물을 밀어내듯 전진하기 시작했
다. 그러자 사야카도 그 의도를 눈치챈 건지, 아야메 쪽을
경계하면서 마사치카 일행 쪽으로 향하려 했다. 하지만…….

"어, 잠깐……!"

"어, 어엇?!"

"앗?! 우왓."

"뭐, 뭐야……?"

하지만 공격이 가능한 거리보다 한참 떨어진 곳에서, 사

야카 일행은 자폭했다. 버둥버둥…… 아니, 첨벙첨벙하는 소리를 내면서 기마 세 사람이 연쇄적으로 물에 빠졌다. 그 위에서 당황한 표정을 짓고 있는 사야카가 서서히 침몰했다.

아무래도 기마가 너무 앞으로 몸을 숙인 결과, 균형을 잃고 그대로 앞으로 쓰러진 것 같았다. 그리고 발이 바닥에서 떨어진 결과, 위에 탄 사야카에게 짓눌리면서 침몰하더니…… 곧 네 사람 전원이 물 밖으로 얼굴을 내밀었다.

“어, 괜찮아~?”

“괜찮아~?”

일단 말을 건네 봤지만, 비교적 천천히 무너진 덕분에 딱히 문제는 없어 보였다. 물을 마신 걸로 보이는 사람도 없었기에 안심하며 사계 자매 쪽을 보니―.

물의 저항도, 물에 빠진 후배들도 개의치 않으며 자신들을 향해 쇄도하는 스미레 일행을 보고 화들짝 놀랐다.

“외, 왼쪽으로 돌아!”

“응!”

아리사의 지시에 따라, 마사치카는 왼발로 급브레이크를 밟으면서 방향 전환을…… 하려 했다. 하려고는 했다. 운동화를 신고 지면 위에서 하듯이 말이다. 지금 자신이 맨발이고, 발 아래에는 공원 지면과는 비교도 안 될 만큼 미끄러운 바닥이 있다는 것은 의식하지 않으면서 말이다. 그 결과…….

"어엇, 푸웁!"

마사치카는 그대로 나자빠졌다. 발 아래의 물 탓에 완전히 미끄러졌고, 두 손이 봉쇄된 탓에 균형을 잡을 수도 없었다. 결국 마사치카는 오른쪽 귀부터 물에 담그듯이 그대로 수면 아래로 잠겼다.

"우왓!"

"어, 잠깐, 푸웁!"

그러자 마사치카의 어깨에 손을 얹고 있던 마리야와 에레나도 균형을 잃었다. 안 그래도 앞으로 몸을 숙이고 있던 상황에서 지지대를 잃은 데다, 마사치카와 맞잡고 있던 손까지 아래편으로 당겨진 것이다. 결국 두 사람 다 미끄러지면서 그대로 앞으로 쓰러지듯 물에 빠졌다. 이런 상황에서 아리사가 버틸 수 있을 리가 없었다.

"어, 꺄앗!"

몸을 맡기고 있던 기마가 갑자기 앞쪽으로 기울어지면서 미끄러진 아리사는 그대로 마사치카를 덮치듯 거칠게 물에 빠졌다. 첨벙하는 소리와 함께 물이 사방으로 튀었지만, 다행히 손발이 자유로웠기에 금방 헤엄을 치듯 물을 가르며 수면 밖으로 얼굴을 내밀었다. 마사치카와 맞잡고 있던 손을 놓은 마리야와 에레나 또한 거의 동시에 「푸핫」하는 소리를 내며 얼굴을 내밀었다. 하지만 이렇게 됐을 때 곤란해지는 건…… 자기 머리 위의 수면을 여성들에게 점령당한 마사치카였다.

넘어지면서 이상하게 얽힌 마리야와 에레나의 손을 떼어내며, 겨우 양손이 자유로워진 마사치카는 서둘러 수면으로 향했다. 하지만 무언가가 그의 머리에 부딪히면서 그가 떠오르는 것을 방해했다.

『푸억?!』

뜻밖의 사태에 입안의 숨을 내쉬고만 마사치카는 곧 자기 위에 있는 이가 아리사라는 것을 눈치채더니, 손으로 물을 가르며 다시 잠수하려 했다. 하지만…… 그 손이 또 무언가에 부딪치고, 팔이 누군가의 다리에 차였으며, 왼쪽 다리 또한 누군가에게 밟힌 마사치카는 물속에서 꼼짝도 할 수 없게 됐다.

『……?!』

이렇게 되자, 마사치카도 약간 패닉에 빠지고 말았다. 아니, 약간 물에 빠졌다.

몸은 부력 덕분에 떠오르려 했다. 하지만 몸 위편에 아리사가 있는 탓에, 그의 뒤통수가 그녀의 몸에 밀착되기만 했다. 옆으로 빠져나가고 싶지만, 손발을 뜻대로 움직일 수가 없었다.

『……!!』

그런 상황에서 호흡이 곤란해진 마사치카는 무턱대고 물

밖으로 도망치려 했을 때…… 뒤통수에 닿은 아리사의 몸
이 앞으로 이동하면서 갑자기 머리 위쪽에 공간이 생겼다.

"푸핫!"

주저 없이 물 밖으로 얼굴을 내밀면서, 힘껏 공기를 들
이마시…….

"쿨럭! 커억! 우웩! 쿨럭!"

……려던 순간, 등을 동그랗게 말면서 기침을 토했다. 그
바람에 이마와 코끝에 무언가 닿았고, 마사치카는 물과 눈
물로 젖은 눈동자로 앞쪽을 살폈다. 그리고…… 눈앞. 코
앞이라고 해도 다름이 없는 곳에는 아리사의 크고 예쁜 엉
덩이와…… 허벅지 부분이 있다는 사실을 눈치챈 순간—
호흡이 멎었다. 생리 현상인 기침마저 쏙 들어갔다.

"……."

그 순간, 마사치카의 머릿속은 정지됐다. 그래도 중력이
작용하여 그는 불안정한 자세를 취한 채 물속으로 다시 가
라앉았다. 그리고 그제야 정신을 차린 그는 뒤쪽으로 헤엄
치며 물 밖으로 얼굴을 내밀려 했지만—

『커억!』

그대로 아리사에게 걷어차이고 말았다. 물장구를 치는
것치고는 꽤 세게 말이다. 어깨와 머리를 꽤 세게 차인 마
사치카는 그대로 발버둥을 쳤다. 그런 와중에도 어찌어찌
뒤로 빠져나간 마사치카는 물속에서 두 발로 서고, 다시

기침했다.

"쿨럭! 우읍, 쿨럭!!"

그러면서 폐 안에 뭔가 들어간 느낌이 다소 가라앉자, 젖은 눈동자로 앞을 쳐다봤고― 울상을 지으며 자신을 노려보고 있는 아리사와 시선이 딱 마주쳤다.

그제야 산소가 공급되어 패닉에서 벗어난 마사치카의 뇌는 겨우 사태를 정확하게 인식했다. 자신이…… 아리사의 다리 사이. 그것도 허벅지 사이로 얼굴을 내민 상태에서 격렬하게 기침을 내뱉었다는 상황을 말이다. 게다가 그 과정에서 문제의 소지가 너무나도 많은 접촉을 했다는 상황도 말이다. 자신을 노려보는 아리사가 물속에서 수영복 하의를 손으로 감싸고 있는 것만으로도, 자신의 인식이 잘못되지 않았다는 것을 눈치챌 수 있었다.

바로 그때, 머릿속에 나타난 소악마 유키가 감탄한 투로 이렇게 말했다.

『오~ 기침하면서 여자 허벅지 사이에 얼굴을 집어넣은 거야? 너, 천재구나. 에로 만화의 주인공이네.』

『대놓고 말하지 마! 그렇게까지는 안 했어! 이마가 엉덩이에 살짝 닿았을 뿐이라고…… 생각해.』

『자신 없어 보이네.』

그도 그럴 것이, 익사할 뻔한 탓에 당시에 무슨 일이 있었는지 제대로 파악하지 못했다.

하지만 설령 엉덩이에 닿기만 했을지라도, 무릎 꿇고 용서를 빌기에는 충분한 일이다. 애초에 아리사가 낙마한 것 자체가 마사치카의 탓이니 말이다.

"저기, 미안해! 내 탓에 떨어졌잖아……!"

남들의 눈을 의식해서 구체적으로 이야기하지는 않으며 고개를 숙였다. 물속이라 무릎을 꿇을 수 없지만, 물에 코끝이 닿을 정도로 고개를 숙였다. 하지만 들려온 것은…….

【절대 용서 못 해…….】

분노와 치욕에 떨리는 아리사의 러시아어였다.

【감히, 나의 ……에 얼굴을…… 반드시, 평생…… 책임…….】

"화, 화 풀어, 아랴. 쿠제도 일부러 그런 건 아니잖아. 응?"

마리야의 목소리를 듣고 얼굴을 들어보니, 아리사가 마리야를 날카롭게 노려보며 따지고 있었다.

【일부러 그런 게 아니면 뭐! 어디를 만져도 된다는 거야?! 여, 여자애의 가장—.】

【아랴! 러시아어로도 그런 말은 안 하는 편이 좋아!】

어차피 주위 사람들이 못 알아들으리라고 생각한 아리사가 러시아어로 말을 쏟아내자, 자기들 말고도 러시아어를 알아듣는 사람이 적어도 한 명은 있다는 걸 아는 마리야는 웬일로 언성을 높였다. 평소와 다른 언니의 모습을 본 아리사는 무심코 말을 삼켰다. 그런 범상치 않은 상황을 본 동성 친구 두 명이 「마사치카, 대체 무슨 사고를 친 거냐」

는 의미가 담긴 날카로운 시선을 보내오자, 마사치카는 미안해서 죽을 것만 같았다.

"진짜로, 나중에 제대로 사과할 테니까…… 용서해 주면 안 될까……."

어깨를 움츠리며 그렇게 말하면서, 구원을 갈구하듯 에레나를 쳐다본 마사치카는…… 그제야 에레나가 어딘가 이상하단 사실을 눈치챘다.

에레나는 수영복 상의를 손가락으로 만지작거리면서, 어째선지 마사치카의 눈길을 피했다. 거동이 수상한 그녀를 본 마사치카는 미간을 모으더니, 문뜩 어떤 가능성을 떠올렸다.

(설마…….)

물속에서 필사적으로 버둥거리고 있을 때, 에레나와도 문제의 소지가 다분한 접촉을 했다는…… 가능성이다.

"에레나 선배…… 혹시 제가 에레나 선배와도 몸이 닿았나요?"

마사치카의 생각으로는 딱히 문제가 될 만한 부위와 접촉하지는 않은 것 같은데…….

"어, 아…… 으음…… 나는 딱히……."

에레나는 부정하면서도, 무슨 일이 있은 것 같은 반응을 보이고 있었다.

"에레나 선배한테도…… 나중에 한턱낼게요."

　구체적으로 무슨 일을 했는지 추궁해 봤자 좋을 게 없다는 사실을 학습한 마사치카는 그렇게 말하면서 사계 자매 쪽을 쳐다봤다. 그리고 부전승을 거둬서 미묘한 표정을 짓고 있는 스미레, 키쿄, 히이라기 그리고 그 세 사람의 위에서 혈기 왕성한 목소리로 「어? 싸움은? 저기, 안 싸워?」라고 말하는 아야메를 쳐다보며 말했다.

　"역시 위험하니까 기마전은 관두죠."

　"불완전 연소! 나는 피가 끓어오르는 싸움을 하고 싶었어!"

　"그래~, 아야메. 알았으니까 머리 좀 식혀~."

　불만을 드러내듯 주먹을 치켜든 아야메는 키쿄가 날린 저먼 수플렉스를 맞고 그대로 물에 빠졌다. 그런 광경을 곁눈질하면서, 마사치카는 에레나와 쿠쬬 자매를 데리고 워터 슬라이드 뒤쪽으로 향했다. 그리고 마실 것과 간식을 파는 가게 앞에 도착했다.

　"그럼, 먹고 싶은 걸 고르세요……."

　"그래도 돼? 그럼~ 나는 프랑크푸르트 소시지."

　"나는 바닐라 맛 아이스크림으로 할까~."

　"나는 초코 맛 아이스크림으로 할래……."

　"아~ 그럼 바닐라로 하나 더 주세요."

“네~.”

점원으로 보이는 아주머니가 네 명의 주문을 받더니, 혼자서 척척 주문받은 메뉴를 준비했다.

“자, 총 2,300엔이에요.”

“아, 스마트폰으로 결제할게요.”

지갑은 사물함 안에 있기에 스마트폰으로 결제한 마사치카는 주문한 것들을 들고 테이블에 앉았다. 그러자 겨우 정신을 추스른 에레나가 프랑크푸르트 소시지를 입으로 가져갔다.

“그럼, 한턱낸 쿠제에게 감사하면서…… 잘 먹겠습니다~! 앗! 뜨거워!”

“그렇게 급하게 안 먹어도 되는데…….”

“아니, 뜨거운 고기에서 흘러나온 육즙이 찌찌에 떨어져서…….”

“일부러 오해 사기 좋게 돌려 말할 필요 없어요.”

에레나가 손바닥으로 가슴을 닦으면서 괜히 의미심장한 발언을 하자, 마리야는 영문을 모르겠다는 듯 고개를 갸웃거렸다. 그리고 아리사는 잘은 몰라도 저속한 소리를 했다고 느낀 건지, 얼음장 같은 눈길로 쳐다봤다.

“그래도 솔직히 나도 두 사람처럼 겉옷을 살 걸 그랬다 싶어…….”

겉옷으로 상반신을 감싼 쿠죠 자매를 본 에레나는 실수

했다는 듯한 표정을 지었다. 그러자 마리야는 난처한 듯 웃음을 흘렸다.

"저는 아무리 온수풀이라도 물에서 나오면 몸이 식을 것 같아서……."

"아…… 하지만 아이스크림을 먹으면 주객전도 아냐?"

"아하하, 그럴지도 모르겠네요~."

그렇게 말하면서 아이스크림을 먹은 마리야가 「맛있어~」라고 말하며 행복하게 웃었다. 한편, 마사치카는 여전히 굳은 표정을 짓고 있는 아리사에게 머뭇머뭇 말을 건넸다.

"아랴, 왜 그래? 생각했던 것과 맛이 달라?"

"아냐……."

퉁명한 어조로 그렇게 말한 아리사는 시선을 돌리며 작게 중얼거렸다.

【600엔…… 내, 첫…….】

"진짜 미안해. 뭐든 네 말대로 할 테니까, 용서해 줘."

한심한 목소리로 용서를 빌어봤지만, 아리사는 고개를 휙 돌릴 뿐이었다.

(무릎을 꿇어야 하나? 역시 그 방법밖에 없는 걸까?)

그렇게 생각한 마사치카는 아이스크림의 남은 콘 부분을 입에 집어넣은 후, 무릎을 꿇을 준비를 했다. 바로 그때, 거의 동시에 아이스크림을 다 먹은 마리야가 아리사와 마사치카를 번갈아 쳐다보며 천천히 자리에서 일어났다.

“잘 먹었어~. 이제 워터 슬라이드 타고 싶네! 쿠제, 같이 안 탈래?”

““어?””

무릎을 꿇으려 하던 마사치카와 고기를 돌리고 있던 아리사가 동시에 입을 열었다. 마리야가 손가락으로 가리킨 워터 슬라이드는 관 형태의 꼬불꼬불한 코스로 된 꽤 본격적인 워터 슬라이드였으며, 계단 옆에는 평범한 튜브와 2인용 튜브가 나란히 놓여 있었다. 원하는 튜브를 들고 계단을 올라간 후, 그것을 타고 미끄러져 내려오는 것 같았다.

하지만 여기에 남녀가 단둘이 탄다는 건, 사춘기 남자애에게는 여러 의미에서 난이도가 높았다. 평범하게 부끄러웠고, 타케시나 히카루가 보면 어떤 반응을 보일지…….

“아니, 타고 싶으면 혼자서…….”

“에이~ 그런 쓸쓸한 소리 하지 마~. 둘이 함께 환성을 지르면서 내려오는 게 훨씬 재미있잖아~.”

“그런가요……. 하지만 그렇다면 아랴와 같이…….”

“하지만 아랴와 에레나 선배는 아직 다 안 먹었잖아~.”

굳은 표정으로 아이스크림을 먹고 있던 아리사는 그 말을 듣고 화들짝 놀라면서 남은 콘을 급하게 먹어 치우려 했다. 하지만 마리야가 그보다 먼저 지퍼를 내리더니, 겉옷을 벗었다.

(우와.)

그저 수영복 차림으로 되돌아갔을 뿐인데, 지퍼 사이로 마리야의 새하얗고 촉촉한 피부가 드러나는 광경을 본 마사치카는 왠지 봐선 안 되는 것을 본 기분에 사로잡히며 고개를 돌렸다. 그리고 그 틈을 노리듯, 마리야가 마사치카의 손을 잡았다.

"자~, 가자. 응? 고~ 고~♪ 맞다. 아랴, 내 옷 부탁해~."

"어, 아, 그럼, 다녀올게~."

마리야가 다짜고짜 팔을 잡아끌며 걸음을 옮기자, 마사치카는 무릎 꿇을 기회를 놓치며 그대로 끌려갔다. 그리고 튜브를 들고 계단을 올라가고 있을 때, 마사치카는 앞장서고 있는 마리야에게 물었다.

"혹시, 저를 신경 써준 거예요?"

"응~? 무슨 소리야?"

마리야는 앞을 보며 그렇게 대답했지만, 마사치카는 그 차분하고 어른스러운 느낌의 목소리를 듣고 확신했다. 이렇게 자신을 억지로 끌고 온 것은, 그냥 뒀다간 점점 기분이 가라앉았을 마사치카와 아리사를 배려해서 분위기를 바꾸려고 취한 행동이다.

"고마워요……."

"응? 별말씀을~."

그러는 사이에 계단을 다 올라간 두 사람은 여성 직원의 안내를 따라서 워터 슬라이드의 입구로 향했다.

"쿠제는 앞자리와 뒷자리 중에 어디가 좋아~?"

"앞자리가 재미있을 테니까, 마샤 씨가 앞자리에 앉으세요."

"아, 그래도 돼~?"

"네."

마사치카는 주저 없이 앞자리를 마리야에게 양보했지만, 방금 말한 이유는 핑계였다. 이 2인용 튜브는 평범한 튜브 두 개를 붙인 8자 모양이 아니라, 평범한 튜브를 세로로 늘린 고무보트 같은 형태였다. 게다가 손잡이 같은 것은 없기에 함께 탄 두 사람의 몸이 밀착될 것이며, 앞사람이 뒷사람에게 기대는 형태가 된다.

자신에게 마리야에게 기댈 것인가, 마리야가 자신에게 기댈 것인가. 마사치카의 상황을 생각하면, 어느 쪽이 나을지는 생각해 볼 것도 없었다.

그리하여 마사치카는 마리야를 앞자리에 태운 후에 자신은 뒷자리에 탔다.

(으, 음? 이러면, 내 다리가 마샤 씨의 허리 양옆에 놓이는구나……. 이것도 좀 그렇긴 하네…….)

남들만큼 털이 송송 난 남자의 다리가 마리야의 새하얗고 매끄러운 피부에 닿는다는 사실에, 마사치카는 수치심과 함께 죄책감을 느꼈다. 하지만…….

"자, 실례할게요~."

마리야가 그런 소리를 하면서 자신에게 확 기댄 순간, 그런 생각은 머릿속에서 순식간에 사라졌다.

(우왓?!)

마리야의 어깨 너머로, 커다란 산과 깊은 골이 훤히 보였다. 시선이 빨려 들어갈 수밖에 없는 그 압도적인 위용에, 마사치카는 말문이 막히고 말았다.

(끝내줘……. 유키가 『진정한 글래머는 발치가 안 보이는 탓에 계단에서 내려갈 때 위험하다』 같은 소리를 한 적 있는데, 이 정도면 진짜로 그런 레벨 아냐? 그냥 헛소리인 줄 알았더니…….)

과거에 「그럴 리가 없잖아. 거짓말 마」라며 웃어넘겼던 여동생의 에로 잡학을 떠올린 마사치카는 「거짓말이 아니었던 건가」 하면서 놀랐지만…… 그와 동시에, 자신이 위기 상황에 부닥쳤다는 것을 눈치챘다.

(아, 망했어.)

뭐가 망했냐면, 이렇게 감사한 광경을 목격한 건전한 남자 고등학생은 머리 이외의 장소에도 자연스럽게 피가 쏠리고 마는 것이다. 그리고 그 부분은 현재, 마리야의 등과 밀착되어 있었다. 그렇다. 남자로서 사회적 위기에 처한 것이다.

(보면 안 돼, 보면 안 돼, 보면 안 돼.)

위기감에 사로잡힌 마사치카의 이성이 고함을 질렀지만,

그의 시선은 완전히 마리야의 특정 부위에 못 박혀 있었
다. 뒤편에 있는 여성 직원이 무슨 말을 했지만, 하나도 들
리지 않았다. 마리야의 몸에 의식을 완벽하게 빼앗긴 가운
데, 드디어…….

"자~, 출발할게요~."

여성 직원이 밝은 목소리로 그렇게 말한 순간, 튜브가
앞으로 밀려졌다. 그리고 그 직후, 마사치카와 마리야를
태운 튜브가 그대로 미끄러져 내려가기 시작했다.

"우오오오?!"

완전히 허를 찔린 마사치카는 상상 이상의 속도와 원심
력에 당황하면서 몸을 기울이더니, 튜브에서 떨어지지 않
도록 균형을 잡았다. 물보라가 얼굴을 때리는 상황에서 인
상을 찡그리며 눈을 가늘게 뜬 마사치카는 필사적으로 코
스를 쳐다보며 중심을 잡았다.

"꺄아—!"

양손을 들면서 즐거운 듯 환성을 지르는 마리야에게는
중심을 잡을 의지가 전혀 없었기에, 마사치카만 필사적이
었다. 그러는 사이 도착 지점에 다다르고 밝은 빛이 눈을
찌른…… 직후, 두 사람은 풀장 위로 미끄러져 나갔다.

그와 동시에 강력한 물의 저항을 받은 튜브가 순식간에
감속됐지만, 두 사람은 관성에 의해 계속 앞으로 나아갔
다. 균형이 무너진 튜브는 뒤편으로 쏙 빠져나갔고, 두 사

람은 동시에 물에 빠졌다.

"푸앗."

"푸우."

그리고 동시에 물 밖으로 얼굴을 내밀더니, 손으로 얼굴을 훑었다.

"아핫, 아하하하하! 재미있었어~♪"

마리야의 즐거운 목소리와 환한 미소를 접한 마사치카는 눈을 껌뻑인 후에 작게 웃었다. 상대방이 이렇게 기뻐해 주니 노력한 보람이 있다고 생각한 마사치카가 어깨를 으쓱한 순간…… 또 그녀에게 손을 잡히고 말았다.

"저기, 한 번 더 안 탈래? 한 번 더 타자!"

"어—."

"괜찮잖아? 우리 말고는 타는 사람도 없는걸!"

그렇게 말한 마리야는 튜브를 들더니, 마사치카의 손을 잡아당겼다. 그 미소에…… 갑자기, 어릴 적에 공원에서 마사치카의 손을 잡아끌던 그 애의 미소가 포개졌다.

"아!"

머나먼 그날의 그리운 기억. 하지만, 예전처럼 안타까움이나 슬픔을 느끼지는 않았다. 그것은 분명 지금 눈앞에 있는 소녀가 웃고 있기 때문이다.

"알았어, 마아."

마사치카는 자연스럽게, 그렇게 말했다. 마리야는 그 말을 듣고 눈을 치켜뜨더니…….

"응! 가자!"

환한 미소를 머금으면서, 다시 워터 슬라이드의 입구로 향했다. 순수하게 기뻐하는 마리야를 본 마사치카 또한 「이렇게 됐으니, 마리야의 직성이 풀릴 때까지 어울려주자」라고 생각했고…….

"자, 그럼 이번에는 쿠제가 앞에 앉아!"

"어?"

"자~, 어서 오세요~."

"어?"

손을 잡아끌린 후, 아까 위에서 내려다봤던 가슴이…… 등에ー.

"와우……."

뒷자리도 위험했지만, 앞자리는 더 의험했다.

"마사치카……, 무슨 일 있어?"

풀장 가장자리에 상반신만 걸치고 하반신은 풀장 안에 있는 마사치카의 머리 위쪽에서 타케시의 당혹스러운 목소리가 들려왔다.

그 목소리를 듣고 시선을 들어 올린 마사치카는 지친 기색이 역력한 목소리로 대답했다.

"어린애의 체력은 못 당하겠어."

"무슨 소리야?"

타케시는 영문을 모르겠다는 듯 고개를 갸웃거렸지만, 마사치카 또한 더는 자세한 설명을 할 마음이 없었다.

그 후에 워터 슬라이드를 세 번 더 탄 마사치카는 여러 의미에서 한계에 도달한 나머지 항복했다. 그리고 약간 아쉬워하면서도 「그럼, 아랴와 같이 탈래~」라고 말하며 가 버리는 마리야를 배웅한 후…… 이렇게 죽어 가고 있는 것이다. 참고로 하반신만 풀장 안에 있는 건, 물 밖으로 나가려는 도중에 힘이 바닥나서다. 결코, 하반신을 식히기 위해서가 아니다. 결단코 아니다.

"히카루는……?"

"어? 아~ 저쪽에서 헤엄치고 있어……. 나는 저 분위기를 견디다 못해 도망친 거야."

그렇게 말한 타케시가 시선으로 가리킨 방향을 보니, 어디서 가져온 건지는 모르겠지만 커다란 조개껍질 모양을 한 튜브 위에서 사진을 찍고 있는 노노아와 그런 그녀에게 어울려주는 기색이 역력한 사야카가 눈에 들어왔다.

"끼어들기 어렵겠네~."

"그렇지? 도저히 저기에는 못 끼겠더라니깐……."

거대한 조개껍질 위에 올라타고, 마치 비너스라도 된 기분을 맛보고 있는 것일까. 마치 저기만 다른 공간이 된 듯한 광경을 본 마사치카는 눈을 가늘게 뜨며 시선을 돌렸다. 그리고 시선을 돌린 곳에서 또 이질적인 광경을 봤기에 눈을 더 가늘게 떴다.

"하앗!"

풀장 가장자리에서 가볍게 한 걸음을 내디딘 스미레가 그대로 물에 첨벙 빠져버렸다. 그리고 풀장 가장자리에 있는 세 소녀가 그런 스미레에게 성원을 보내고 있었다.

"뭐 하는 거야……?"

"응? 뭐, 아마 물 위를……."

"말 안 해도 돼. 얼추 감이 오거든."

"하하……. 그런데 주변에서 걱정스레 쳐다보고 있으니까, 이제 그만 나와."

"응? 아……."

확실히 오해를 살 수 있는 포즈라고 생각한 마사치카는 물 밖으로 나오더니, 멀찍이서 쳐다보고 있는 스태프에게 고개를 숙였다. 그리고 약간 거북한 느낌을 받으며 에레나와 쿠죠 자매를 찾기 위해 주위를 돌아보니, 약간 떨어진 곳에서 아리사가 탄 튜브를 마리야와 에레나가 확 뒤집어버리는 광경이 눈에 들어왔다.

아무래도 차례차례 튜브에 탄 후, 다른 두 사람이 뒤집으려 하는 것에 얼마나 버틸 수 있는지 시간을 재는 놀이를 하는 것 같았다. 에레나를 물에 빠뜨리고 즐거워하는 아리사를 본 마사치카는 눈을 살짝 가늘게 떴다.

“아, 아랴 공주가 저렇게 즐거워하는 건 꽤 귀한 광경 아냐?”

“뭐, 그렇긴 해…….”

같은 광경을 본 타케시가 그렇게 말하자, 마사치카는 감회에 젖으며 고개를 끄덕였다.

(설마 아랴가 동성 친구와 저리 즐겁게 노는 날이 올 줄이야…….)

왠지 보호자가 된 듯한 기분에 사로잡힌 마사치카는 저기에 자기가 끼면 분위기를 깰 것 같다고 판단했다. 모처럼 아리사가 친구와 즐겁게 놀고 있다. 약간 거북한 사이가 된 자신이 참가했다간, 분위기에 찬물을 끼얹을지도 모른다.

(뭐, 아랴한테는 나중에 사과하면 되겠지…….)

하지만 그렇게 되면, 누구와 합류할지 생각하던 마사치카는 불쑥 타케시에게 물었다.

“그러고 보니, 너는 사야카와 사진 찍었어?”

“뭐? 아, 안 찍었어. 아까도 말했지만, 저기 끼는 건 좀 그래서…… 그리고 저 조개껍질 위에 서도 되는 건 미소녀뿐이라고.”

“그건 그래.”

솔직히, 그 말에는 동의할 수밖에 없었다. 하지만 타케시의 사랑을 응원해 주기로 약속한 사람으로서 친구의 등을 밀어주고 싶었다.

"그래도 이 타이밍에 한 걸음 앞으로 내디뎌야 하지 않겠어? 지금 저기 가서 『우리도 같이 찍을래~』라고 말하면, 합법적으로 사야카의 수영복 사진을 손에 넣을 수 있거든?"

마사치카가 그렇게 말하자, 타케시의 어깨가 흔들렸다. 하지만 평소 만화 잡지의 모델을 보며 히죽거리던 모습은 어디 간 것인지, 타케시는 여전히 머뭇거렸다.

"그, 그건…… 하지만…….."

"나도 같이 갈 테니까 안심해. 이럴 때야말로 분위기에 휩쓸려서 그냥 바보가 되는 편이 나아. 그럼 가자!"

"아니, 잠깐만?!"

마사치카는 머뭇거리는 타케시의 어깨에 팔을 두르더니, 마치 저승길 길동무로 삼으려는 것처럼 물속에 뛰어들었다. 그리고 그대로 질질 끌면서 노노아와 사야카가 있는 곳으로 가더니, 튜브 위에 있는 두 사람에게 말을 건넸다.

"기왕이면 기념 삼아 같이 사진 찍자~."

"응~? 오~, 좋아~. 사얏찌도 괜찮지~?"

"어? 아, 뭐…….."

노노아가 묻자, 사야카는 약간 머뭇거리면서 고개를 끄

덕였다. 그리고 두 사람은 튜브 중앙에 서더니, 남자들에게 좌우로 올라오라는 의미의 시선을 보냈다. 마사치카는 즉시 노노아의 옆에 섰고, 이어서 타케시가 머뭇머뭇 사야카의 옆에 섰다.

"어라라, 역시 좁네~."

"그래……. 잠깐만, 떨어질 것, 같다고!"

안 그래도 미끄러운 튜브가 흔들거리자, 마사치카는 두 팔을 몸에 딱 붙이면서 균형을 잡았다. 그러자…….

"그렇게 허둥대지 말고~ 이쪽으로 붙어~."

노노아가 마사치카의 왼팔을 끌어안으며 자기 쪽으로 잡아당겼다. 그 순간, 노노아의 피부와 밀착된 왼팔에 소름이 돋았다.

(……!)

오한이 등골을 타고 흐르자, 마사치카는 표정이 딱딱하게 굳으려는 것을 필사적으로 참았다. 바로 그때, 노노아는 들고 있던 스마트폰을 마사치카에게 넘긴 후에 왼손으로 사야카의 팔을 잡았다.

"자, 사얏찌도 더 붙어~. 셀카 봉이 없으니까, 쿠젯찌가 셔터 눌러 줘~."

"어…… 그래. 그럼 찍는다~. 자, 피~스."

마사치카는 네 사람이 전부 찍히도록 스마트폰을 비스듬하게 들더니, 셔터를 눌렀다. 셀카에 익숙하지 않아서 잘

찍지는 못했지만, 일단 네 사람의 얼굴이 전부 들어가기는
했다.

(아차. 타케시와 사야카의 얼굴이 작게 찍혔네.)

원래 목적을 떠올린 마사치카는 타케시에게 스마트폰을
건넸다.

"자, 그럼 그쪽에서도 찍어 줘."

"어, 으, 응. 그럼……."

타케시는 수영복에 손을 문지르고 나서 스마트폰을 받았
다. 하지만 긴장한 탓인지, 손이 젖은 탓인지, 타케시가 왼
손으로 든 스마트폰은 부들부들 떨리견서 핀트가 맞지 않
았고…….

"앗."

결국 타케시의 손에서 미끄러져 손가락 사이로 쏙 빠졌다.

"어엇!"

타케시는 허둥지둥 오른손을 뻗어 거꾸로 떨어지는 노노
아의 스마트폰을 잡았지만……, 그대로 자기가 물속에 빠
지고 말았다. 그 반동으로 조개껍질 모양의 튜브가 뒤편으
로 밀려나더니, 격렬한 진동이 그 위어 서 있는 세 사람을
덮쳤다.

"우와아아앗?!"

"어라?"

"위, 위험……."

튜브에 무릎을 댄 마사치카는 떨어지지 않도록 자세를 낮추며 버텼지만—.

"와아~."

"잠깐, 너—."

쓰러지는 노노아에게 밀린 데다 젖은 비닐 위에서는 몸을 지탱할 수가 없었기에, 두 사람은 뒤엉키며 물에 빠졌다. 하지만 이번에는 금방 몸을 일으킨 마사치카는 여전히…… 아니, 아까보다 더 세게 자기 왼팔에 매달리며 몸을 밀착시키고 있는 노노아를 도끼눈으로 쳐다봤다.

"너, 일부러 그러는 거지?"

"뭐가~?"

"뭐가~는 무슨. 사야카가 휘말리지 않게 해놓고, 얼버무릴 수 있을 것 같아?"

자신과 마찬가지로 노노아에게 팔을 잡혀 있었는데도 어찌 된 건지 물에 빠지지 않은 사야카를 쳐다보면서, 마사치카는 태클을 걸었다. 그러자 노노아는 갑자기 씨익 웃더니, 장난스레 왼손을 자기 얼굴 앞으로 가져가며 말했다.

"정말~. 장난 좀 쳤을 뿐이잖아~. 너무 화내지 마~."

"우와, 소름~."

이번에는 왼팔만이 아니라 상반신 전체에 소름이 돋자, 마사치카는 온몸을 부르르 떨었다. 그 타이밍에 첨벙첨벙하는 소리가 들려와 마사치카와 노노아가 그쪽을 쳐다봤

다. 그러자 스마트폰을 쥔 오른손을 물 밖으로 내민 타케
시가 물 안에서 버둥거리는 모습이 눈에 들어왔다.

"쟤는 뭐 하는 거야……?"

혹시 다리에 쥐가 난 건가 싶어서 다가가 보니, 타케시
가 그제야 몸을 일으켰다.

"푸핫! 어, 잠깐만……."

그리고 크게 숨을 들이마시면서 허둥지둥 아래편을 쳐다
보더니, 꼬물거리기 시작했다.

"어?"

마사치카가 무슨 일인가 싶어서 눈썹을 찌푸린 바로 그
때, 튜브 위에 있던 사야카가 살짝 비명을 질렀다.

"꺄앗!"

그 순간, 타케시는 「아차!」 하고 외치는 듯한 표정을 지으
면서 몸을 폈다. 그런 그의 왼손이 물속에서 수영복 아래쪽
을 움켜쥐고 있었기에, 마사치카는 그제야 상황을 파악했다.

"혹시…… 물에 빠지면서 수영복이 벗겨진 거야?"

"응…… 살짝……."

타케시는 거북하다는 투로 그렇게 말하더며 사야카를 슬
며시 살폈다. 마사치카도 그 시선을 따라가 보니, 사야카는
튜브 위에서 눈을 가린 채 몸을 돌리고 있었다. 각도를 생
각하면 아무래도 타케시의 엉덩이를 절반쯤 봤을 것이다.

"네 해프닝의 수혜자는 대체 누구야?"

"나도 하고 싶어서 한 게 아니라고! 하지만 한 손으로는 똑바로 입기 힘들어서……!"

물에 빠진 직후에 수영복이 약간 벗겨진 것을 눈치채고 물속에서 똑바로 입으려 했지만, 오른손에 노노아의 스마트폰을 쥐고 있는 탓에 잘 안된 것 같았다.

좋아하는 여자애에게 자기 엉덩이를 보여준다고 하는…… 매우 곤란한 사태가 벌어지자, 타케시는 약간 울먹거렸다. 하지만 마사치카도 이 상황에서 어떻게 위로해 주면 좋을지 짐작조차 안 됐다.

"아니, 뭐…… 그래도 노노아의 스마트폰을 물에 안 빠뜨린 건 정말 대단하네."

일단 그렇게 말해주자, 타케시는 겨우겨우 미소를 머금었다. 바로 그때, 노노아도 고개를 끄덕이며 말했다.

"뭐~ 완전 방수니까 빠뜨려도 아무 문제 없지만 말이야."

그 순간, 타케시의 볼을 타고 이슬 한 방울이 흘러내렸다.

"후유……."

그 후, 풀이 죽은 타케시를 데리고 히카루와 합류한 마사치카는 「역시 풀장에서는 남자끼리 부담 없이 노는 게 최고야!」라고 말하며, 애써 신난 듯 시끌벅적하게 놀았다.

그리고 지금은 선베드에 드러누워서 쉬고 있었다.

"이러니저러니 해도 즐기긴 했어……. 바이올렛 선배에게는 나중에 또 고맙단 말을 해야겠는걸."

시계를 보니, 벌써 오후 네 시 반이 지났다. 원래는 점심을 먹고 해산할 예정이었으니, 체력적으로나 시간적으로나 슬슬 끝내야 할 시간이다.

(그렇다면 남은 건…….)

사이가 어색해진 파트너를 떠올리고 있을 때, 마침 옆에서 목소리가 들려왔다.

"옆에 앉아도 돼?"

놀라서 고개를 돌려 보니, 아직 표정이 어색한 아리사가 이쪽을 쳐다보고 있었다.

"으, 응. 그래."

기습적으로 나타난 수영복 차림의 아리사를 보고 약간 동요한 마사치카는 상체를 일으키며 고개를 끄덕였다. 그러자 아리사는 말없이 옆에 있는 선베드에 앉았다. 그리고 둘 사이에서 침묵이 흘렀다.

"으음, 즐거워 보이더라?"

쳐다볼 때마다 여자끼리 즐겁게 놀고 있던 아리사를 떠올린 마사치카가 그렇게 말하자, 그녀 또한 입술을 살짝 내밀며 옆으로 고개를 돌렸다.

"너도 마찬가지였어."

“으, 응……. 뭐, 맞아.”

“마샤, 노노아 양과 꽤 즐거워 보이던걸?”

“아, 아니, 으음…….”

즐겁다기보다, 솔직히 큰일이었다. 하지만 그렇게 솔직히 말하는 것을 주저한 마사치카는 대충 얼버무렸다. 그러자 아리사는 그런 마사치카를 곁눈질하면서 빙긋 웃었다.

“농담이야. 타케시, 히카루와 꽤 즐겁게 놀던걸?”

“으음~. 뭐, 보고 있었구나…….”

평소와 다르게 들뜬 기분으로 시끌벅적하게 노는 모습을 아리사가 봤다고 생각한 마사치카는 약간 부끄러워하며 그렇게 말했다. 딱히 다른 뜻이 없는 말이지만, 아리사는 그 말을 듣고 눈을 치켜뜨면서 미간을 모았다.

“아, 아니거든?! 그, 그렇게 떠드니까 자연스럽게 눈길이 갔을 뿐이야…….”

아리사는 우물거리는 목소리로 그렇게 말하더니, 눈길을 돌리며 머리카락을 만지작거렸다. 그런 반응을 보고 눈을 몇 번 깜빡인 마사치카는 문득 눈치챘다.

(그러고 보니 마샤 씨는 몰라도 노노아와는 그렇게 오랫동안 같이 있지 않았는데…… 혹시, 나와 마찬가지로 계속 내 쪽을 힐끔힐끔 쳐다본 걸까?)

딱히 눈이 마주치지는 않았지만, 어쩌면 그랬던 걸지도 모른다. 두 사람 다 서로가 신경 쓰여서 힐끔힐끔 쳐다보

다니…… 왠지 우습단 생각이 든 마사치카는 작게 웃음을
터뜨렸다.

"왜, 왜 웃는 거야……!"

"아, 미안해. 너나 나나 서먹해진 분위기를 신경 썼다고
생각하니, 왠지 우스워서 말이야."

마사치카가 그렇게 말하자, 한순간 당황한 아리사가 선베
드 위에서 다리를 끌어안으며 손가락을 꼬물거렸다. 그리
고 약간 불만 섞인 표정을 짓더니, 눈을 돌린 채 말했다.

"뭐…… 좀 분위기를 나쁘게 만든 것 같았어."

"아냐. 원인은 나한테 있으니까, 너는 아무 잘못 없어."

"하지만, 이미 사과를 받았는걸."

그렇게 말한 아리사는 마음의 정리가 안 된 듯한 표정으
로 말을 이어갔다.

"하지만, 나만 부끄러운 일을 겪는 건 불공평하지 않아?
사과의 의미로 무엇이든 한다고 했으니까, 마사치카도 부
끄러운 일을 겪게……."

"어? 엉덩이라도 까라는 거야?"

"뭐?"

"잘못했습니다."

무심코 아까 전의 다소 민망했던 상황(☝)을 연상하고
그렇게 말한 순간, 아리사의 차가운 시선에 꿰뚫린 마사치
카는 고개를 숙였다. 온수풀마저도 얼어붙을 듯한 시선으

로 마사치카를 노려보던 아리사는 곧 한숨을 내쉬면서 목소리 톤을 원래대로 되돌렸다.

"내가 말하는 부끄러운 일은…… 그래. 뭔가, 부끄러운 비밀을 고백하는 건 어때? 그러면 용서해 줄게."

"부끄러운 비밀……?"

마사치카는 미간을 모으면서 생각했다.

건장한 사춘기 남자애인 만큼, 여자애에게 들려주면 부끄러울 비밀이라면 얼마든지 있다. 여동생은 대부분을 파악하고 있는 듯한 느낌이 드는데, 일단 그건 제쳐놓고…….

그런 비밀을 절대 이야기할 수 없으니…… 적당히 부끄러우면서, 아리사도 납득할 만한 비밀이라면…….

"아."

문뜩 뭔가가 생각난 마사치카는 낮은 신음을 흘렸다. 그리고 아리사는 그것을 놓치지 않으며 바로 반응을 보였다.

"뭔데?"

"아니, 이건…… 좀……."

"뭔데? 말해 봐? 뭔가 생각나긴 한 거잖아?"

"아니, 그래도 좀……."

"말. 하. 란. 말. 이. 야. 이대로 입을 다물면 불공평하거든?"

눈을 치켜뜬 아리사가 고개를 쑥 내밀자, 마사치카는 선베드 위에서 끌어안은 두 무릎에 얼굴을 묻으며 그녀의 시선을 피했다. 그런데도 볼을 찌르는 듯한 시선이 느껴졌기에, 결국 체념한 마사치카는 그 자세에서 이야기를 시작했다.

"아까도 말하기는 했는데…… 솔직히 말하자면……. 오늘 풀장에서 만났을 때…… 아니, 아까도 그렇지만…… 저기, 아랴의 수영복 차림이…… 너무 예뻐서…… 솔직히 엄청 긴장했어."

솔직히 마지막 부분은 애매하게 말했다. 그래도 이 정도면 하고 싶은 말이 뭔지 전해졌으리라.

아리사가 옆에서 눈을 치켜뜨며 웃고 있다는 것을 쳐다보지 않아도 알 수 있었다. 볼을 붉히건서도, 우월감과 가학적인 마음으로 가득 찬 미소를 머금은 아리사가 자신을 향해 천천히 다가오고 있는 것이 기척을 통해 느껴졌다.

"흐음~."

귓불에 숨결이 닿을 듯한 거리에서 웃음기가 어린 목소리가 들려왔다. 그렇게 견제를 한 후, 공격적인 질문을 마사치카의 귓가에 속삭이듯 던졌다.

"나를 문란한 눈길로 쳐다봤구나?"

"……!"

평소 결벽적인 아리사의 입에서 흘러나온 그 말에, 마사치카는 어깨를 부르르 떨었다. 아리사는 그런 마사치카의 어깨에 긴 손가락을 살며시 얹더니, 그의 귀에 달콤한 목소리로 이렇게 속삭였다.

Развратник♥

귀에서 등골까지 찌릿찌릿한 무언가가 흐르자, 마사치카는 몸을 부르르 떨었다.

더는 아리사 쪽을 돌아볼 수 없었다. 지금 아리사를 보면 신사적으로 행동하지 못할 것이다. 마사치카는 그런 확신에 사로잡혔다.

그저 몸을 웅크리며 딱딱하게 굳어 있는 마사치카에게 아리사의 체온이 더욱 다가오더니, 그의 옆구리에 물기를 머금은 피부와 수영복이 닿았—.

"이 타이밍에 찬물을 팍~!!"

힘차게 뿌려진 찬물이 온갖 분위기와 감촉을 전부 씻어 냈다.

물이 방울져 떨어지는 앞머리 너머로 올려다보니, 양손에 물총을 든 에레나가 물속에서 이쪽을 쳐다보며 웃고 있었다.

"놀이는 이제 끝이야! 이제부터는 무자비한 서바이벌 게임 시간이라고~!"

그렇게 선언한 에레나의 뒤쪽을 보니, 어느새 기마전 팀으로 나뉜 멤버들이 각자 물총을 들고 싸움의 막이 오르길 기다리고 있었다.

"으음, 사야카 양. 저기, 괜찮다면 이 커다란 총을 써요."

"괜찮아요. 저는 콘솔 게임에서 권총만 사용해 노대미지 클리어한 적이 있으니까요."

"으음~. 일단 눈을 노리면 오케이?"

"노노아 양, 보통은 눈을 노리면 안 되거든?"

"젖으면 시야가 가려질 테니…… 역시 안경을 벗는 편이 좋을까."

"안 돼요, 히이라기 양. 언니가 안 계신 자리에서 안경을 벗는 건 금지랍니다."

"저기! 물총 안에 타바스코를 섞는 건 어때?"

"아야메. 놀이와 살인을 구별하도록 해."

의욕이 넘치는 이들을 배경 삼으며 선 에레나는 활짝 웃으며, 왼손에 든 물총을 아리사에게 내밀었다.

"자, 대장! 전쟁을 할 시간이야!"

에레나가 정말 멋진 미소를 지으며 전장에 초대하자, 아리사는 말없이 다가가서 물총을 넘겨받은 후— 그대로 에레나의 얼굴을 향해 총구를 들었다.

"어?"

멋진 미소를 머금은 채 딱딱하게 굳은 에레나의 코앞에서…… 인정사정없이 물이 발사됐다.

"어푸푸푸푸~."

아리사는 에레나에게 숨 쉴 틈도 주지 않으면서, 물총이 텅텅 빌 때까지 물을 쐈다. 그 결과, 에레나는 전쟁의 막이 오르기도 전에 그대로 물 위에 둥둥 떠올랐다. 긴 머리카락이 수면에서 하늘거리고 있었다.

“아, 아랴······.”

마리야조차도 살짝 겁먹을 정도의 분위기를 두른 아리사가, 등 뒤에 있는 마사치카를 돌아보며 빙긋 웃었다.

“그럼, 시작하자.”

이제까지 한 번도 본 적 없을 만큼 무시무시한 미소를 머금은 파트너가 그렇게 말하자······.

“그래······.”

마사치카도 목을 웅크리며 고개를 끄덕일 수밖에 없었다.

아군을 쏴서 일찌감치 대원 한 명이 탈락한 쿠죠 팀이지만, 대장의 귀기 어린 활약 덕분에 이 서바이벌 게임은 뜨겁게 달아올랐다. 탈락한 한 명을 제외하고, 이번 기마전의 쿠죠, 쿠제 진영은 이러니저러니 하면서도 깊은 유대를 다졌다.

　안녕하십니까. SUN SUN SUN입니다. 이번에는 후기 페이지가 조금밖에 없으니 빠르게 진행할까 합니다. 왠지 지금 여기저기서 태클을 거는 느낌이 듭니다만, 신경 쓰다간 글자 수가 부족할 테니 무시하고 넘어가도록 하겠습니다.

　이번 편은 비화라는 타이틀로 2권부터 7권까지의 점포 특전 SS와 페어 기획 등에서 쓴 특전 SS를 재수록한 SS 모음집입니다. 그리고 저는 오타쿠에 대해 잘 아는 오타쿠이기에 잘 알고 있습니다. 이런 SS 모음집의 경우, 여러 특전 SS를 전부 모으는 열렬한 독자분은 「신간인 줄 알고 샀더니, 대부분 읽은 거잖아……. 신규 에피소드가 생색내는 분량밖에 안 되다니, 석연치 않아……」라고 생각하겠죠. 네, 저도 압니다. 저도 이 책을 구매해 주신 여러분을 실망시키고 싶지 않으니, 기획 단계에서 신규 에피소드를 넉넉하게 쓰기로 했습니다.

　우선 재수록 분량은 가필 수정을 했으며, 약 7만 자 정도입니다. 일반적인 라이트노벨이 보통 10만 자 정도이니, 여기에 3만 자 분량의 신규 에피소드를 넣으면 딱 적당한 분량이 되죠. 3할 정도가 신규 에피소드라면 여러분의 불만도 줄어들 거라고 생각합니다. 그렇게 생각하며 글을 쓰다 보니, 4만 5천 자 정도 분량이 되더군요. 4할 정도가 신규 에피소드입니다. 으음……. 뭐, 좋습니다!! 실은 좋다는 말로 넘어갈 상황이 아닙니다만…… 이게 전부 수영복 편 탓입니다. 그리고 1권 비화를 세 편 썼습니다. 편집자님과 SS 모음집의 내용을 상의하면서 「그러고 보니 1권은 점포 특전 SS가 없었군요」란 이야기가 나와서, 「그럼 1권 비화를 세 편 정도 쓸까요?」라고 말했는데, 이것이 예정했던 합계 1만 자에서 2천 자가량 오버하고 말았습니다……. 쓰면서 눈치챘습니다만, 2권의 점포 특전 SS가 실은 1권의 비화였더군요. 기왕 쓸 거면 2권의 비화를 써야만 했어요. 뭐, 9권까지 쓴 이제 와서 1권 당시 각 캐릭터의 심정을 글로 표현하는 건 즐거웠지만요.

그리고 만악의 근원인 수영복 편……. 원래 1만 자일 예정이었는데, 1만 3천 자나 오버하고 말았습니다. 오버의 개념이 붕괴되는군요. 애초에 왜 수영복 편으로 한 것이냐면, 번외편은 본편에 비해 판매량이 떨어지기 때문입니다. 어떻게 해야 많은 분들이 구매해 주실지 생각해 보니 「그래! 모모코 선생님의 수영복 일러스트로 독자를 유혹하는 거야!」라고…… 뭐, 8할 정도는 농담입니다. 진지하게 답하자면, 본편이 가을에서 겨울로 넘어가는 상황이니 이 번

외편에서 수영복 편을 안 했다간 이 작품에서 수영복 일러스트가 나오지 않을 히로인이 있을 수도 있겠다 싶더군요. 특히, 내년 봄에 졸업하게 될 에레나 선배. 겨우 두 권에서만 등장했지만, 러시부끄 공식 인기투표에서 6위를 차지한 에레나 선배. 수영복 일러스트가 없는 엉큼한 누님은 엉큼한 누님이라 할 수 없어! 그런고로 수영복 일러스트가 없는 네 명의 서브 히로인을 위해서도, 이 기회에 수영복 편을 쓴 겁니다. 네? 그렇다면 표지를 수영복 차림 쿠죠 자매로 할 필요는 없지 않았냐고요? 그것은 필요가 아니라 필연입니다. 매출 면에서 보자면, 표지가 수영복이면 전국의 섬세한 청소년이 이 책을 계산대로 가져가기 어려워서 역효과가 날지도 모른다는 가능성이 뇌리를 스쳤지만 필연이니까 어쩔 수 없습니다.

아, 벌써 페이지가 모자라는군요. 후기 분량이 정말 순식간에 바닥났습니다. 그럼, 감사 인사를 드릴까 합니다. 이번 비화의 편집을 담당해 주신, 평소에는 만화 관련 담당이신 스즈키 님. 제 글자 수 오버를 완전히 예견한 완벽한 업무 처리 덕분에 살았습니다. 정말 감사드립니다. 그리고 이 짧은 기간에 작화 코스트가 어마어마한 컬러 일러스트를 몇 장이나 아름답고 귀엽게 그려주신 모모코 선생님. 감동했습니다. 최고입니다. 정말 감사드립니다. 그리고 얼마 전에 드디어 백만 부를 돌파한 만화 담당, 테나마치 선생님. 축하합니다. 그리고 항상 감사드립니다. 마지막으로 평소 신세 지고 있는 담당 편집자 미야카와 님. 굿즈 안건 관련의 감수 담당이신 카토 님, 그 외에도 러시부끄의 제작에 관여해 주시는 모든 분, 그리고 러시부끄를 읽어주시는 여러분에게 진심으로 감사드립니다. 고맙습니다! 그럼 다음 권의 후기에서 다시 뵙겠습니다!

더시부끄
잘 부탁드립니다!
momehw

《최초 수록 일람》

■ 역자 후기

안녕하십니까. 근로청년 번역가 이승원입니다.

이번에 『가끔씩 툭하고 러시아어로 부끄러워하는 옆자리의 아랴 양 비화』를 구매해 주셔서 진심으로 감사드립니다.

올해도 벌써 절반이 흘렀습니다. 독자 여러분은 2025년을 잘 보내고 계십니까? 연초에 세운 제 올해 목표는 단순합니다. 마음 편히 여행 한 번 다녀오기! 였죠.^^ 마감에 쫓겨서 여행지 가서도 비즈니스 룸 대여 혹은 호텔 방에서 노트북으로 일하는 게 아니라, 업무 관련 자료는 전부 작업실에 두고 마음껏 놀자! 모드로 여행을 한 번 가보는 것이었습니다. 이 꿈을 이루려고 연초부터 열심히 준비했습니다만…… 결국 또 호텔 침실에서 밤샘 교정이란 지옥에서 벗어나지 못했습니다, AHAHA.

그래도 올해는 아직 반년이나 남아 있으니, 하반기 여행 때는 프리덤~하고 힐링~이 넘치는 여행을 다녀오고 싶습니다!

　그럼 『가끔씩 툭하고 러시아어로 부끄러워하는 옆자리의 아랴 양 비화』에 관한 이야기를 좀 해볼까 합니다.

　스포일러가 포함되어 있을 수도 있으니, 본편을 안 읽으신 분은 유의해 주시길!

　『가끔씩 툭하고 러시아어로 부끄러워하는 옆자리의 아랴 양 비화』는 작가님께서 말씀하셨다시피 이제까지 발매된 각종 특전 SS를 모은 것입니다. 하지만 작품 전체의 40퍼센트가량이 국내에서 소개된 적 없는 신규 에피소드이며, 기존의 점포 특전도 작가님께서 가필 수정을 해주셨습니다. 그러니 독자 여러분께서도 충분히 재미있게 읽을 수 있으리라 믿어 의심치 않습니다!

　개인적으로 수예부 관련 에피소드와 회장&부회장 커플 에피소드 시리즈를 좋아합니다. 본편에서도 깨알 같은 재미와 광기(ᵕ)를 보여주는 수예부 부원들이 폭주하는 에피소드는 배꼽 잡을 정도로 웃기고, 회장&부회장의 인간을 초월(ー_ー;)한 순애보 또한 본편에서 다뤄지지 못한 부분이기에 매력적입니다. 그리고 신규 에피소드인 다섯 작품 또한 재미있었으며, 마지막의 고양이 카페 편과 수영복 편은 개인적으로도 최고였습니다. 그리고 두 에피소드에 모두 등장하는 에레나 선배는 참……. 후반부 등장 캐릭터이면서 인기투표 상위권 진입한 저력을 알 수 있었습니다.

참 매력적이지만 안습한(⌒⌒) 에레나 선배의 활약을 독자 여러분께서도 두 눈으로 확인해 주시길!

그럼 이만 줄이겠습니다.

L노벨 편집부 여러분, 항상 재미있는 작품을 맡겨주셔서 감사합니다. 앞으로도 잘 부탁드립니다!

요즘 야간 업무를 몇 달째 보느라 힘들어하는 악우여. 우리 둘 다 일 좀 정리되면 맛있는 거 먹으러 가자. 안 되면 내 작업실 마당에서 고기 파뤼~! 서비스로 비빔국수도 비벼줄게⌒⌒

마지막으로 언제나 제게 버팀목이 되어주시는 어머니와 『가끔씩 툭하고 러시아어로 부끄러워하는 옆자리의 아랴 양』을 읽어주신 모든 분께 진심으로 감사드립니다.

모 위험인물(?)이 본색을 드러내는 『가끔씩 툭하고 러시아어로 부끄러워하는 옆자리의 아랴 양』 10권 역자 후기 코너에서 다시 뵙겠습니다!

2025년 6월 초
역자 이승원 올림

가끔씩 툭하고 러시아어로 부끄러워하는 옆자리의 아랴 양 비화

초판 1쇄 발행 2025년 9월 10일

지은이_ Sunsunsun
일러스트_ Momoco
옮긴이_ 이승원

발행인_ 최원영
본부장_ 장혜경
편집장_ 김승신
편집진행_ 권세라 · 최혁수 · 김경민 · 최정민
편집디자인_ 양우연
국제업무_ 박진해 · 조은지 · 남궁명일
관리 · 영업_ 김민원 · 조은걸

펴낸곳_ (주)디앤씨미디어
등록_ 2002년 4월 25일 제20-260호
주소_ 서울시 구로구 디지털로 32길 30, 코오롱디지털타워빌란트 1301-1308호
전화_ 02-333-2513(대표)
팩시밀리_ 02-333-2514
이메일_ lnovellove@naver.com
ㄴ노벨 공식 카페_ http://cafe.naver.com/lnovel11

TOKIDOKI BOSOTTO ROSHIAGO DE DERERU TONARI NO ARYA SAN URABANASHI
©Sunsunsun, Momoco 2024
First published in Japan in 2024 by KADOKAWA CORPORATION, Tokyo.
Korean translation rights arranged with KADOKAWA CORPORATION, Tokyo.

ISBN 979-11-278-8381-2 04830
ISBN 979-11-278-6439-2 (세트)

값 8,500원

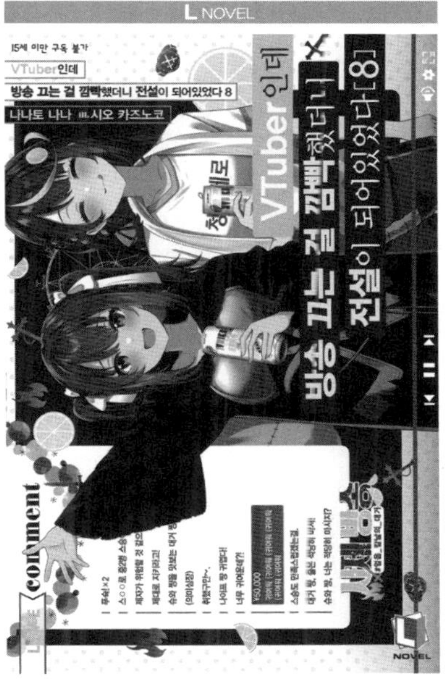

©Nana Nanato, Siokazunoko 2023
KADOKAWA CORPORATION

VTuber인데 방송 끄는 걸 깜빡했더니 전설이 되어있었다 1~8권

나나토 나나 지음 | 시오 카즈노코 일러스트 | 박경용 옮김

화려한 VTuber가 다수 소속된 대형 운영회사 라이브온.
그곳의 3기생이며 『청초』 VTuber인 코코로네 아와유키.
"역시 롱캔 따는 소리는 최고야!"
"응? 완전 꼴리거든?"
"내가 마마가 될 거야!"
하지만 그녀의 부주의로 방송을 제대로 안 끈 결과,
본래 성격(주정뱅이, 호색, 청초(VTuber))을 드러내고 마는데?!
"클립 엄청 따갔어?! 트렌드 세계1위?! 동시 시청자 수 실화냐고!!!"
이게 웬일, 갭이 호평을 받으며 인기 대폭발!
그 결과…… "으랏차—! 방송 시작한드아!"

모든 걸 내려놓은 그녀는, 대인기 VTuber의 길을 달려간다!!

© Dachima Inaka, Iida Pochi. 2019
KADOKAWA CORPORATION

일반공격이 전체공격에 2회 공격인 엄마는 좋아하세요? 1~10권

이나카 다치마 지음 | 이이다 포치. 일러스트 | 이승원 옮김

"이제부터 이 엄마와 함께 실컷 모험을 하는 거야.", "맙소사……."
고교생 오오스키 마사토는 그렇게 염원하던 게임세계로 전송되지만,
어찌된 영문인지 그의 어머니이자
아들이라면 껌뻑 죽는 마마코도 따라오는데?!
길드에서는 「아들의 연인이 될지도 모르는 애들이니까」라는 이유로
마사토가 고른 동료들에게 면접을 실시하고,
어두운 동굴에서는 반짝반짝 빛나는데다,
무릎베개로 몬스터를 재우는 걸로 모자라,
전체공격에 2회 공격인 성검으로 무쌍을 찍는 등
아들인 마사토가 질릴 정도로 대활약을 하는데?!
현자인데도 유감스런 미소녀 와이즈,
치유계 여행 상인인 포타를 동료로 맞이한 그들이 구하려는 것은
위기에 처한 세계가 아니라 부모자식간의 정.

**제29회 판타지아 대상 〈대상〉 수상작인
신감각 모친 동반 모험 코미디!**

라이트노벨의 새로운 빛! 엔노벨의 신간은 매월 10일에 발매됩니다. http://cafe.naver.com/lnovel11